DÖDENS KYSS

EN KUSLIG MORDMYSTERIEROMAN

DS TOMEK BOWEN – BRITTISK DECKARTHRILLER
BOK 4

JACK PROBYN

CLIFF EDGE PRESS

KAPITEL
ETT

Herbert Tucker hade aldrig riktigt tänkt på döden. Han hade aldrig riktigt behövt det. Tanken på det hade inte slagit honom lika ofta som den kunde ha gjort för, säg, gemene man. Medan de satt i tolv timmar långa köer hos NHS, fick han förstklassig privat vård. Medan de valde mellan två av planetens mest processade djupfrysta rätter, åt han färskt, ekologiskt, hälsosamt kött och grönsaker. Medan de drack skitigt kranvatten, lyxade han till det med det finaste vattnet från Sydamerika, tappat på flaska och skeppat över med en prislapp som matchade.

Döden, eller att dö, hade aldrig riktigt föresvävat Herbert Tucker. Tack vare privilegier, makt och det enda som vi alla håller för heligt – pengar.

Även om talesättet att pengar inte kan köpa lycka inte nödvändigtvis alltid stämde (han tyckte att folk i de flesta fall fick leta länge efter någon som tyckte att det inte var roligt att köpa en vattenskoter), hade han funnit att pengar kunde köpa en förlängning av livet, ett uppskjutande av det oundvikliga. Att de kunde skjuta upp den långsamma, oändliga marschen som var på väg mot oss alla.

Stamp.
Stamp.
Stamp.

Så hade de makabra tankarna på döden, livet och existentialismen aldrig slagit honom.

Tills den kvällen.

Januaris bittra kyla, en av de kallaste som någonsin uppmätts, nafsade honom i fingrarna som en krabba som försvarar sig när han stack ner händerna i fickorna och fiskade efter bilnycklarna och telefonen. Tjocka, tunga moln av hans alkoholstinna andedräkt dimmade framför ansiktet och skymde nästan sikten mot hans älskade Jaguar F-Type. Antingen det, eller så var det de två glas vin som de båda hade druckit som gjorde blicken suddig.

När han tog sig över parkeringen, låste upp telefonen och slog mobilnumret, fick han syn på en gestalt på andra sidan gatan.

Förmodligen en av stadens råttor.

Vid den här tiden på natten fanns de överallt. Byrackor, gnagare, några av gatornas fattigaste och ensammaste själar. På väg tillbaka till vilket hål de nu kom ifrån.

Råttorna var överallt på det här stället, och det var hans jobb att rensa gatorna från dem.

Samtalet kopplades innan han hann ägna gestalten fler tankar.

"Herbert..." började hon. "Vad gör du? Hur mycket är klockan?"

"Vet inte," sa han rakt på sak och svalde en rap som kom upp några ögonblick senare. Den smakade vidrigt och brände längst bak i halsen.

"Klockan är tre på morgonen."

Men tiden brydde han sig inte om. Han brydde sig inte om något. Inte henne, inte råttorna och särskilt inte den jävla tiden.

"Jag..." började han, men tystnade när han kom fram till Jaguaren. "Jag vill skiljas. Inget jävla trams den här gången. Inget att ta tillbaka eller nåt. Jag är klar med dig. Jag vill skiljas och jag vill ha ut dig ur mitt liv."

Hon sa något, men för honom var det bara oljud. Som ännu en liten råtta som pep i hans öra.

Då fångade något hans uppmärksamhet. En annan gestalt, inte samma som den första, kom emot honom.

"Hej..." sa han. "Vad... Vad gör du här?"

Innan han hann få ett svar var gestalten över honom, drog en svart duk över hans huvud och svepte in honom i ett alltuppslukande mörker. Han öppnade munnen för att skrika, men en tjock, stark hand hindrade honom.

I panik drog hans hastiga och febrila andetag in damm och fiberpartiklar från tyget. Sedan kände han ett hugg i ryggen och ett till i revbenen, smärta som blixtrade över varje ben innan hans uppmärksamhet drogs bort av nästa brännande smärta i en annan del av kroppen, som fyrverkerier på natthimlen. Hans försök att andas gjorde bara allt värre. En arm lades runt honom, den här gången grävde den in sina klor och lyfte honom från marken. I tumultet tappade han telefonen, som krossades mot betongen.

"Ahh!" tjöt Herbert.

Men hans rop tystnade omedelbart när han hängde i luften, viktlös, med armar och kropp fäktande som om han lärde sig simma för första gången. Och i en bråkdels sekund undrade han om det var så här himlen kändes.

Hur döden kändes.

Sedan hörde han hur bildörren öppnades och kände hur kroppen fördes mot den. Vem det än var som höll honom övermannade honom nästan två mot en. Det var en orättvis kamp. Och han föreställde sig att det var en av stadens råttor – kanske till och med den råtta han hade sett på andra sidan gatan. De hade blivit starkare, smartare.

Jävla råttor.

Men det betydde inte att Herbert var uträknad. Inte än. När han kände hur kroppen närmade sig bildörren sträckte han ut armarna och sparkade med benen, skrapade skorna mot panelen medan han försökte skydda sig, försökte hindra kroppen från att kastas in i baksätet på sin Jaguar.

För att dra ut på det oundvikliga, dödens långsamma marsch.

Stamp.

Stamp.

Stamp.

De hade varnat honom för att sådant här kunde hända. De hade gett honom utbildning. De hade satt honom ner och gått igenom allt man skulle och inte skulle göra. Och tänk att han inte hade brytt sig om att lyssna. Hans ego hade varit i vägen; han trodde att han kunde försvara sig när han uppenbarligen inte ens kunde skrika på hjälp. Värdefulla och dyrbara sekunder gick förlorade när han hade chansen, men nu hade han sumpat dem.

För sent försökte han. Ett gällt skrik bröt fram från hans läppar, men kvävdes direkt av en skallning mot ansiktet. En hård också. Rakt på näsan.

Ben som krossades och hjärnan som slog mot skallbenet som en råtta som försöker ta sig ut ur en bur.

Herregud.

Råttorna.

De fanns verkligen överallt.

KAPITEL
TVÅ

J ag går. Igen. Det är sånt här alltid börjar. Går. Eller, inte går-går. Mer som att gå, fast snabbare. Den där mittenfarten mellan att gå och jogga. Halvjogga. Den, ja. Så har jag kallat det tidigare. Mina små ben rör sig så fort de kan, men det känns som om något håller dem tillbaka, något saktar ner dem. Lite motstånd. Det är mörkt. Som alltid. Fast gatlyktorna är desorienterande, och varje gång jag tittar på en ser jag bara en röd och blå fläck i ögonen efteråt. Den jävla grejen bländar mig nästan, och när jag korsar vägen ser jag inte bilen som rusar mot mig.

Bilen måste tvärnita och jag måste be om ursäkt och ila därifrån som om det inte hade hänt, trots att det gjorde det och alla andra bilar förmodligen såg det och nu dömer mig för att jag är dum.

Hjärtat rusar och det känns som att det bokstavligen ska explodera ur bröstkorgen.

Det här är nytt. Allt det här är nytt. Jag tror inte att jag har kommit ihåg det här förut. Det känns... främmande. Men när jag kommer fram till kökbutiken Magnet känns allt bekant igen, allt faller på plats. Jag vet var jag är nu, jag vet vad jag gör.

Men viktigast av allt: jag vet vad som händer härnäst...

Jag vet att ungarna ska stå där på andra sidan vägen, hänga utanför närbutiken, förmodligen försöka stjäla något eller göra något de inte borde.

Men jag ignorerar dem, som jag brukar. Jag har inte tid med dem. Jag måste ta mig till Michał. Han väntar på mig. Fortfarande.

Och när jag närmar mig parken där han ska vara blir bilarnas ljud svagare och vägarna mindre trafikerade.

Och sen klipper det.

Och sen rusar jag nerför en trappa. Den som leder hela vägen ner till Old Leigh. Men den här gången är jag större, äldre – trettio år äldre. Benen är starkare men kroppen är det inte. Den är helt slut, och jag kämpar med att stödja mig mot räcket.

Nere vid botten springer jag längs en kort bit betong innan jag kommer till en liten bro som går över järnvägsspåren.

Och sen klipper det.

Till mannen på marken. Phillip Balham.

Ansiktet krossat mot betongen. Min kropp tryckt över hans. Jag håller den där, klämmer åt hans hals, pressar livet ur hans värdelösa, jävla skitkropp.

Och så hör jag ett skrik.

En mans. Nick, som kommer för att stoppa mig. För att hindra mig från att döda det här aset.

Men när jag tittar ner på mannen igen har kroppen förändrats.

I stället för Phillip stirrar jag på Kasia, min kropp pressar hennes mot betongen. Jag håller på att döda min egen dotter, kväva henne. Men när jag kliver av inser jag att det inte är jag alls. Att det är hennes jordnötsallergi som snabbt kväver henne. Hon krampar, hennes kropp vrider sig, hennes lungor kippar.

"Kasia!" ropar jag.

Men det är för sent. Hon slutar röra sig, slutar andas. Kroppen ligger där helt stilla, orörd, fridfull.

Det var jag som dödade henne. Jag tog det sista andetaget ur henne... Jag krossade hennes luftstrupe och såg till att hon aldrig skulle andas igen.

Och sen klipper det.

Tomek kilade fast pennan mellan sidorna i sin anteckningsbok och slog igen den, spände åt den med det tunna resårbandet som löpte längs kanten. Sedan lade han den i översta lådan i sängbordet och gick mot köket. Han var i desperat behov av något att dricka; att skriva ner sina mardrömmar var törstframkallande arbete. Det här hade varit den första på länge. Och det som oroade honom mer var innehållet. Kasia, händelsen, Phillip Balham. De två mardrömmarna som flöt ihop till en.

Han var säker på att innebörden bakom var allvarlig, en spegling av hans svaga psykiska hälsa och hur han bearbetade det som hade hänt den där natten. Men just nu kunde han bara tänka på ett glas vatten. Något som kunde släcka törsten och fukta hans torra mun.

I köket fyllde han ett glas och svepte det i ett drag, innan han ställde tillbaka det i diskhon. När han tog sig tillbaka till sovrummet smög han på tå genom lägenheten, uppmärksam på de knarrande golvtiljorna, noggrann med att inte väcka Kasia. Men när han passerade hennes rum hörde han rörelse, ett ljud. Genom åren som detektivsergeant vid Essexpolisen hade hans sinnen finslipats för att uppfatta småsaker, tecken på störning. De hade vant sig vid ljud och synintryck som inte hörde hemma. Och det här var ett av de tillfällena.

Klockan var strax efter tre på morgonen, och Kasia borde ha sovit – det borde de båda ha gjort. Men ljudet tydde på att hon var vaken. Och att hon försökte dölja det.

Tomek gick fram till hennes dörr, slöt fingrarna om handtaget och öppnade den varsamt. När det svaga ljuset från gatlyktorna utanför silade in i rummet hann Tomek se henne när hon försökte sluta ögonen.

"Du är vaken?" viskade han, fast han egentligen inte behövde det.

"Du också." Kasia reste sig i sängen.

"Jag kunde inte sova. Du?"

"Inte jag heller." Hon drog upp knäna mot bröstet och slog armarna om dem, kröp ihop till en boll. Under veckorna efter händelsen hade hon blivit mer tillbakadragen, mer försiktig. Och de psykiska följderna började också åldra henne. Hon såg några år äldre ut. Mer vaksam, mer medveten om vilka fasor som fanns i världen.

Tomek ville inte tänka på hur mycket han själv måste ha åldrats under samma tid...

"En mardröm till?"

Hon nickade.

"Samma sak?"

"Japp."

Tomek slog sig ner på sängkanten och lade handen på mellanrummet i täcket som skilde dem åt. En annan sak han hade märkt sedan den kvällen:

hon hade distanserat sig fysiskt från honom. Det blev inga kramar när han kom hem eller innan hon gick och la sig. Till och med den lättaste beröring på armen var för mycket för henne. Phillip Balham hade slagit sönder allt förtroende hon hade för någon och något. Och han hade inte den blekaste aning om hur han skulle få tillbaka det.

"Vill du prata om det?"

"Nej."

"Det måste inte vara med mig", fortsatte han. "Jag kan hitta någon du kan prata med. Som vi har diskuterat."

"Jag vet. Men nej. Jag vill inte... Jag vill inte. Inte själv. Inte om inte du följer med."

"Vill du att jag sitter där när du berättar det för någon?"

Hon skakade på huvudet. "Inte så. Om *dina* mardrömmar. De du har haft längre än jag."

Det där lät inte bra i Tomeks öron. Han hade varit där, gjort det. Gått på några samtal hos en terapeut efter sin brors död och inte fått ut något positivt av det. Han hade sin mardrömsdagbok; det var mer än nog. Vad skulle han behöva professionell hjälp för?

"Jag ska tänka på det", sa han.

Innan Kasia hann säga något mer i frågan ringde hans telefon i rummet intill. Ljudet av den som vibrerade på bordet ekade genom hela lägenheten.

Räddad av gonggongen.

Han bad om ursäkt, lämnade Kasias sovrum och skyndade till sitt eget.

"Hallå?" svarade han.

"Ursäkta att jag stör, sergeanten", kom DC Martin Browns röst i andra änden. "Men det har uppstått ett problem."

"Det brukar det vara vid den här tiden på morgonen."

"Herbert Tucker är anmäld försvunnen, sergeanten."

"Vem?"

"Herbert Tucker."

"Ska jag veta vem det är?"

"Jag menar..."

Tomek hade ingen aning om vem Martin syftade på. Och han trodde inte att det hade gjort någon skillnad om han hade vetat det. Det enda han visste var att namnet påminde honom om en figur i *The Thick Of It*. Han sa till konstapeln att han skulle vara där så fort han kunde, lade sedan på och gick tillbaka till Kasias sovrum.

"Jag måste sticka", sa han. "Men vi fortsätter den här diskussionen senare?"

"Okej."

Räddad av gonggongen.

Det hände inte ofta, men ibland hade det sina fördelar att vara jourhavande sergeant.

KAPITEL
TRE

Den i teamet med lätt bäst hår – en lång, blank hästsvans som såg ut att tvättas ordentligt med proffsschampo varje dag – kriminalassistenten Martin Brown, väntade på Tomek på polisstationens parkering. Inte för att han ville försäkra sig om att Tomek kom säkert till brottsplatsen. Utan för att själva platsen låg mindre än hundra meter bort. På parkeringsplatsen vid Southends kommunhus, som låg intill deras egen.

Tomek visste inte om det berodde på tröttheten eller på att han inte fungerade som folk klockan tre på morgonen, men han hade fullständigt missat blåljusen som studsade mot den släta betongbyggnaden och träden runt omkring. För att inte tala om den lilla armé av uniformerade poliser som hade placerats runt brottsplatsen.

"Jag tror inte att jag har sett så här mycket folk här sedan den gången Jamie Oliver tog bort Turkey Twizzlers från skolmenyerna."

"Vad hände?" frågade Martin.

"Minns du inte? Kocken..."

"Nej, jag vet vad som hände med *det där*. Jag menade vad som hände här?"

"Det brakade loss. Folk började protestera utanför byggnaden och krävde att vi skulle gå ut och gripa stackars fan. Som om vi skulle göra något. Men, för att vara rättvis, jag åt Turkey Twizzlers i skolan och tyckte de var jättegoda, så det var rätt svårt att argumentera emot."

Martin grymtade och kastade sedan med huvudet mot den stora vita forensikbilen längre bort.

"Tror det här kan vara lite mer uppmärksammat än Jamie Oliver."

"Så, är det så?"

"Ja."

"Vem sa du att det var nu igen?"

"Herbert Tucker." Föraktet över att behöva upprepa sig hördes tydligt i Martins röst.

Tomek stannade upp medan han lät namnet snurra i huvudet.

"Ringer fortfarande inga klockor", sa han och gav honom en tom blick.

"Herbert Tucker... Conservative-parlamentsledamot för Southend."

"Åh, det där rövhålet."

"Trodde du inte kände honom?"

"Det gör jag inte", svarade Tomek. "Jag utgår bara ifrån att han är ett, baserat på senare tiders händelser. Och på att han är politiker." Sedan vände han sig mot brottsplatsen. "Åtminstone gjorde han nog det mest hedervärda i sitt liv och försvann precis intill stationen; det gör det betydligt enklare att ta sig till och från brottsplatsen."

Martin såg inte det roliga i det, men det berodde väl på att han var utrustad med överdrivet långa ben och kort överkropp som Herr Gräshoppa från *James och jättepersikan*, så att ta sig till brottsplatsen var inte lika stort problem för honom som för några av de andra på kontoret.

Tomek hade aldrig riktigt gillat politiker. Å andra sidan hade han aldrig riktigt ogillat dem heller. Han tänkte ofta på dem som måsar på stranden. De fanns, precis som han, och så länge de inte flög honom i ansiktet eller försökte stjäla något från honom på något sätt, var han nöjd. Men något gav honom intrycket att Herbert Tucker var en annan sorts mås. En sådan som snor dina pommes eller skiter på din macka även efter att du artigt bett den dra åt helvete.

Brottsplatsen låg på den bortre sidan av parkeringen, så långt från kommunhuset och andra bilar som möjligt. Det var en tyst, avskild plats utom räckhåll för övervakningskameror, med ett metallstängsel längs baksidan som extra skydd. En grupp på fem brottsplatsutredare rörde sig runt rutan, på alla fyra, och letade igenom grus och asfalt medan kraftfulla LED-lampor tornade upp sig över dem och lyste upp marken i ett vitt sken. Till vänster om rutan stod tre av de fem SOCO-teknikerna och granskade en särskild fläck på marken.

Tomek bestämde sig för att dra på sig en skyddsoverall och ansluta till dem.

"Vad har vi här då?" sa han och önskade att han hade tagit med solglasögon.

"Blod", svarade en av SOCO-teknikerna bestämt.

"Bra början."

"Oklart om det är offrets eller gärningsmannens."

Tomek nickade. Innan SOCO-teknikern hann fortsätta spred sig en doft i luften och kröp upp i hans näsborrar. Han sniffade. Hårt. Stängde ögonen medan han försökte tyda spåret av lukten.

"Är det piss?" frågade han och vände sig mot en liten mörk fläck på betongen precis där passagerardörrarna borde ha varit.

"Ser ut så", svarade en annan av de ansiktslösa SOCO:na.

"*Luktar* så, snarare", kommenterade Tomek.

"Stackars jäveln sket säkert i byxorna också", sa någon.

"Påminn mig om att inte vara i närheten när vi hittar hans byxor."

Sedan gick Tomek för att prata med den uniformerade polis som kommit först till platsen. Mannen var i trettioårsåldern och såg ut som om han hade hällt i sig tillräckligt med energidrycker för att hålla igång i trettiosex timmar. Han pratade snabbt och fingrar och händer var ryckiga, som om han upplevde biverkningar av ett oprövat läkemedel.

"Jag fick samtalet för ungefär en halvtimme sedan och åkte direkt. Jag kände att något var fel så jag var tvungen att vara här. Lyckligtvis hade jag inte särskilt långt. Men när jag kom hit fanns det ingenting kvar. Bilen var borta, och det enda som tydde på att något hade gått snett var lukten och blodstänken på marken. Först tänkte jag att det var en smitningsolycka, men sedan kom jag på att det var osannolikt om bilen saknades."

"Toppen. Jaha. Och du såg ingenting?"

Mannen skakade på huvudet. "Det var kolsvart. Är det fortfarande."

Nä, det menar du inte, tänkte Tomek, men höll det för sig själv.

"Vet du vem som ringde in det?" frågade Tomek och riktade frågan till både konstapeln och Martin.

"Frun", svarade Martin och tog ett par steg fram. "Såvitt jag förstått var hon i telefon med honom när det hände."

Klockan tre på morgonen i telefon? Tomek visste inte mycket om mannen, men han tyckte inte det lät troligt att han hade fnissat förtroligt i telefon med sin fru som ett par tonåringar den tiden på dygnet.

"Så ingen såg vad som hände?"

"Nej", svarade de båda männen i kör.

"Och vet vi varifrån han kom?"

Då vände Martin sig mot byggnaden bakom dem.

"Just det. Dum fråga. Han satt kvar sent." Tomek kikade upp på den betongbyggnad som var så deprimerande att den väckte minnen av simhallsanläggningen han brukade gå till som barn med sina två äldre bröder. "Är det någon kvar på kontoret som vi kan prata med?"

Martin skakade på huvudet.

"Är det ett nej, eller vet du inte?"

"Både och, sergeanten. Det är ett, "nej, jag vet inte"."

"Lysande."

Men en snabb koll av den tomma parkeringen runt dem besvarade Tomeks fråga. Tomheten blev dock kortvarig när en annan bil svängde in och ur klev kriminalkommissarie Nick Cleaves, eller Elake Nick som Tomek och de andra på kontoret kallade honom. Trots timmen hade han tagit på sig full uniform och vaggade över. Nick var några år över femtio och närmade sig pensionsåldern. Men det tänkte han inte låta bromsa honom, vilket framgick av den fart med vilken han störtade bort till den lilla gruppen män.

"God morgon, chef", sa Tomek. "Eller är det kväll? Har aldrig sett dig röra dig så fort."

"Dra åt helvete. Det här är verkligen inte läge."

Nick tog av sig tjänstemössan och blottade en oklanderligt kal hjässa som skimrade i månskenet och i strålkastarljuset från andra sidan parkeringen. Tomek knep ihop ögonen åt reflexen från mannens skalle.

"Säg inte ett jävla ord", sa Nick och viftade med ett finger åt Tomek. "Jag vet vad du tänker, och det vågar du inte."

Tomek höjde händerna i låtsad kapitulation. "Jag tänkte ingenting, chef. Ärligt!"

"Skitsnack. Och för det, för att du är ett sådant arsle så här tidigt på morgonen, kan du åka hem till Herbert och prata med hans fru. Anna borde redan vara där."

"Och resten av förstärkningen?"

"På väg."

"Redan?"

"Ja", svarade Nick långsamt och såg nästan modfälld ut när han vände sig mot platsen där Herbert Tuckers bil hade stått. "Vi måste hitta den här mannen så fort vi kan. Annars får vi alla ett helvete."

KAPITEL
FYRA

Herbert Tucker och hans familj bodde på en gata som hette Poors Lane. Fast med en pool i nästan varje trädgård och en sedvanlig Range Rover Sport som tronade på varje uppfart var det inget fattigt med människorna som bodde där. Och med huspriser uppskattade till flera miljoner undrade Tomek vilken sorts förmögna personer som kallade sig Herbert Tuckers grannar

Enda vägen till den herrgårdslika villan med sex sovrum, fyra badrum, två vardagsrum och ett nöjesrum gick via en smal grusväg, och när han svängde upp på familjen Tuckers uppfart, som var en oklanderligt stenlagd yta som sträckte sig nästan lika långt som kommunhusets parkering, fann han kriminalassistent Anna Kaczmarek väntande på honom, stående utanför sin parkerade bil. Ångmoln vällde ur hennes mun när hon kramade sig själv mot nattens bittra kyla. Hon skakade synbart under sin tjocka kappa, halsduk, handskar och mössa.

"Är du säker på att du är polska?" frågade han när han klev ur bilen och pekade på hennes kläder.

"*Spierdalaj*," svarade hon, och sa åt honom att dra åt helvete. "Jag har aldrig klarat kylan särskilt bra."

"Och du tänkte att soliga England skulle vara bättre för det?"

"Håll käften. Du vet varför jag kom hit", sa hon och suckade tungt. "Du kan vara ett sådant rövhål ibland."

Tomek var väl medveten om att hans sarkasm kunde gå folk på

nerverna, men det var allt han någonsin hade känt till. En försvarsmekanism som hade spårat ur och blivit en del av själva väven i hans identitet. Det var för sent att vända om nu.

"Var är hon?" frågade han.

"I vardagsrummet, med sin yngsta dotter."

"Och den äldsta?"

"Hos sin pojkvän."

"Hur tar de det?"

"Se själv..."

Det gjorde han. Utan att säga något mer ledde Anna honom genom ytterdörren. Så snart han klev in i huset slog en vägg av varm luft emot honom, så tjock och tät att det kändes som att stiga ut ur svalkan i ett köpcentrum och in i hettan i en mellanösternöken. Ett tunt lager svett bildades genast på ryggen och han tvingades ta av sig kappa och kavaj, annars skulle skjortan vara dyngsur inom några minuter efter att han kommit.

Husets dörr öppnades mot en anspråkslös yta med en modern trappa i trä som slingrade sig upp längs väggarna. Innan han hann ta in resten av hallen drogs hans uppmärksamhet till fiolfikusen som nådde honom upp till bröstet, nedstoppad i en vit kruka på ben, direkt till höger. Han sträckte sig efter ett blad och drog fingrarna upp och ner över det, masserade ådringen.

"Du kan få den om du vill", sa en röst som fick honom att hoppa till.

Tomek tittade upp och fick syn på en kvinna i dörröppningen till vardagsrummet. Hon var klädd i ett par jeans, en tunn blus och ett par platåskor. Hennes ansikte var kraftigt sminkat, håret lockat, och kinderna och käklinjen lika skulpterade som på en catwalkmodell. Det såg ut som att hon hade lagt flera timmar på att göra sig i ordning inför deras besök. Antingen det, eller så hade hon tur och rullade ur sängen och såg ut så där. När han såg på henne, och hennes smala, nästan utmärglade figur, tyckte Tomek inte att hon skulle se det minsta malplacerad ut i ett avsnitt av *The Real Housewives of Beverly Hills* eller något annat skitprogram som Kasia prompt skulle titta på på ITV. Kanske var det det hon hoppades på.

The Real Housewives of Essex.

Det sista grevskapet behövde var ännu ett realityprogram som solkade dess rykte.

"Ursäkta?" svarade Tomek.

"Växten. Du kan få den om du vill. Min man var intresserad av dem. Men vi kan alltid köpa en ny om vi behöver. Han har inget emot det."

Tomek blev tagen på sängen. Så mycket att bena ut i den där meningen ensam. Så lite tid att göra det på.

"En man i min smak", sa han till slut. "Men jag får tacka nej den här gången. Kanske tar jag dig på orden en annan gång."

Med ett halvhjärtat, vänligt leende kom kvinnan fram till honom och presenterade sig.

"Nora Tucker."

"Tomek Bowen. Sergeant", lade han till.

"Ska vi?"

Utan att invänta svar vände Nora honom ryggen och gick in i vardagsrummet.

I mitten av rummet stod ett litet soffbord i trä med ett schackspel på. Det såg mer dekorativt än funktionellt ut, liksom mycket av den övriga inredningen: en divan mittemot en stor, tio-sitsig soffa, en vedeldad kamin mot bakre väggen. Till och med tv-skärmen på femtio tum såg för dyr ut för att ens ta på, än mindre använda.

Nora gick rakt över till andra sidan rummet där hon slog sig ner bredvid sin tonårsdotter, som såg ut att vara ungefär i samma ålder som Kasia. Kanske ett eller två år äldre.

"Det här är Eleanor", förklarade Nora, men tonåringen ägnade dem föga uppmärksamhet. I stället flyttade hon sig till soffhörnet och kilade in sig mellan kuddarna, med fingret som scrollade upp och ner på telefonen.

"Min andra dotter är hos sin pojkvän."

"Jag hörde det", sa Tomek medan han letade efter en plats i soffan. Det fanns gott om plats och han hamnade så långt från Nora som möjligt; det kändes som att de satt i varsin ände av rummet. "Och din andra dotter...?"

"Whitney."

"Och vet Whitney vad som händer?"

Nora skakade på huvudet. "Jag vill inte störa henne. Jag tycker ni ska vänta till morgonen innan ni berättar."

"Vi?"

Noras blick fladdrade mellan Tomek och Anna.

"Tja, ja. Jag trodde det ingick i ert jobb. Jag..."

"Jag menar, vi kan, och vi gör det, men bara om det inte finns någon annan som kan göra det", svarade Anna. "Men om du vill att vi ska göra det, så kan vi förstås göra det åt dig."

Ännu ett av de där spydiga leendena fladdrade över Noras ansikte. "Toppen. Tack. Jag uppskattar det verkligen. Det sparar mig huvudvärken att behöva åka hela vägen dit och tillbaka."

Tomek fick en omedelbar bild av Nora, och det var ingen smickrande. Hon verkade ytlig, självupptagen och bara bekymrad över sig själv. Och han som hade tyckt att han haft det tufft som barn. Han kunde bara föreställa sig hur uppväxten måste ha varit för de två Tucker-flickorna.

Han öppnade munnen flera gånger när han kom på något att säga, men varje gång försvann tanken ur huvudet och han satt kvar som en fisk på torra land.

"Vi förstår att det här är en väldigt stressig tid för dig", började Anna och kom åter till hans undsättning. "Vi har just nu ett team på stationen som letar efter din man. Det vi behöver göra är att förstå, utifrån ditt perspektiv, vad som kan ha hänt. Kan du svara på några frågor om telefonsamtalet ni två hade?"

"Självklart."

Båda utredarna väntade på att hon skulle fortsätta, men när inget kom av sig självt pressade Tomek henne att börja.

"Förlåt, ja", började hon, satte sig rakt, rynpade på läpparna, strök en hårslinga bakom axeln som om hon skulle svara på en fråga på en anställningsintervju. "Herbert jobbar alltid sent. Det hör till jobbet, så vi är vana vid att inte ha honom hemma. Men så här sent på morgonen kommer han inte hem så ofta. Jag sov när han ringde."

"Exakt vilken tid var det?"

Nora ryckte på axlarna, sträckte sig efter sin telefon och höll den framför Eleanors ansikte. Tonåringen verkade veta vad hennes mamma bad henne om, för hon tog apparaten och svarade åt henne inom några sekunder.

"03.12", sa hon och gick snabbt tillbaka till sin egen telefon.

Tomek tackade henne och fortsatte sina frågor till Nora. "Hur lät han i telefon?"

"Irriterad."

"Som om han just hade slagit tån i något eller förlorat en miljon pund på kasinot?"

Nora övervägde ett ögonblick. "Den med tån..."

"Sa han vad han var arg över?"

"Inte direkt."

"Och vad sa han till dig, exakt?"

"Åh, du vet. Bara att han var ledsen att han var sen och att han var på väg hem."

"Brukar han vanligtvis väcka dig vid den tiden på morgonen för att meddela sådant?"

Hon ryckte på axlarna. "Ibland."

Tomek drog djupt efter andan. Han trodde inte att han någonsin hade hört någon låta så ointresserad eller mindre orolig över att hennes man var försvunnen, möjligen död. Han hade träffat hundar som varit mer bekymrade över att deras ägare lämnat dem ensamma i två sekunder än den här kvinnan var.

"Vad hände som fick dig att förstå att något var fel?" frågade Anna och kom åter Tomek till undsättning. Vid det här laget hade hon vant sig vid hettan och gradvis klätt av sig extra lager och hade nu en prydlig skjorta under kappan.

"Tja..." började Nora långsamt. "Han pratade med mig, och i nästa minut gjorde han det inte. Jag tror att han märkte att någon var där, för han sa: "Vad gör du här?" och sedan tystnade han. Det hördes lite tumult i andra änden och sedan bröts samtalet."

"Och det var då du förstod att något var fel?" frågade Tomek.

"Uppenbarligen."

Ja, för det var ju lika uppenbart som hennes oro för sin man.

"Du sa att han sa: "Vad gör du här?" precis innan han blev attackerad. Tror du att han kände personen som gjorde det här mot honom?"

Nora skakade på huvudet och verkade för första gången säker i sitt svar. "Jag tror inte det", svarade hon. "Han klagar alltid på folk som driver in på parkeringsplatsen eller är där när de inte ska. Särskilt nattetid. Små råttor, kallar han dem. Han är orolig för att de ska göra något med hans bil. Han har alltid vaktat den. Det är hans ögonsten. Vi skämtar om att han älskar den mer än barnen."

"Just det", svarade Tomek. För det var ju helt logiskt, och det syntes tydligt på Eleanors tomma reaktion att det definitivt inte var ett skämt hon delade, och att det inte var första gången hon hörde det. "Finns det något annat du kan minnas från samtalet? Några konstiga ljud? Några andra röster?"

Nora skakade på huvudet igen, lika bestämt.

"Okej", sa Tomek. "När vi lyssnar på samtalet låter vi ett par experter plocka upp allt som kan finnas där."

"Kan ni göra det?" frågade Nora, med oro i rösten.

Tomek log lika spydigt som hon. "Vi kan göra mycket. Vårt team är verkligen väldigt bra. Men oroa dig inte, vi ska göra allt vi kan för att ta reda på var din man är och vem som har gjort det här mot honom."

Nora sa ingenting. I stället hasade hon sig på soffan och vände sig mot sin dotter, som nu åter var försvunnen i sin telefon. Tomek vågade inte tänka på vilka typer av människor som var online vid den här tiden på morgonen.

Förmodligen samma sorts människor som kidnappade Herbert Tucker.

"Apropå det—" började Tomek, och hejdade sig när han insåg att de andra i rummet inte tog del av hans tankar. "Vi... Jag... Såvitt jag förstår var din man en ganska inflytelserik person", fortsatte han och snubblade på orden. "Vilket betyder att vi i sådana här fall kan förvänta oss att förövare hör av sig med en lösensumma eller något slags krav."

Nora nickade långsamt, som om hon bara lyssnade med halva örat. Medan den andra halvan tänkte på vad Tomek och teamet kunde tänkas höra under hennes och hennes mans telefonsamtal.

"För det första tror jag att du behöver förbereda dig på den möjligheten, och på att svåra beslut kan vänta. Under tiden kommer vi att låta Anna vara stationerad här permanent medan vi försöker hitta honom, ifall några krav skulle komma via telefonen, din mobil eller någon av dina döttrars mobiler. Bättre att vara förberedd än tvärtom, eller hur?"

Den här gången nickade Nora mer bestämt.

"Med allt det i åtanke", fortsatte han, medveten om att han nu hade hennes fulla uppmärksamhet. "Finns det någon, förr eller nu, som du kan komma på som kan ha gjort det här?"

KAPITEL
FEM

D et korta svaret var: alla.
Nästan alla som någonsin hade stött på Herbert Tucker hade velat se honom död åtminstone en gång.

"Herregud, till och med jag har velat ha honom död ett par gånger," förklarade Nora uppriktigt, precis efter att hon hade sagt att hon inte kom på några specifika namn. "Sådan var han bara. Fruktansvärt irriterande. Envis. Narcissistisk. Han tyckte alltid att han stod över den lilla människan, och ofta hade han rätt. Han blev inte så framgångsrik som han blev genom att vara snäll. Visst körde han över en massa människor under sin tid, men han hävdade alltid att det bara var affärer. Att det aldrig var personligt."

När Tomek lämnade huset, drygt en timme efter att han kommit, kände han att någon nu faktiskt hade gjort det personligt, att det var dags för Herbert Tucker att få uppleva livet som den lilla människan.

Tomek tog sig den långa vägen från Benfleet till stationen på rekordtid. När han kom tillbaka till kontoret hade ett insatsrum upprättats, och rummet var fyllt av kollegor som gick av och an, pratade hektiskt med varandra medan de utbytte information och order. Tomek dröjde i dörröppningen och var halvt inne på att smyga bort från kaoset och tillbaka till korridorens stillhet. Men hans korta deserteringsplan blev inte av, tack vare DC Rachel Hamilton, som ropade hans namn.

"Alla man på däck, sarge," ropade hon. "Det gäller dig också."

Tomek såg ner på sina handflator, på vecken och de röda blodkärlen som sprängde under huden. "De här sakerna är alldeles för värdefulla för att komma i närheten av *det här* däcket. Ni har sett vilken sorts skit som släpas in här, va?"

"Vi rullar ut röda mattan åt dig nästa gång, Ers Höghet."

"Det finns inte tillräckligt med hudkräm i världen för att få bort skiten från det här golvet från mig."

"Det finns inte tillräckligt med hudkräm i världen för att täcka din panna..."

Kommentaren tog Tomek på sängen. Inte för att han blev sårad av den, utan för att den kom från den minst troliga källan. DC Nadia Chakrabarti, den höggravida trettiosexåringen som hade varit sugen på biltong i princip varje vaken stund varje dag sedan graviditeten började.

"Vad sa du nyss?" frågade Tomek.

"Jag... jag gjorde inte..."

"Nej. Fortsätt. Säg det. Förklara dig."

Nadia babblade. Samtidigt smög små fniss ut från kollegornas läppar.

"Jag bara... Det är bara... I den stunden insåg jag hur stor din panna är. Har någon någonsin sagt att du har stor panna?"

"Nej. Och nu har du fått mig att känna mig riktigt osäker över den. Så tack för det."

När Tomek gick mot sitt skrivbord ropade Nadia efter honom och sträckte ut handen, men han vek undan och fortsatte till andra sidan rummet.

Innan någon av dem hann fortsätta samtalet öppnades en dörr, följt av ljudet av tunga steg som stampade över heltäckningsmattan. Tystnad la sig över resten av kontoret när alla blickar föll på Nasty Nick, som nu bara hade skjorta och slips på överkroppen.

"Vad är det som är så roligt att vi alla har slutat jobba?"

Ingen svarade. Åtminstone inte direkt. Alla visste att frågan var retorisk, men det fanns tillräckligt många personligheter på kontoret med barnslig lust att svara. Och en av dem var Tomek.

"De pratar om min panna, chefen," sa han och drog ut stolen vid sitt skrivbord. "Tydligen är den ganska stor."

"På allvar? Vår parlamentsledamot är försvunnen och du..." Nicks panna veckade sig när hans ögon smalnade in mot Tomeks huvud. Han gick närmare, centimeter för centimeter. "Vet du? Det har jag aldrig tänkt på förut, du har faktiskt ganska—"

Tomek slog sig för pannan och täckte den med händerna. "Kan vi snälla sluta prata om min jättestora panna, för helvete! Har vi inte en utredning att sköta?"

Det hade de. Och innan Tomek hann sätta sig kallades han, tillsammans med resten av teamet, till insatsrummet av Nick. Några ögonblick senare hade de alla filtrerat in i rummet och hittat varsin plats. Strax efter nyår, och efter att han kommit tillbaka från tjänstledighet, hade Nick godkänt Tomeks begäran om att ställa in ett bord i mitten av rummet. Någonstans att sitta runt och prata som vuxna, utan att känna sig som i klassrummet. Nick hade låtit Tomek sköta inköpet och alla mått, men tack vare ett räknefel (som helt, utan minsta tvekan, inte var hans fel utan *var* allas andras) blev det specialbyggda kvadratiska bordet för stort, och det fanns knappt utrymme att ta sig runt det. Det var varken praktiskt eller funktionellt, men det hade kostat en förmögenhet och därför fick det stå kvar.

"Hur länge måste vi behålla Starship Enterprise-bordet, sarge?" frågade Chey.

"Tills vi hittar någon dum nog att vilja ha det själv," svarade Tomek.

"Kanske gänget borta på kommunhuset vill ha det? Jag har hört att de alltid har möten och sitter och diskuterar ingenting."

"Som vi, menar du?"

"Ja, men de har åtminstone budgeten och ett rum som är stort nog."

Tomek var på väg att svara när han såg Nicks djupt oimponerade min ovanför sig, med armarna korsade över magen. Bredvid honom stod Inspector Victoria Orange, som hade färgat kinderna i en annan nyans av rosa i dag. Ett nytt smink hon provade.

"Är alla klara? För jag är inte säker på att ni fattar hur allvarligt det som har hänt är," skällde han. "En parlamentsledamot, *vår* parlamentsledamot, är försvunnen, och vi måste göra allt vi kan för att hitta honom så fort vi bara kan. Jag vill ha alla ögon, fingrar och hjärnor på det här. Vi *måste* hitta honom."

"Varför, chefen?" frågade Tomek, och insåg genast hur illa frågan måste ha låtit för alla som inte var inne i hans huvud.

"Vad menar du, *varför*?"

"Inte så," svarade Tomek. "Det är bara det att vi verkar lägga *väldigt* mycket vikt vid att hitta Herbert Tucker så fort som möjligt. Om det här gällde någon annan, om det var lille David på gatan, är jag inte så säker på att du skulle be oss släppa allt för att hitta honom."

Nick tog god tid på sig att svara. Inombords visste Tomek att mannen kokade, men utåt syntes inget; det enda tecknet på Nicks raseri var den långa, djupa, tunga suck som blåste ut genom näsborrarna.

"Jag tror inte att det här är rätt läge att diskutera moral och etik, Tomek," svarade Nick. "Men kanske kan vi stanna kvar sent tillsammans någon gång och reda ut det själva, vad säger du?"

Det lät inte lockande för Tomek, och han gillade inte heller tanken på att vara ensam i ett tyst rum med sin chef – de andra skulle kunna börja prata – så han skakade på huvudet och teg.

"Eller så kan vi prata om hur media redan verkar känna till Herberts försvinnande?"

Tomek rynkade pannan. "Du säger det som om jag vet svaret, chefen."

"Det är för att jag tror att du gör det."

Han fnös. "Hur har du kommit fram till det?"

"Du och din vän..."

Tomek visste precis vem han syftade på. Abigail Winters, journalist på *Southend Echo*. Hon som hade försökt få till en dejt med honom så länge de hade känt varandra.

"Jag avvisar den anklagelsen, chefen. Jag har inte pratat med henne om Herbert eller någonting."

"Hur som helst står de utanför och vill ha ett uttalande. Och jag kommer att behöva ge dem något, så jag måste veta vad du vet."

Under de nästa tio minuterna diskuterade teamet vilken information de hade samlat in hittills. Svaret var dock inte mycket. Faktiskt ännu mindre. Summan av noll och ingenting. Deras största spår eller chans att hitta Herbert var via övervakningskameror, en uppgift som leddes av DC Chey Carter.

"Det enda problemet med det, chefen, är att det inte finns några kameror på den sidan av parkeringen," förklarade den unge kriminalassistenten. "Jag har kollat materialet från utanför kommunhuset vid tiden då Herbert lämnade byggnaden, och jag ser honom gå mot sin bil, men innan han faktiskt kommer fram går han ur bild och försvinner."

"Vad betyder det?" frågade Nick.

"Det betyder att hans bil stod parkerad i en blindfläck."

"Varför skulle han parkera där?"

"Såvitt jag förstår var det *hans* plats, och han måste ha vetat att den låg i en blindfläck, så han måste ha haft en anledning att hålla den där."

"Kanske var det just *för att* den inte syntes som han höll den där..." lade DC Martin Brown till, vars röst sprack mitt i meningen. "Som om han försökte dölja något."

Det fick alla att stanna upp. Exakt vad Herbert Tucker dolde genom att ha bilen i en blindfläck, det visste ingen av dem.

"Hur är det med hans kidnappare?" frågade Nick och förde samtalet vidare. "Har vi någon övervakningsfilm på honom?"

Chey skakade på huvudet. "Gärningsmannen måste ha kommit från gatusidan, chefen. Jag kan inte hitta honom någonstans."

"Så du har inte sett ett jävla dugg?" Det gick inte att ta miste på skärpan och aggressiviteten i Nicks röst. "Vad sägs om bilen när den åkte? Du måste ha sett fordonet lämna parkeringen?"

Den unge kriminalassistenten tog god tid på sig innan han svarade, medan alla förberedde sig på vredesutbrottet de visste skulle komma.

"De körde över trottoarkanten och tog söderut på Victoria Avenue."

"Bra, så vi har ett—"

Chey höjde ett finger för att tysta mannen, som långsamt slutade prata när han insåg vad Chey gjorde.

"Enda problemet, chefen," fortsatte kriminalassistenten, "är att registreringsskylten var övertäckt."

"Övertäckt? Med vad?"

"Svart tejp, chefen."

Nick kastade upp händerna och suckade djupt. "Så gärningsmannen spankulerar in från gatan, oannonserad, överfaller Tucker, byter registreringsskyltar och kör sedan bort i solnedgången?"

"Faktiskt, vid den tiden på morgonen skulle det vara sol*uppgång*, chefen," avbröt Oscar, även känd som Captain Actually i teamet. "Och även då är det några timmar fel..."

Nick gav honom en blick av ren misstro. "Ser det här ut som rätt jävla läge att rätta mig?"

Skammen fladdrade över Oscars ansikte. Hans muskelminne att rätta folk satt så djupt att han ibland inte ens märkte att han gjorde det.

Efter att han bett om ursäkt hoppade Tomek in. "Tänk på det positiva, chefen, vi kan åtminstone pudra bilen för fingeravtryck när vi hittar den."

"Har vi gått ut med en efterlysning på en Jaguar F Type med övertäckta registreringsskyltar?" frågade Victoria snabbt, i ett försök att kila in sig i samtalet.

"Ja, chefen," svarade DS Sean Campbell, nästan lika snabbt. "Jag har skickat ut ett larm till all uniformerad personal och patrullerande fordon att hålla utkik och att omedelbart meddela oss om de hittar något misstänkt eller som löst stämmer med fordonets beskrivning."

Ett snett leende spred sig över Victorias ansikte och hon gav honom en menande nick.

Sean var Tomeks vän med längst tjänstgöring i teamet, som med några månaders marginal slog Nick om topplaceringen, och i tretton år hade de varit i det närmaste oskiljaktiga, som brodern Tomek aldrig riktigt hade haft när han växte upp. Men de senaste månaderna, sedan Kasia kom in i hans liv, dottern han först nyligen hade fått veta fanns, hade de glidit isär, en klyfta kilad mellan dem. Den klyftan hade nyligen förvärrats av Seans förhållande med detektivinspektören. Även om alla på kontoret kände till deras relation (Tomek hade storligen njutit av att överhöra dem förklara den för Nasty Nick) och de försökte hålla den utanför jobbet så mycket som möjligt, sipprade den ändå in genom deras handlingar och små blickar mot varandra. För att inte tala om deras små klappar på ryggen och menande blickar, som de just hade utbytt.

"Så vi vet inte *var* han är," började kommissarien. "Men vi vet *vad* som hände honom – sådär lite löst. Det betyder att den andra frågan vi måste svara på är *vem* som kan ha gjort det här mot honom. Tomek, vad fick du ut av hustrun?"

Tomek rätade på sig innan han svarade. "Inte mycket, chefen. Förutom att nästan alla som någonsin har stött på Herbert Tucker någon gång i livet har velat se honom död. Så... det borde smalna av fältet lite."

"Hur i helvete smalnar det av fältet på något sätt?"

"Tja, vi kan möjligen utesluta att det här är en tigerkidnappning. Utifrån vad Nora Tucker sa kan vi anta att det inte är ett slumpmässigt överfall, utan troligare någon som kände honom, någon som ville skada honom. Så det snävar in spelplanen från några hundra tusen invånare i området till ett par tusen personer som han har träffat under sin karriär."

"Faktiskt..." kom det långsamma och irriterande svaret från Captain Actually igen. "En genomsnittsperson träffar upp till åttio tusen människor under en livstid. Avsevärt fler för folk som oss. Och ännu fler för någon som

Herbert Tucker – tänk på PR-träffarna och mötena han har behövt göra under sitt liv."

Nu visste han hur Nick hade känt. "Tack för det, Captain. Men det hjälper mig inte direkt när jag säger att vi kan snäva in fältet, eller hur?"

Captain Actually ryckte på axlarna. "Jag vill bara se till att du är faktamässigt korrekt."

"Har du någonsin tänkt på att vara med i *Vem vill bli miljonär?* För du skulle vara bra. Riktigt jävla bra."

"Jag tror inte på dem."

"Tro på vad?"

"Frågesporter."

"Du gillar inte idén att tjäna massor av pengar genom att svara på några frågor?"

"Precis."

Tomek skakade oförstående på huvudet. Under vanliga omständigheter skulle han ha haft ett svar på en sådan kommentar, men nu fanns inget. Det var som om hjärnan var så tagen på sängen att den inte kunde tänka på något annat än att komma ihåg att andas in och ut.

"Vad mer hade hans fru att säga?" frågade Nick och drog upp Tomek ur dagdrömmen.

"Inte mycket," svarade Tomek. "Jag ska dit om ett par timmar för att lämna tillbaka dottern och ge henne de dåliga nyheterna. Vill du att jag framför något?"

KAPITEL
SEX

Det första Tomek lade märke till när han klev ut genom bakdörren till polisstationen var kylan. Noll grader. Iskallt.

"Herrejävlar", sa han så snart han kände den bedövande känslan genast börja gnaga i fingrarna, och han styrde stegen mot bilen. Han hann bara till slutet av de små trappstegen innan han hörde sitt namn.

"Jesus på en cykel!" ropade han när en gestalt klev fram bakom ett träd.

Gestalten var liten, spenslig och klädd i en tjock, vadderad jacka med en pälshuva uppdragen över huvudet. Under huvan fanns ett vackert ansikte, med lätt smink och ett par svarta glasögon som satt på näsan.

"Du är full av svordomar i dag, eller hur?" frågade hon när hon kom fram.

"Det är jag när du skrämmer skiten ur mig", svarade han och stoppade ner händerna i fickorna. "Vad gör du här, Abi?"

"För att träffa dig, såklart."

Tomeks min föll.

"Nå, här för att träffa dig av två skäl."

"Nej, och nej."

Tomek gick mot bilen, men journalisten följde ändå efter honom, hängde i hälarna på honom, nästan höll i honom för att hänga med.

"Det gäller Herbert Tucker", sa Abigail.

"Jag vet vad det gäller. Men det jag vill veta, och det vi andra vill veta, är hur *du* vet om Herbert Tucker. Jag verkar få skulden av Nick eftersom ditt team känner till det!"

"Så klart gör vi det", svarade hon, och hennes kinder rodnade allt mer ju längre de stod där ute. Antingen var det kylan eller den glödande flirten och lusten hon kände för honom.

Tomek antog att det var en kombination av båda.

"Hur?" frågade han.

"Vi är journalister. Det är vårt jobb att veta."

Tomek blängde på henne och väntade på att hon skulle utveckla.

"Okej", muttrade hon och himlade med ögonen. "Härom veckan sa vår chef åt oss att hålla oss utanför stationen oftare. Ifall något skulle hända."

"Så har ni stalkat oss?"

Stalka mig?

"Smickra dig inte själv", svarade hon som om hon hört hans tankar. "Det var bara för att vi skulle få en tidig exklusiv på något, det var allt."

"Just det. Och du råkade inte se vem som kidnappade borgmästaren i går kväll, eller hur?"

"Borgmästare? Han var parlamentsledamot."

"Just det. Förlåt. De är samma sak i mitt huvud. Båda börjar på M, och jag slår vad om att deras roller i princip är desamma."

Abigail verkade inte imponerad av hans brist på kunskap om lokalpolitikens inre mekanismer, men å andra sidan brydde han sig inte.

"Så..." började hon långsamt, hoppfullt. "Vad kan du berätta?"

"Massor." Han kliade sig eftertänksamt på kinden, som om han kanaliserade sin inre grekiske filosof. "Vatten är blött. Björnar skiter i skogen. Och du ska *aldrig* korsa strålarna..."

Till hans förvåning såg Abigail det roliga i det och gav honom en lekfull smäll på armen. Och i ett ögonblick slog det gnistor mellan dem. Något som de inte hade haft på ett tag. Faktiskt bara en gång tidigare. Den kvällen då de kysstes på fyllan. En rå, oförfalskad dragningskraft. Tomek trodde att det var på väg att hända igen.

Ett till ögonblick.

"Du kan vara en sådan skitstövel ibland", sa hon och bröt till slut dödläget.

"Jag siktar på att behaga", svarade han och blixtrade till med ett fräckt leende. "Men helt seriöst: du vet förmodligen lika mycket om vad som har hänt honom och var han är som vi gör."

En förvirrad min spred sig långsamt över Abigails ansikte. Som om han just hade berättat svaret på livet, universum och allting och hon ändå inte fattade.

"Så ni vet ingenting?" frågade hon.

"Du fattar snabbt." Ytterligare en lekfull smäll, den här gången hårdare – och lite mer förtjänt.

"Förresten, du är mig fortfarande skyldig", sa hon. "Tro inte att jag har glömt."

"Skyldig dig vad då?"

"Spela inte dum."

"Dum om vad?" Tomek tittade sig omkring på parkeringen som om han kanske skulle hitta svaret där.

"När ska du ta med mig ut?"

Skrattet och det lättsamma gnabbet tystnade och bars bort av en kraftig vindil som visslade förbi träden. Den senaste månaden eller så hade Abigail ständigt påmint honom och pressat honom om dejten han hade gått med på att ta med henne på. Men varje gång hade han missat ett samtal eller glömt att svara på ett sms, det hade varit över telefon och han hade hittat en ursäkt. Men nu var det ansikte mot ansikte, en konfrontation, och han hade ingenstans att ta vägen. Ingenstans att gömma sig.

Han var kluven av två skäl. För det första tyckte han att hon var lite för förtjust i honom, på gränsen till besatt, och efter att ha upplevt något liknande i en tidigare relation hade han insett att han inte ville hamna i något sådant igen. För det andra kunde det potentiellt äventyra deras arbetsrelation. Som medlemmar i samma team (inofficiellt) litade de ofta på varandra för information och tillgång till den andres kontakter (även om han definitivt tog mer än han gav), och hon hade hjälpt honom flera gånger tidigare och han visste att han skulle behöva förlita sig på henne igen framöver.

Men en annan del av honom, den del som var nyfiken och till stor del styrd av libido, undrade hur deras relation skulle utvecklas.

"När är du ledig?" frågade han.

Frågan tog henne på sängen, som om hon inte alls hade väntat sig den.

"I morgon kväll om du är det?"

"För tillfället, ja. Det beror på vad som händer med herr Tucker."

"Bra. Jag visste att jag skulle nöta ner dig", sa hon och blinkade.

Och det var just det han var rädd för. Att hon till slut skulle nöta ner alla hans murar och locka fram den riktige Tomek Bowen.

"Vart ska du ta mig?"

"Jag har några idéer", sa han medan han gick mot bilen med absolut inga restauranger i åtanke.

"Ett nytt ställe, tack."

"Nytt?"

"Alltså, ett ställe där du inte har tagit en tjej förut."

"Öh."

"Jaha, det blir svårt, va?"

"Nej. Det är bara lite..."

"Jag tycker inte att det är konstigt att be om att gå någonstans där du inte har tagit en annan tjej förut, tack. Jag vill inte att du ska tänka på henne när du ska tillbringa kvällen med mig."

"Kanske stöter vi på någon av mina ex", sa han, och hon sträckte sig efter honom för att ge honom en ny smäll men han drog sig undan så att hon nätt och jämnt missade honom.

Sedan stannade han vid bilen och klev in, och lät dörren stå öppen.

"Kanske blir vi fotade av paparazzi på restaurangen. Folk kommer tro att vi är lokala kändisar. Eller nya Charles och Diana."

"Helst inte", sa hon och tog ett steg bort från dörren. "Inte med tanke på hur det där slutade..."

KAPITEL
SJU

Tomek trodde inte att han och Abigail hade minsta chans att bli nästa Charles och Diana, men det fanns ett särskilt par som han var säker på inte var det heller.

Herbert och Nora Tucker.

Efter mötet med Abigail hade Tomek kört till Whitneys pojkväns hus, som passande nog hette Charlie, och hämtat henne efter hennes övernattning. Innan hon slog igen dörren om honom hade Whitney frågat om Charlie kunde följa med, och Tomek hade ryckt på axlarna och gått med på det. Känslomässigt stöd, hade hon sagt. Det rörde inte Tomek i ryggen; åtminstone betydde det att han skulle slippa kallprat och bara kunde låta dem skvallra loss i baksätet.

Men den välsignelsen varade inte länge. Inte när Whitney började bombardera honom med oroliga frågor.

"Kan du berätta vad som har hänt?"

"Är han okej?"

"Kommer ni att hitta honom?"

Whitney Tucker var en kvinna i tidiga tjugoårsåldern, men hennes manér och uppsyn – det mjuka, barnlika sättet att tala, de sjunkna axlarna, det ständiga nagelbitandet och hur hon snurrade hårslingor kring fingrarna – antydde att hon låg flera år efter, en tonåring som av någon anledning fortfarande höll fast vid de tidigare åren. Ändå var hon elegant och attraktiv, någon som uppenbart lade ner mycket tid – och mycket av pappas pengar – på att göra sig till den bästa möjliga versionen av sig själv hon kunde. En miniatyrversion av sin mamma under tillblivelse.

"Vi gör allt vi kan för att hitta din pappa", förklarade Tomek från framsätet. "Vi har ett team som letar efter honom, men vi kommer att behöva ditt stöd och ditt fulla samarbete så att vi kan hitta honom och få hem honom snart."

"Okej", sa hon, vilket verkade stilla en del av hennes oro. "Har du pratat med min mamma redan?"

"Ja. Det var hon som ringde och sa att han hade försvunnit."

"Och hon ringde inte mig?"

Tomek svarade inte. Han hoppades att frågan var retorisk.

"Det är så typiskt henne, det där", lade Whitney till. "Jag tror att hon försökte skydda dig. Hon ville inte störa din kväll."

"Så fräckt av henne."

En kort tystnad lade sig i bilen, och Tomek väntade tills den krympte innan han ställde frågan som hade slagit honom.

"Hur skulle du beskriva dina föräldrars äktenskap?"

Om Whitney tog illa vid sig syntes det inte. Faktum är att hon såg ut som om hon hade väntat sig den. Tomek förberedde sig på hennes svar.

"De avskyr varandra", sa Whitney och lät blicken glida mot fönstret. Samtidigt satt Charlie där bak, i utkanten av samtalet, och stirrade ut genom fönstret. "De är i luven på varandra hela tiden."

Intressant.

"Om det inte vore för Whit och Eleanor tror jag inte att de skulle vara tillsammans", sa Charlie. Tonfallet antydde att han försökte kila sig in i samtalet. Och han såg ut som den typen också. En snyggpojke, någon som hade varit omgiven av människor hela sitt liv, van vid att vara mittpunkten och som inte gillade när han inte var det.

"Jag brukar ofta tänka samma sak", sa Whitney och gav pojkvännens hand en liten kläm.

Tomek visste hur det kändes, hade själv varit där. Han undrade ofta om de inte skulle ha varit lyckligare allihop om hans föräldrar inte hade fått *honom*. Hans mamma, pappa, Dawid. Allihop. Den övertygelsen hade börjat efter att hans föräldrar, särskilt hans polska mamma, hade lastat honom för Michałs död. I sina föräldrars ögon hade han misslyckats med att skydda sin bror. Efter den katastrofala händelsen blev deras relation splittrad och distanserad. Även om den hade förbättrats de senaste veckorna och månaderna, tack vare att Kasia kommit in i familjen, återstod det långt kvar.

De tre anlände till familjen Tuckers hem tjugo minuter senare. Det var Anna som öppnade dörren för dem, med ännu djupare påsar under ögonen. Innan de började nästa omgång frågor lät Tomek och Anna familjen få en stund att knyta an, sörja, bearbeta. De tre Tucker-kvinnorna omfamnade varandra medan Tomek, Anna och Charlie såg på från sidan, bredvid fiolfikusen, som Tomek i hemlighet hade döpt till Den listige Fiolfikusen, eftersom namnet fick honom att tänka på Dodger från Charles Dickens' *Oliver Twist.*

Medan de bevittnade familjeåterföreningen iakttog Tomek kvinnornas beteende: Noras interaktion med Whitney var kort, nästintill mikroskopisk, men döttrarnas interaktion med varandra var betydligt längre, en omfamning som antydde att de inte hade setts på månader, nästan år. En omfamning som lämnade Nora i utkanten av sin egen familj.

När Whitney släppte taget om sin syster höll hon Eleanors ansikte mellan händerna och torkade bort tårar från hennes ögon. "Det är okej", sa hon till henne. "Det kommer att bli bra."

Eleanor nickade svagt, i en helt annan sinnesstämning än den hon visat sin mamma bara några timmar tidigare. Då hade hon varit disträ, distanserad, nästan påstridig. Men nu var hon sårbar, svag. Allt för sin storasyster. Det var då Tomek insåg att han såg på ett band mellan systrarna som var djupare än någon ravin. Och han fick intrycket att det var de två mot världen.

"Fru Tucker", började Tomek. "Skulle vi kunna tala i enrum i rummet bredvid? Går det bra att dina döttrar går upp på övervåningen eller kanske till köket?"

"Jag... jag tror inte—"

"Vi klarar oss", avbröt Whitney, och hon grep sin systers hand och drog med henne och Charlie uppför trätrappan. "Vi är i mitt sovrum."

"Perfekt", sa Tomek med ett leende. "Tack."

Ett ögonblick senare hade de gått och de tre vuxna gick in i vardagsrummet och intog samma platser som för bara några timmar sedan. Allt var sig likt utom en detalj som hade tillkommit sedan hans senaste besök: en näsdukask som stod vid Nora Tucker.

"Så ni har fortfarande inte hittat honom?" frågade hon, rakt på sak.

"Vad får dig att säga det?"

"Den där deppiga, allvarsamma minen ni har", sa hon. "Det ser inte ut som att ni är här för att ge mig några goda nyheter."

"Tyvärr har det inte skett någon förändring sedan i morse", förklarade Tomek.

"Jag förstår. Och hur tog hon det?"

Det tog en stund innan Tomek förstod vem hon syftade på.

"Hon verkade okej, antar jag. Fast jag har ingen måttstock för din dotters reaktioner. Jag har inget att jämföra med. Men hon nämnde något som jag gärna skulle vilja prata med dig om, om det går bra."

Noras rygg stelnade något. Hon förde ihop händerna i knät.

"Fortsätt..." sa hon, med en aning bävan i rösten.

"Som jag har förstått det grälar ni mycket i ert äktenskap."

"Gör inte alla det?" snäste hon tillbaka. "Det betyder inte att jag hade något med hans försvinnande att göra."

"Det har jag inte sagt. Jag ville bara fråga om ert äktenskap, det är allt."

Innan hon svarade drog Nora in ett djupt andetag och höll kvar det. När hon lät luften lämna bröstet började hon: "Det har varit skakigt, missförstå mig inte. Vi har haft våra meningsskiljaktigheter, som alla par, och vi har tagit oss igenom dem. Men vi bara fortsätter. Visst, det finns inte så mycket kärlek kvar längre, men jag tror att det är naturligt för sådana som oss..."

"Vad får dig att säga det?"

"Vilken del?"

"Varför det inte finns någon kärlek kvar mellan er två?"

Hon ryckte på axlarna, som om svaret var självklart. Tomek bestämde sig för att ställa fler frågor.

"Vad hände egentligen i morse när din man ringde? Varför ringde han dig klockan tre på natten? För det har gnagt i mig, och jag tror inte att det bara var för att tala om att han skulle komma hem."

Det dröjde länge innan Nora svarade. Men innan hon gjorde det sträckte hon på halsen mot taket och gick sedan bort mot vardagsrumsdörrarna. Hon drog igen dem varsamt, som om minsta ljud kunde få huset att rasa, och återvände till sin plats som en annan kvinna. Den här gången var hon mer trotsig, mer härdig, och den sörjande hemmafruns fasad tycktes försvinna i ett slag.

"Han sa att han ville skiljas."

Tomek drog långsamt efter andan. "Varför ljög du för oss?"

"För att jag inte ville att Eleanor skulle få veta."

"Var det här första gången ni tog upp det?"

Nora skakade på huvudet och började sedan fingra på sina diamantörhängen, varvid flera andra dyra, diamantprydda ringar och armband på handen blänkte till.

"Han sa det för några månader sedan. Sa att han inte var lycklig och att han ville ut ur relationen."

"Men ni är fortfarande tillsammans... Vad förändrades?"

"Vi blev båda så upptagna med vårt, med att leva våra liv var för sig, att det helt enkelt aldrig blev av. Jag var mer än nöjd med att stanna hos honom, med huset, med barnen, så jag tog aldrig upp det igen."

Och diamantsmyckena. Och sportbilen som stod på uppfarten. Och manikyrerna och pedikyrerna och hårbehandlingarna och yogalektionerna.

Allt på någon annans kreditkort.

Tomek var övertygad om att hon skulle göra vad som helst för att få stanna i relationen.

"Så vad var det med samtalet i morse som var annorlunda? Vad fick honom att ta upp det igen?"

Hon ryckte på axlarna igen. "Det får du fråga honom."

Av någon anledning tänkte Tomek att det nog skulle vara det sista Herbert Tucker hade i åtanke när de hittade honom.

Om de hittade honom.

KAPITEL
ÅTTA

A lbert Patterson blev först förälskad i stranden för över sextio år sedan. Hans föräldrar hade tagit honom och Roger med buss till Southend på semester, deras livs första, och den första av bara några få som familj. De hade tillbringat eftermiddagen på stranden, lekt i sanden, byggt slott och sprungit ut i vattnet för att tvätta smutsen från fötterna, bara för att inse att de skulle bli smutsiga igen direkt efteråt. De hade delat på glassar, och de hade tagit med sig en picknick i en liten korg. Hemgjorda tonfiskmackor. Alberts favorit.

Men det bästa med dagen, hans favorit, hade varit hans lilla upptäckt.

Tidevattnet hade dragit sig tillbaka, och han och Roger hade lekt i gyttjan, deras fötter sjönk ner i den smutsiga, skitiga massan. De hade jagat varandra, en oskyldig omgång *kull*.

Men så snubblade Albert och föll rakt fram med ansiktet i leran. Täckt av lera, med jord i munnen, ropade han på sin bror. Roger hade kommit farande mot honom, och när brodern drog upp honom ur det slukhål han höll på att sjunka ner i, glimmade ett litet blänk under den bruna massan.

Ett mynt.

Gammalt, skitigt, täckt av århundradens smuts och lort.

Han visste inte exakt vad det var eller varifrån det kom. Han visste bara att det var viktigt för någon och att han behövde det.

Han ville ha det själv.

Men det hade inte varit möjligt. Under hemresan hade Albert hållit sin skatt hemlig, gömd i fickan på sina blöta och sandiga shorts. Det var inte förrän de kom hem som han delade fyndet med familjen. Först blev de rasande, besvikna över att han hade tagit något som inte var hans. Men efter att han hade förklarat var han hade hittat det och vad han tänkte göra med det, bad de om ursäkt och förstod honom.

Det som följde sedan slog dem alla med häpnad. Hans far hade tagit myntet till en samlare, som hade granskat skatten och värderat den till över två tusen pund. För det var ett gammalt romerskt mynt, kanske från ett sedan länge förlorat skepp som en gång seglat på Themsen och dess mynning, spolats i land för alla de sekler sedan.

Alberts föräldrar hade senare sålt myntet, vilket hade räckt för att ta dem ur fattigdomen och in i en fin bostad vid Southends strandpromenad där Albert i femtio år hade patrullerat stränderna i jakt på ännu ett fynd som skulle förändra livet.

Men hittills hade han inte hittat något.

Bortsett från en diamantring, som han snabbt hade lämnat tillbaka till den otröstliga kvinnan som enligt uppgift hade tappat den bara en timme tidigare, bestod merparten av hans fynd av gamla kapsyler, magneter och annat metallsplitter.

Femtio år av patrullerande längs stränderna i Leigh-on-Sea, Chalkwell, Southend och Thorpe Bay med sin metalldetektor, i hopp om att varje nytt tidvatten skulle föra med sig ännu ett blänkande guldmynt.

Femtio år av strövande upp och ner, fortfarande klamrande sig fast vid den upprymdhet han känt vid sitt allra första fynd.

Och det var inte annorlunda nu.

Han hade tillbringat morgonen i andra änden av Essexkusten, i Leigh-on-Sea, och närmade sig nu slutet på sin förmiddag i Thorpe Bay. Där bestod stranden till stor del av stenar och släta småstenar som hade frätts av åratal av saltvatten. Det var i regel det minst givande stället när det gällde fynd. Ofta fanns det väldigt lite i Thorpe Bay, men han tyckte om den ändå. Faktiskt var den en av hans favoriter, tack vare badhytterna som låg på rad längs promenaden. Badhytter i flera färger, som alltid brukade vara flitigt besökta och använda på sommaren. Han hade en gång hört i förbifarten att de var värda över hundra tusen pund. Alldeles för mycket pengar, enligt honom. Men en sådan var en av de första sakerna på hans inköpslista om han någonsin skulle hitta ännu ett gyllene romerskt mynt. Det, och en sprillans ny metalldetektor.

När han började avrunda för dagen gick han tillbaka längs strandpromenaden framför badhytterna, fortfarande med ögonen och näsan mot marken, letande efter det svagaste lilla blänket, den mjukaste glimten.

När han nådde mitten av raden med badhytter stannade han. En otäck, stickande lukt hade fastnat i näsan. Men den kom inte från tången eller bråten som spolats upp på stranden; han hade patrullerat stränderna tillräckligt länge för att känna skillnaden.

Nej, det här var något annat. Lukten av något betydligt vidrigare.

Så han bestämde sig för att undersöka.

Det dröjde inte länge förrän han förstod vad lukten var och varifrån den kom.

En hemlös man som hade sökt skydd mellan två badhytter. En hemlös man som antagligen hade pissat på sig för att hålla sig varm över natten. Gestalten var invirad i ett täcke och bar ett par gamla vandringskängor fulla av hål.

"Synd", sa Albert, skakande på huvudet, medan han fortsatte gå och lämnade mannen där.

Han avskydde att se det, men som så många andra var han aldrig tillräckligt villig att förändra det eller göra något åt saken. Han såg sig själv som maktlös, en ineffektiv och nästan värdelös röst i kampen mot någonting alls. Det enda i livet han hade kontroll över var sig själv och sin metalldetektor. Det var bara synd att han inte hade kontroll över stranden och hemligheterna som låg dolda under den.

Men precis när han skulle gå och ge upp allt hopp, fångade något hans blick. Något glittrigt. Något intressant.

Med stigande upprymdhet böjde sig Albert ner till marknivå och började sopa undan småstenarna runt föremålet, tills han till slut blottlade en vigselring. Guld, massivt, tungt.

Värd mycket pengar. Kanske inte nog för en badhytt i Thorpe Bay, men definitivt nog för den nya metalldetektorn som han hade spanat in på eBay.

KAPITEL
NIO

V ädret hade försämrats avsevärt. Kylan var bittrare, och vinden bar med sig en känsla av hämnd. Och för att göra saken värre hade det börjat regna. Inte ösregn, men inte dugg heller. Det där mittemellan där man verkar bli genomblöt inom några minuter efter att man lämnat huset. Och precis det hände Tomek så snart han lämnade stationen och gick den korta sträckan till sin bil.

Samtalet hade kommit in för mindre än tio minuter sedan. En kropp hade hittats i Thorpe Bay. Vid strandpromenaden. Inklämd mellan den ökända raden av badhytter.

Nick hade tagit honom åt sidan och sagt åt Tomek att han ville att sergeanten skulle åka till brottsplatsen. "Jag favoriserar inte", hade Nick förklarat på sitt kontor. "Jag vill bara se till att *hon* inte favoriserar."

Hon var kriminalinspektören, Victoria.

Hon var den som hade ett förhållande med en kriminalsergeant.

Det syntes tydligt att Nick inte gillade tanken på att de var tillsammans, att det kunde störa deras fokus och deras förmåga att leda en komplex och uppmärksammad mordutredning. Och Tomek kunde knappast klandra honom.

Under den korta tid som Herbert Tucker hade varit försvunnen hade hans namn fått över tio tusen omnämnanden på Twitter, och mer än två dussin artiklar hade skrivits om honom, och teamet gick igenom dem och kommentarsfälten för att hitta ledtrådar eller uppdateringar.

Tomek undrade om detta var Nicks sätt att straffa dem på något vis. Och om det var det, hade han inte så mycket emot det, för just nu var det han som drog nytta av det.

Bredvid honom i bilen satt kaptenen, med perfekt trimmad skäggstubb och designerglasögon som vilade perfekt på näsan. DC Oscar Perez var en man med klass och karisma, men han höll det gärna lågmält, under radarn. Detsamma gällde hans personlighet. På kontoret var han ofta tystlåten och reserverad. Om inte, förstås, tillfället att rätta någon uppenbarade sig framför honom och han såg det som sin plikt att göra det. Tomek hade arbetat med honom i nästan tio år, men under den tiden hade han aldrig sett mannen med en bok i handen eller en dokumentärvideo på telefonen. Det var alltså ett mysterium hur han kunde veta så mycket.

"Varifrån får du all din onödiga trivialkunskap?" frågade Tomek när de körde mot Thorpe Bay. Resan var kort – fem minuter, mer eller mindre, egentligen gångavstånd – men ingen av dem hade lust att trotsa vädret.

"Mina föräldrar", förklarade Oscar, med mjuk latinamerikansk brytning.

"Hur då?"

"Böcker."

"Vad gjorde de? Höll de fast dig och tryckte in sidorna i munnen på dig?"

Oscar skrattade till. "Nej. Jag läste tidigt. Ganska avancerade grejer, faktiskt. Och sedan räckte min pappa mig ett uppslagsverk. Har du hört talas om en sån?"

"Din förbannade lyckost. Klart jag har hört talas om dem. Det är de där böckerna med alla matlagningsinstruktioner, eller hur?"

"Nästan. Hur som helst läste jag de första sidorna och allt verkade falla på plats för mig. Det bara klickade. Jag gillar helt enkelt att lära mig saker."

"Och att rätta folk, glöm inte det."

"Det är vad jag lever för", sa Oscar lugnt. "Det, och att hitta brottslingar."

"Nåväl, Kapten", sa Tomek när han stannade bilen på strandpromenaden en bit från badhytterna. "Ditt skepp har just lagt till på fiendens mark. Ställ in vapnen på bedövning, och gör dig redo för vad som kanske—"

"Faser."

"Va?"

"Faser. Det heter faktiskt "ställ in faserna på bedövning"."
Tomek gav honom en bister blick. "Håll käften och kliv ur bilen",
svarade han skämtsamt.

Här nere, längs strandpromenaden, hade vind och regn tilltagit.
Vattnet piskade honom som kulor från alla håll, medan vinden slog
honom ur balans när han klev upp på trottoarkanten. Gatorna låg öde.
Ingen syntes till förutom poliserna och kriminalteknikerna mitt i gatan.
Gatan var avspärrad och ett vitt kriminaltekniskt tält hade rests över
badhytterna. Tomek hade läst om dem en gång, att de ibland kostade
som en lägenhet, beroende på skicket. Och Tomek kunde inte tänka sig
något värre än att lägga en halv förmögenhet på något som bara skulle
användas under några månader om året, och under de hektiska
sommarmånaderna skulle han tvingas dela stranden med alla andra typer
som prompt skulle dit samtidigt som han. Kanske var det det polska i
honom, cynismen, men han kunde komma på bättre sätt att spendera
hundra tusen.

Strax efter att de kommit fram tog Tomek och Oscar på sig varsin
overall och gick nerför trapporna mot stranden. Sedan gick de mellan
sjömuren och baksidan av badhytterna, och undvek skräpet och bråtet som
Southends avskum hade kastat ner där (ytterligare en anledning till att han
inte ville köpa en badhytt). Inklämda mellan muren och de små träbodarna
mojnade vinden drastiskt, och regnet hade svårt att tränga igenom
springorna som det gjorde i det öppna.

Massan av vita gestalter var bara några meter bort, och när de närmade
sig blev de skyddade under tältet som på något sätt hade rests över tre av
hytterna och gav dem lä för vädret. Fem kriminaltekniker totalt, med en
brottsplatschef som ansvarade för dem. Och så fick Tomek syn på Lorna
Dean, rättsläkare vid Home Office, med sitt eldröda hår som verkade
bränna igenom den vita pappersdräkten.

"God eftermiddag", ropade Tomek utan att rikta sig till någon särskild.
"Härligt väder för det."

Sedan tittade han ner i den smala glipan mellan de två hytterna. På
kroppen som låg där, skyddad av ett täcke.

"Vem är det här, då?" frågade Tomek Lorna på andra sidan kroppen.
"Inte säkert än", svarade hon. "Han har ingen legitimation på sig. Ingen
plånbok, ingen telefon."

Tomek vände sig mot Oscar. "Har du utskriften?"

"Ett ögonblick", svarade Oscar, drog sedan ner dragkedjan på overallen och stack handen i kavajfickan.

"Det är ganska tyst här nere", konstaterade Tomek medan han väntade. "Man kan faktiskt höra sig själv tänka."

Sedan kom Oscars hand fram, och Tomek tog dokumentet. När han hukade sig intill offrets ansikte vek han ut pappret och höll det nära mannens huvud.

"Vad säger du?" frågade Tomek Oscar. "Samma kille?"

"Jag menar... hans mun är lite röd, och näsan är lite bruten, men ja, jag skulle säga att det är samma kille."

"Vem?" avbröt Lorna.

"Vår högt ärade parlamentsledamot och kommunfullmäktigeledamot, herr Herbert Tucker", svarade Tomek med en antydan till sarkasm i rösten.

"Vem?"

"Precis. Jag kände inte heller igen honom. Därav fotot." Tomek viftade med utskriften. "Tydligen är han något av en lokal kändis."

"Jaså?"

"Nej", svarade Oscar. "Det är bara det att Nick och Martin förväntar sig att vi alla ska veta vem han är."

"Just det. Fullkomligt logiskt."

Tomek struntade i dem och fortsatte att granska den döde mannen framför sig. Herbert Tucker liknade inte alls fotot som Tomek hade laddat ner från internet. Herbert Tucker hade nu en bruten näsa, och en flod av intorkat blod täckte näsborrar och kinder, men den största avvikelsen var den röda svullnaden och lesionerna runt munnen. Det såg ut som om han hade kysst någon och kommit ut i andra änden med deras läppstift på sig. Men mer oroande, och förvirrande, var kläderna Herbert bar. Tomek hade sett övervakningsfilmen där Herbert Tucker lämnade kommunhuset klockan tre på morgonen, och Herbert hade då haft kostym, skjorta och ett par prydliga skor. Formell klädsel. Kontorskläder. Något som signalerade att han arbetade för kommunen. Nu däremot var han klädd i en sunkig brun rock, ett par trasiga jeans och ett par smutsiga, söndertrasade skor.

Han hade klätts för att se ut som en hemlös.

Och fått lukta som en också.

Stanken av piss och ammoniak låg tung mellan badhytterna, och Tomek undrade om den kom från Herbert eller om den satt i själva konstruktionen, insipprad i träet av människor som ständigt pissade just där. Och så mindes han lukten vid brottsplatsen på parkeringsplatsen och pölen som följt med den.

"Vem hittade honom?" frågade Tomek och tog ett ögonblick för att ta in det han såg.

"Pensionär på morgonpromenad. Sa att han nästan fick en hjärtattack."

Tomek undrade hur länge Herbert Tucker hade legat där, död, utelämnad åt vädret, nedkissad. Han undrade hur många andra som hade struntat i honom så fort de sett täcket och de smutsiga kläderna.

Gärningsmannen hade klätt ut Tucker av en anledning – för att distrahera och fördröja – vilket betydde att den de hade att göra med var smart och beräknande. Och, viktigare, hade planerat bortförandet och mordet i förväg. Det var inte ett sådant beslut man tar på ett infall. Noggrann och grundlig planering låg bakom hans död.

Tomek hade sett vad han behövde. Han reste sig, och med Oscar tätt bakom sig tog han sig tillbaka till polisavspärrningen. Där stod den stackars olycksalige vars jobb var att stå vakt och föra in- och utlogg över alla som kom och gick. Han var klädd i full regnutrustning och vattentät keps, men det gjorde föga för att skydda honom mot vädret. Tomek hälsade mannen med ett varmt leende när han skrev ut sig i loggen, och gav honom en klapp på ryggen innan han gick.

När de gick mot bilen såg han en polisbil som stod vid vägkanten, med två personer i baksätet synliga bakom rutan. Tomek gick fram och knackade på rutan, vilket skrämde den vithårige mannen framför honom. Han öppnade dörren.

"Herregud, människa", utbrast han. "Jag har redan blivit skrämd halvt till en hjärtattack en gång, jag vill inte ha en till. Försöker du ta livet av mig?"

"Inte med avsikt, herrn."

Tomek stack in huvudet förbi gentlemannen och såg den uniformerade polisen bakom honom.

"Tar ni skydd från regnet?" frågade han.

"Tar upp ett vittnesmål", svarade polisen.

"Så det är du som hade oturen att hitta offret?" sa Tomek till den äldre gentlemannen.

"Ja."

"Ditt namn?"

"Laurence Lowell."

"Trevligt att träffas, Laurence Lowell. Jag är kriminalsergeant Tomek

Bowen. Om du behöver något, säg bara till mig eller någon av mina kollegor."

Mannen verkade lugna sig lite. "Självklart."

"Innan jag låter er fortsätta, får jag fråga hur länge sedan det var du hittade kroppen?"

Polisen svarade först, medan han bläddrade i sina anteckningar. "För en timme sedan, chefen. 15.12."

Tomek nickade.

Det betydde att det fanns ett tolvtimmarsfönster mellan bortförandet av Herbert Tucker och att han hittades.

Ett tolvtimmarsfönster som de behövde hitta sin gärningsman inom.

KAPITEL
TIO

Det fanns sex frågor som behövde besvaras i varje mordutredning.
Vem?
Vad?
Var?
När?
Varför?
Och hur?
Sex universella frågor som gick att applicera på allting.
Vem var inblandad?
Vad hände?
Var hände det?
När hände det?
Varför hände det?
Hur?
Det man skulle komma ihåg var dock betydelsen av varje svar.
När hände det? Varför just då? Varför inte tidigare, senare?
Kaninhålet av följdfråga efter följdfråga var enormt, men det var de där hålen som till sist ledde till ett bra spår eller att en möjlig misstänkt greps.
Och nästan omedelbart anade Tomek att kaningrytet i Herbert Tuckers liv skulle vara ännu större, och ännu svårare att följa.
Han och Oscar hade återvänt till stationen så snabbt som möjligt, mer för att komma undan regnet och in i värmen än för några goda nyheter.

Och inom några ögonblick efter att de kommit tillbaka bombarderades de med frågor, främst från Nick som var desperat efter en uppdatering.

"Är det han? Är det Tucker?"

Tomek kände sig som den där gången han blivit trakasserad på Southends high street av någon som försökte värva honom till ett månatligt autogiro för en välgörenhet. Det fanns ingen utväg.

"Sakta i backarna, chefen," svarade han. "Låt mig åtminstone få av mig kappan."

Några sekunder skulle inte göra någon skillnad i det stora hela, men för Nick gjorde de det. Han smög efter Tomek, flåsade honom i nacken medan han gick.

När han hade hängt kappan på en krok vände sig Tomek om och såg Nicks kala huvud sväva några centimeter från hans haka.

"Nå?"

"Ja."

"Är det han?"

"Ja."

"Är du säker?"

"Jag använde fotot."

"Vilket foto?"

"Jag visste inte hur han såg ut så jag skrev ut ett och höll det mot hans ansikte."

"För helvete, Tomek," sa Nick och suckade högt. "Vi måste ändå få hans fru att bekräfta identiteten."

Även om Tomek var nittionio procent säker på att det var Herbert Tucker.

"Varför kollade du inte hans plånbok eller körkort?" frågade Nick.

"Han hade faktiskt ingen legitimation på sig, chefen," svarade Oscar från andra sidan rummet.

"Vad menar du?" frågade Nick.

"Förmodligen stal gärningsmannen den. Han var klädd som en hemlös."

En djup tystnad lade sig över rummet medan teamet bearbetade informationen. Ögonblicket varade länge – tio sekunder, tjugo, trettio – innan Nick skakade på huvudet i misstro och kallade till ett brådskande möte i insatsrummet.

En minut senare satt teamet ner, med undantag för Nick som stod längst fram i rummet och gick rastlöst fram och tillbaka. Under tiden som Tomek och Oscar hade varit borta från stationen hade de arbetat med att besvara *vem*-frågan. Vem hade gjort det här mot Herbert? Vem i hans liv hade han gjort så illa att de tyckte att det här var enda sättet att hämnas?

Men nu när teamet visste att Herbert hade varit klädd som en hemlös antingen precis före eller efter sin död, tillförde det en ny dimension till utredningen.

Frågan blev nu: vem hade han gjort så illa, och *varför* skulle de vilja klä honom så?

Tomek hade några första idéer men ville vänta tills han hörde informationen innan han fastnade för någon av dem.

"Berätta allt du vet om brottsplatsen," beordrade Nick, rakt på sak.

Känslan av att stå och läsa högt inför klassen kom över Tomek, och han harklade sig. Sedan förklarade han vad de hade fått fram efter samtal med nyckelvittnet, Laurence Lowell, och den uniformerade polisen. Att Laurence hade upptäckt kroppen bara en timme tidigare. Att Herbert Tucker hade varit klädd som en hemlös och dumpats mellan strandhytterna. Att han hade varit övertäckt med ett täcke. Att han hade röda märken runt munnen.

"Röda märken?" frågade Nick.

"Som att han hade kysst någon med *väldigt* mycket läppstift."

"Några andra synliga tecken på misshandel? Möjlig dödsorsak?"

"Återstår att fastställa för tillfället, chefen. Lorna bokar in honom i eftermiddag."

"Prata ordentligt, Tomek, för Guds skull." Nick suckade så tungt att Tomek kände det från andra sidan bordet. "Vad mer?"

"Det är nästan allt vi vet just nu. Förutom att det inte finns några övervakningskameror i området, jag kollade."

"Hur är det med nyckelvittnet? Misstänker du att han kan vara inblandad?"

"Om vi letar efter en man i sextioårsåldern, så visst. Men tyvärr tror jag inte att vi kommer att göra det. Personen som gjorde det här måste ha burit Tuckers kropp ner till stranden och klätt av honom någon gång. Vet inte hur det är med er, men till och med jag skulle ha svårt med någon med hans kroppshydda."

"Men du har ju aldrig varit den starkaste," ropade Sean.

Tomek log snett. "Jag har en idrottares kropp. Synd bara att det är en dartspelares."

Och det var inget skämt heller. Efter att Kasia kommit in i hans liv hade siffrorna på midjemåttet och bokstäverna i klädstorlekarna börjat ändra sig och göra honom nedstämd. Han kunde inte minnas när han senast var ute och sprang, men han kunde minnas när han senast åt hämtmat. För Kasia spelade det ingen roll, den lilla rackaren var välsignad med en fantastisk ämnesomsättning som gjorde att hon såg slank och frisk ut. Tomek däremot hade gärna bytt bort en arm för att få tillbaka sin.

"Sean, Tomek, håll käften för fan," stönade Nick. "Det här är inte tid eller plats. Om ni vill ha era roliga små samtal, ta dem på er egen jävla tid och inte i min jävla byggnad."

Nu kände sig Tomek som ett barn som just blivit utskällt av läraren.

Med brottsplatsen avhandlad gled fokus snabbt över till resten av teamet och vad de hade grävt fram i sina försök att skala bort lagren i Herbert Tuckers liv.

"Han var ett riktigt svin, en riktig skitstövel," började kriminalassistent Rachel Hamilton. "Och det är min opartiska syn. Herbert Tucker gjorde sig först ett namn inom metall. Han köpte stål och andra metaller skitbilligt av folk som ville bli av med dem, sedan rengjorde han dem och sålde vidare till högstbjudande. Han började med det när han var tjugo och fortsatte i tio år innan han till slut gick in på fastighetsmarknaden."

"Alla är hyresvärdar eller fastighetsmagnater nuförtiden," sa Anna. "Det är löjligt. Det hindrar mig och min familj från att köpa hus."

Hennes reaktion möttes av instämmande rop.

"Därifrån blev han ganska rik och ganska välkänd. Som att han började hitta hem och alliera sig med Tory-eliten. Han skaffade många vänner högt upp, och varje gång han sökte olika slags bidrag och stipendier eller någon form av bygglov, så snabbhandlades det och gick igenom mycket fortare än det skulle ha gjort för någon annan."

"Så klart," svarade Nick.

"Känner ni lukten?" frågade Tomek. "Luktar korruption. Och det är inte den enda lukten."

"Vad pratar du om?" Den här gången var det Victorias tur att lägga sig i. Tomek hade märkt att hon haft väldigt lite att säga och göra sedan utredningen började, vilket inte var likt henne. Kanske hade Nick till slut påmint henne om de potentiella problemen kring hennes relation med Sean.

"Jag glömde nämna," började Tomek. "Herbert Tucker hade kissat på sig när han dog. Antingen före eller under."

"Inte efteråt?" frågade Nick sarkastiskt.

"Det är faktiskt möjligt," sa Oscar. Sedan kom han ihåg att lägga till "chefen" på slutet.

Nick suckade ofrivilligt och förde sedan tillbaka samtalet till Rachel, som fortsatte att förklara offrets livshistoria i förvånansvärt exakt och detaljerad form.

"Han läste ekonomi i Cambridge men hoppade så småningom av när han insåg att det bara var teori och att det praktiska fanns där ute i verkligheten. Och just nu har han fyra företag. Metallfirman, fastighetsverksamheten, ett e-handelsföretag och ett utlandsbolag registrerat på ön Jersey."

"Typisk politiker," kommenterade Sean.

"Vi försöker hålla politiken utanför, okej?"

"Det kan bli lite svårt, chefen. Men jag ska göra mitt bästa."

Känslan av att samtalet behövde styras åt ett annat håll innan det urartade i två män med motsatta politiska åsikter som grälade, fick Tomek att fråga: "Hur vet du allt det här?"

Då vred Rachel sin datorskärm mot dem. På den fanns en Amazonsida för en bok som hette "It's Better At The Top", tillgänglig för Kindle och i pocket. På bokomslaget fanns den omedelbart igenkännbare Herbert Tucker, som tittade nedåt, antagligen på dem som stod under honom, så att dubbelhakan syntes.

"Den dumme jäveln har skrivit memoarer?"

"Snarare en affärsbok, men han pratar om sig själv *väldigt* mycket."

"Klart han gör." Tomek himlade med ögonen. "Läste du allt på några timmar?"

"Skummade det mesta. Den är inte så lång. Jag tror att jag kan ha köpt det enda exemplaret."

"Hans största fan. Nämner han några namn?"

Rachel skakade på huvudet.

"Det gjorde han förstås inte. Typisk politiker."

"Vad sa jag?" väste Nick.

"Du säger mycket, chefen."

"Minns du inte vad jag sa för fem minuter sedan? Att du skulle hålla käften för fan?"

Skrattet och leendet föll från Tomeks ansikte när Nick vände sig tillbaka mot Rachel.

"Hade han några fiender i affärsvärlden? Någon han kört över som kan vilja ge igen?"

Rachel vred tillbaka datorn så att skärmen vette mot henne igen. "Inte säker än, men jag är säker på att under hans trettioåriga karriär i näringslivet, och de senaste tio i politiken, finns det garanterat någon. Det är bara något jag behöver titta närmare på med lite mer tid."

En tystnad lade sig över rummet medan de väntade på att Nick skulle välja någon annan att tala. Chefinspektören lade fingertopparna på bordet och vände sig långsamt mot Chey.

"Så vi vet om hans affärsliv. Vad kan du berätta om hans politiska liv?"

Det ivriga uttrycket i Cheys ansikte tydde på att den unge konstapeln hade väntat hela morgonen på det här, hans stund att visa allt han lärt sig, och han såg ut som om han hade repeterat sin öppningsreplik flera gånger i huvudet medan han tålmodigt väntade.

"Jag är inte mycket för politik," började han. "Jag kan inte skilja Angela Merkel från Nicola Sturgeon. Och om jag måste, skulle jag säga att jag bryr mig mer om hur en kängurus fisar luktar än om vad som pågår i regeringen. Men det jag *vet* är att den här mannen hade fiender. Massor. Nio av tio på rövhålsskalan. Antagligen den minst omtyckte personen i länet om man ska tro mätningarna, och jag vågar till och med gissa att han är minst omtyckt i sitt eget hushåll. Hur vet jag det, undrar ni?"

Chey väntade på att någon bokstavligen skulle ställa frågan. När ingen gjorde det for en liten glimt av besvikelse över hans ansikte och han fortsatte.

"Jo, mina damer och herrar, Internet. En snabb sökning på hans namn ger flera videor där folk trakasserar honom och till och med attackerar honom på gatan. Min favorit är den där han får ägg kastade på sig och en örfil i ansiktet när han går genom en folkmassa."

"Som John Prescott," ropade någon.

Chey ryckte på axlarna, som om han inte hade en aning om vem John Prescott var. "Visst," sa han och fortsatte sedan.

"Det visar sig att han i början av sin politiska karriär var en stor förespråkare i drogfrågan – att bekämpa dem, inte att använda dem. Han var också en stor spelare inom hemlöshetsområdet och lovade guld och gröna skogar när det gällde stöd och bostäder för hemlösa. Och sedan han haft makten de senaste två åren har han inte infriat ett enda av sina löften, och den allmänna uppfattningen är att han har backat från mycket av det han sa att han skulle göra och tagit länet tillbaka till åttiotalet. Han kallade till och med hemlöshet "ett livsstilsval"."

"Fitta," kommenterade någon, annan än Tomek eller Sean.

"En av de senaste grejerna han har gjort – enligt honom själv också en av de bästa, ödmjuk som han är – är att höja de offentliga parkeringsavgifterna längs strandpromenaden."

"Är det därför det gick på över tolv pund för en eftermiddag häromdagen?" frågade Tomek.

Han och Kasia hade gått längs strandpromenaden och in på några arkadhallar som en kul grej; det slutade med en dyr eftermiddag.

"Ja, det är han som ligger bakom det," svarade Chey.

"Rövhål," muttrade Tomek för sig själv.

"Fast du blir glad att höra att de återställer det till det normala om ett par veckor. Tydligen är parkeringsplatserna inte lika välfyllda som förr."

"Undrar varför..."

"Kan vi komma tillbaka till ämnet, tack?" snäste Nick och slog handen i bordet av frustration. "Hur hjälper det här oss överhuvudtaget?"

"Det gör det inte," svarade Chey ärligt, lite för ärligt. "Det säger bara att han hade många fiender. Och potentiellt många som ville se honom död."

KAPITEL
ELVA

M edan Herbert Tucker må ha haft många fiender, var den sista personen som såg honom i livet nästan säkert inte en av dem. Sarah Jewell var en kvinna i tidiga fyrtioårsåldern med kastanjebrunt hår, en perfekt tandrad och ett lika bländande leende. Hon var klädd i en lång, figurnära gul klänning med blommönster som inte hade sett det minsta malplacerad ut i Kew Gardens. Tomek tyckte inte att klädseln passade årstiden, men vad visste han om mode? Han bar fortfarande samma par skor som han hade ägt de senaste sju åren. Och han såg ingen anledning att byta dem. Visst, de kunde ha luktat – hemskt, om man lyssnade på Kasia – men de fungerade fortfarande och, viktigare, de var fortfarande bekväma.

Dessutom kunde han inte motivera att lägga ut ytterligare hundrafemtio pund på ett par skor, även om de skulle räcka i åtta år till.

Sarah öppnade dörren till ett litet mötesrum. Där inne stod ett bord, fyra ergonomiska Herman Miller-stolar av toppklass som kostade över 1 000 pund styck, en platt-tv som hängde på väggen och en whiteboard uppsatt på väggen intill. Tomek kunde inte låta bli att lägga märke till hur rent och nytt allt såg ut. Och hur man inte hade sparat på något när det gällde att låta skattebetalarnas pengar bekosta alltihop.

Han undrade också vilka andra lyxigheter Southend kommun hade unnat sig för hans pengar.

Sarah drog ut en stol på andra sidan bordet och satte sig. Tomek och Rachel slog sig ner mitt emot. Innan de började tog Tomek ett ögonblick för att studera kvinnan. Hennes smink var noggrant lagt, men det hade runnit där hon uppenbarligen hade gråtit, och hennes ögon var svullna.

Instucken i ärmen, med en liten bit som stack ut, fanns en pappersnäsduk, och medan hon väntade började hon pilla med den, gnuggade papprer mellan tumme och pekfinger. Det var bara subtilt, den minsta av rörelser, men Tomek lade också märke till att hennes kropp skakade. Om hon studsade nervöst med benet upp och ner under bordet, eller om det var en fysisk reaktion på nyheten om Herberts försvinnande och död, det visste han inte. Men till slut antog han att det var en kombination av båda.

"Fru Jewell", började Tomek.

"Fröken", rättade hon. "Gift en gång, men aldrig igen."

"Just det", svarade Tomek med en urskuldande min. "Fröken Jewell. Först och främst, tack för att du tar dig tid att tala med oss. Som du säkert känner till utreder vi din chef Herberts försvinnande. Men tyvärr måste jag meddela att hans kropp hittades för inte så länge sedan."

Sarah sköt handen till munnen för att dölja den hörbara flämtning som lämnade hennes läppar. "Är han död?"

"Ja."

Och sedan kom tårarna. Många. Minst tre minuter i sträck. Oavbruten gråt och hyperventilation. Tomek satt tålmodigt och väntade på att hon skulle komma över den första chocken, men det var Rachel som tog hand om henne. Hon var den mer omtänksamma och känslosamma av de två, och det var rimligt att hon tröstade den förtvivlade kvinnan på alla sätt som gick. Tomeks enda insats var att hämta en ny ask näsdukar från hennes skrivbord.

När hon till slut var klar, började Tomek. Medan han talade fortsatte hon att dutta vid ögonen, och all omtanke om det noggrant lagda sminket var som bortblåst.

"Vi misstänker att han kan ha blivit mördad av den eller dem som kidnappade honom", sade Tomek.

"Jag hörde om det i morse. Jag fick ett sms från Keith som sa att han hade hört från säkerheten att Herbert var försvunnen."

"Keith?"

Tomek stack handen i fickan efter penna och anteckningsbok, redo att klottra ner Sarahs nästa ord.

"Keith Ferguson. Jobbar med Herbert. De står varandra ganska nära."

Tomek antecknade namnet och strök under det flera gånger.

"Hur länge hade du arbetat för herr Tucker?" frågade Tomek, ivrig att föra samtalet vidare.

Hon drog ut ännu en näsduk ur asken och höll den under näsan. "Vi har känt varandra i tio år. Jag brukade vara administrativ assistent, kom in via kommunens traineeprogram när jag fyllde trettiofem. Jag läste statsvetenskap sent, efter att jag insåg att jag ville in i den här världen. Jag träffade Herbert första dagen. Han var så rar, så snäll och välkomnande. Han visade mig runt och sa vart jag skulle vända mig om jag behövde något."

"Och sedan bestämde du dig för att bli hans sekreterare?"

Hon nickade och höll sina tårfyllda ögon på Tomek. "Jag förstod att jag aldrig skulle ta mig förbi honom, så jag släppte det. Jag skulle aldrig bli parlamentsledamot, så jag la allt mitt fokus på att hjälpa honom."

"Väldigt nobelt och osjälviskt av dig."

Tomek kunde inte minnas när han senast hade gjort något liknande. Eller ens om han någonsin hade lagt hela sitt liv på hyllan. Det räknades inte riktigt i fallet med Kasia, eftersom han fortfarande följde sin karriär och sina drömmar. Men det väckte en intressant fråga: om de någonsin skulle behöva flytta eller ändra något i sina liv, skulle han vara villig att ge upp den karriär han hade haft de senaste tjugo åren? Han var inte så säker. Och förhoppningsvis skulle han aldrig behöva ta reda på det.

Under de följande tio minuterna fortsatte de tre att prata om Sarahs karriär och den påverkan Herbert Tucker hade haft på hennes liv, hur han hade lärt henne sådant hon trott att hon kunde men inte helt förstått. Hur han hade lärt henne att ta sig fram i affärsvärlden och till och med starta en liten sidoinkomst, en nätbutik som sålde virkade figurer av populära film- och tv-karaktärer. När hon hade tid, förstås.

Under den tiden hade tårarna sakta lagt sig, liksom snörvlandet, som hade gjort Tomek tokig, och hon hade börjat slappna av. Hennes axlar hade sjunkit och med ett djupt andetag verkade all stress och frustration försvinna.

"I går kväll..." började Tomek och tonade in nästa ämne så att det inte skulle komma som en överraskning. "Vilken tid gick du från kontoret?"

"Strax efter klockan tre."

"Och Herbert var fortfarande kvar?"

Hon nickade.

"Hur tog du dig hem?"

"Jag gick. Jag bor runt hörnet. Fem minuters promenad bort."

"Erbjöd inte Herbert dig skjuts?"

Hon skakade på huvudet. "Jag har inget emot att gå", svarade hon. "Jag gör det hela tiden. Jag är van vid det, och det är inte så långt. Dessutom är gatorna inte så illa eller farliga som nyheterna vill få en att tro."

"Måste vara skönt att bo så nära jobbet. Du måste väl kunna rulla ur sängen och vara på jobbet i sista minuten?"

Han frågade bara för att han visste att det var precis så han själv skulle ha gjort om han haft möjligheten.

"Man kan tro det, men tyvärr nej. Jag är här nästan dygnets alla timmar. Från sju på morgonen till midnatt."

"Och senare ändå..." lade Rachel till. "Som fallet verkar ha varit i går kväll."

"Ja. Absolut. Ja. Som fallet kan vara. Det är intensivt, men det håller mig sysselsatt och det blir aldrig tråkigt. Jag älskar det."

Rachel nickade långsamt, med smalnande blick. Tomek hade arbetat med henne tillräckligt länge för att veta att hon hade en rad frågor hon behövde ställa, och han tänkte inte stå i vägen. De hade bara arbetat ihop i några månader, men deras samarbete började bli näst intill telepatiskt.

"Vad gjorde du här så sent?" frågade hon, med monoton, neutral ton.

Sarah tvekade innan hon svarade, vägde sina ord. Hon fortsatte pilla med näsduken mellan fingrarna. Tomek blickade ner och lade för första gången märke till hennes eldröda naglar.

"Du vet", började hon. "Det vanliga. Släcka bränder. Herbie hade gjort någon förbannad och vi behövde hitta ett svar eller ett sätt att hantera det."

"Är det vanligt då?"

"Oftare än vi vill erkänna. Men ni är inte journalister, så det är lugnt."

"Hur var det med resten av kvällen?" frågade Rachel, närgående, närgående.

"Herbie hade ett stort tal på gång. Han skulle till Underhuset och vi behövde skriva något att lägga fram för premiärministern, så vi ägnade kvällen åt att skriva det."

"Och sedan bestämde ni er för att ge er för kvällen?" Tonen av anklagelse hos Rachel fortsatte att stiga.

"Vi somnade nästan vid skrivborden", svarade Sarah, kroppen spändes lätt och ryggen började stelna. "Jag är ganska säker på att Herbie kom på mig med att snarka vid ett tillfälle, så han sa att det nog var bäst att vi gick hem."

Dit bara en av dem tog sig. Medan den andre somnade för gott.

En kort tystnad lade sig mellan dem, och Tomek föreslog en paus. Han var i desperat behov av vatten och tog sig till vattenautomaten. När han följde Sarahs anvisningar ditåt, spanade han över kontoret på tredje våningen. Det var lika intetsägande som deras eget, med några moderna uppgraderingar. Och ändå sjöd det av liv. Minst trettio personer satt vid sina skrivbord, skrev, klickade, pratade och ropade tvärs över rummet. Det var hektiskt, men inte lika hektiskt som på polisstationen mitt i en mordutredning, och Tomek visste vilket han föredrog. Några ögonblick senare lyckades han hitta vattenautomaten; en stor, modern pjäs med fler knappar och rattar än ett rymdskepp. Hela arrangemanget förbryllade Tomek direkt. Så pass att han vinkade till sig närmaste person – en rödhårig kvinna i tjugoårsåldern med en knöl vid ögat.

"Hur funkar den här grejen?" frågade Tomek henne. "Jag vill bara ha lite vatten, inte tillgång till kärnvapenkoder."

Kvinnan skrattade till, tog muggen från honom, sträckte sig fram och tryckte på en knapp. Vatten strömmade genast ur kranen och några sekunder senare var det klart. "Det är lätt när man vet hur", sa hon. Sedan, när hon gick, lade hon till: "Men om du någonsin hittar de där avfyrningskoderna, kom och säg till. Jag skulle gärna se dem."

Tomek vände sig från henne, med egot en aning uppumpat, och gav sig tillbaka till mötet, den här gången via en annan väg. När han slingrade sig mellan skrivborden iakttog han personalen. De verkade alla oberörda av hans närvaro, som om han bara var en i mängden, ännu ett namn och ansikte de inte brytt sig om att lägga på minnet. Det som förvånade honom mest var hur de allihop verkade... normala. Som att deras högst uppsatte inte var död. Som att de inte alls hade hört nyheten om att han var försvunnen. Det fanns ingen högtidlig stämning i luften, ingen känsla av förtvivlan.

Antingen visste de inte. Eller så visste de, och brydde sig helt enkelt inte.

Och baserat på vad Tomek hittills hade hört om mannen, antog han det senare.

Strax efter att han hade kommit tillbaka till mötesrummet, kom känslan av förtvivlan tillbaka.

"Du nämnde att ni ofta måste släcka många bränder", sa Rachel när han hade slagit sig ner.

"Ja."

"Kan du utveckla det?"

"På vilket sätt?"

"Vilken typ av saker behövde ni hantera? Några hot? Någon som kan ha velat skada Herbert?"

"Vill ni ha en lista med namn? För jag har en."

Tomeks ansikte ljusnade. "Har du?"

"Japp. Och överst på listan står Aaron Howell-Jones."

"Varför?"

"Han skickar regelbundet dödshot till Herbie. Han skickade en kula med posten en gång."

"Gjorde han?"

"Åh, ja. Aaron gillade honom verkligen inte."

Det är en sak att ogilla någon, en annan att hota att döda dem.

"Varför inte?"

Sarah gjorde en paus innan hon svarade. "Jag... Han... Aaron höll inte med honom i hemlöshetsfrågan."

"Den som han backade på?"

Sarah stammade, oförmögen att svara. Hennes mun öppnades och stängdes snabbt, och nu förstod Tomek varför hon aldrig skulle ha blivit politiker.

"Gick du någonsin till polisen om det?" frågade Tomek. "Det här är första gången jag hör om det."

Sarah suckade och sänkte huvudet. "Jag försökte. Ärligt talat, det gjorde jag. Jag försökte övertyga honom så många gånger om att anmäla, men varje gång sa han nej. Han sa åt mig att spara dem som bevis, och att om något hände honom skulle jag visa er. Men han ville inte göra något åt det då. Det gällde inte bara Howell-Jones hot; det var likadant med alla hot han fick."

"Varför ville han inte anmäla det? För att vara någon som verkar rätt intelligent var han inte särskilt smart."

Sarah skrattade till, men det dog snabbt ut. "Jag vet. Han var dum i just det avseendet. Men det var för att han trodde att han var oåtkomlig, att inget någonsin skulle hända honom, att allt bara var ord och tomma hot och att ingen någonsin skulle göra verklighet av dem."

Jo då, det hade de. Och nu återstod bara en mordutredning innan han låg sex fot under jord.

"Så han var en politiker med gudakomplex", anmärkte Tomek, mest för sig själv. "Det där skulle aldrig sluta väl." Sedan harklade han sig och ruckade på sig på stolen. "Vi kommer att behöva den där listan, och vi behöver också få se bevisen som du har sparat."

Sarah nickade ivrigt. "Självklart. Ja. Vad ni än behöver. Är det något mer?"

"Faktiskt, ja. Jag tror att jag gick förbi hans rum nyss. Har någon varit där inne i morse?"

"Inte vad jag har sett, och jag var en av de första här."

"Har du något emot att vi tar en titt?"

Sarah ryckte på axlarna och svarade: "Jag ser inte varför det skulle vara ett problem."

KAPITEL
TOLV

D yr herrparfym låg tung i luften i Herbert Tuckers kontor, som om den hade gnidits in i väggar och mattor och nu långsamt sipprade ut i rummet. Chanel för män eller något annat dyrt märke vars doft Tomek inte kände till. Efter ett tag luktade de alla likadant. Tung. Klibbig. Och överväldigande söt.

Men det var åtminstone ett lyft jämfört med pisslukten som han hade börjat förknippa med parlamentsledamoten. Mannens kontor var i det närmaste kliniskt. Inte en sak låg fel. I mitten av rummet stod ett skrivbord, vänt mot dörren. På det stod en dator, placerad rakt fram, med en inkorg på ena sidan och en utkorg på den andra. Båda var fyllda till brädden med dokument som krävde hans underskrift, eller sådant han behövde läsa igenom.

Musen och tangentbordet, av andra märken och modeller än dem Tomek hade sett ute på kontorsgolvet, var placerade perfekt och i vinkel mot skärmen. Rummet skrek kontrollbehov och överdrivet pedanteri.

Bortom bordet, på den vänstra väggen, fanns en liten hylla med pärmar, arkivmappar och dokument, alfabetiskt märkta och färgkodade för att täcka in varje del av hans roll. På den högra sidan fanns plats för Herberts garderob. En rad klädkrokar satt på väggen, och på dem hängde flera jackor från Barbour och Tommy Hilfiger. Nedanför stod en liten skohylla med en uppsättning skor för alla möjliga tillfällen.

"Nike-sneakers när han är på bekvämt humör", förklarade Sarah.

"Mockaskorna från Edward Green när han ska på tillställning. Chelsea-boots i läder från Berluti för formella sammanhang. Och Dior-oxfords till viktiga möten."

Tomek tappade hakan medan han lyssnade på orden som kom ur Sarahs mun. Han hade ingen aning om vad något av de där namnen betydde, han visste bara att de lät otroligt dyra.

"Jag slår vad om att några av dem kostar mer än min mobil", sa han.

"Jag slår vad om att de kostar mer än min hyra", fyllde Rachel i.

"Han var något av en samlare", sa Sarah. "Han hade en stor garderob med dem hemma. Han visade den för mig en gång."

Tomek slutade lyssna på henne och drog på sig latexhandskarna som Rachel hade gett honom. Sedan började han genomsöka rummet, gick igenom lådor och korgar på skrivbordet, innan han fortsatte till mapparna i hyllan och innehållet i Herberts rockfickor. Det fanns alldeles för mycket för dem att gå igenom på plats, så allt skulle få granskas manuellt av teamet och ett gäng lyckligt (eller olyckligt) lottade uniformerade, men det gav Tomek en bra bild av vad det var för sorts man de hade att göra med.

Det var tydligt att Herbert Tucker uppskattade livets goda, att han hade varit förståndig med sina pengar och inte bränt dem på onödiga inköp. Ja, fyra par skor kunde vara lite i överkant, men av det lilla Tomek hade sett av mannens hus, fick han inte intrycket att det var fyllt med det senaste och häftigaste, att han hade varit omdömesgill i sin konsumtion.

Vilket fick Tomek att undra vart resten hade tagit vägen. Och till vem.

Och hur det i slutänden kan ha påverkat hans försvinnande och död.

Inom en halvtimme hade Tomek och Rachel, tillsammans med ett team kriminaltekniker som hon kallat in, lyckats säkra och påsa tillhörigheterna i Herberts kontor som bevis, inklusive hans stationära dator och den bärbara som hade hittats i första lådan.

Tomek var sist ut ur kontoret, och när han stängde dörren bakom sig, brakade något in i honom. Det kändes som en liten häst men var i själva verket en människa. En mycket uppskrämd och uppjagad sådan (om än inte helt olik en riktig häst, noterade Tomek).

"Ta det lugnt, tigern", sa han, "du springer runt som en skållad råtta. Jag visste inte att politiken var så här spännande."

"Jag... öh... förlåt för det där", sa mannen och kliade sig i nacken. Han lade sedan en hand på Tomeks arm och började klappa av honom.

Tomek grep mannens hand och förde långsamt ner den.

"Jag mår *bra*", sa han. "Jag uppskattar omtanken men rör mig inte igen, tack."

Ett skräckslaget uttryck for över mannens ansikte, som om Tomek just hade gett honom en örfil.

"Förlåt. Det är bara... Herbert. Jag är lite... du vet. Förlåt."

"Du kände honom?"

"Vi kände honom allihop. Men jag tror att jag förmodligen har känt honom längst."

Det var då som Tomek insåg att han tittade på Keith Ferguson.

"Har du något emot att vi tar ett snack?" frågade Tomek artigt. Han var redan på väg att leta efter ett rum innan Keith hann svara.

Mannen gick försiktigt in i ett litet, anonymt rum och satte sig vid bordet. Tomek stängde dörren och slog sig ner mittemot.

Liksom Herbert Tucker var Keith Ferguson en man i tidiga femtioårsåldern, men han såg betydligt yngre ut. Han hade tjockt svart hår som kammats bak med hjälp av kam och en rejäl mängd hårprodukt, och tänderna var pråligt vita. Tomek hade upplevt något liknande när han träffade mäklaren som sålde honom lägenheten. Turkiet-tänder kallades de. Billiga, glada och lika bländande som solen som kysste landet under sommarmånaderna.

När han satt där skruvade Keith på sig. Han var obekväm, det syntes tydligt, men det var något annat i mannens beteende som oroade Tomek. Han var uppmärksam och alert, men samtidigt distraherad och ofokuserad. Rörelserna var ryckiga och nervösa. Och knät studsade i samma tempo som hjärtat.

Mannen hade något i kroppen, och Tomek tvivlade på att det var kolesterolsänkande.

"Berätta hur du känner Herbert Tucker", började Tomek.

"Vi var affärspartners back in the day. Jag jobbade med honom när han gav sig in i entreprenörslivet och hjälpte honom att starta hans metallföretag."

Tomek mindes inte att Keiths namn nämndes i Tuckers bok överhuvudtaget.

"Och sedan höll vi ihop. Jag hjälpte honom med hans business. Han hjälpte mig med min. Vi var ungefär lika gamla, vi gifte oss ungefär samtidigt, och han bildade familj med Nora samtidigt som jag bildade min med min fru. Vi blev nära. Vi gjorde bokstavligen nästan allt tillsammans."

"Låter så. *Bokstavligen*", svarade Tomek och lade tyngden på ordet han avskydde mest. "Har ni alltid kommit överens, både professionellt och privat?"

Keith skakade på huvudet. "Självklart inte. Det är som ett äktenskap, och hur många sådana är bara solsken och regnbågar? Nej, vi hade våra bråk, våra meningsskiljaktigheter, men inget som var starkt nog att komma emellan oss."

Tomek nickade eftertänksamt. Han kunde inte låta bli att tycka att det lät lite för bra för att vara sant. Den perfekta, harmoniska affärsrelationen som hade varat så länge?

"Läste du boken han gav ut? Hans bok om affärer?"

"Ja. Han bad mig korrekturläsa den."

"Och du blev inte upprörd över att ditt namn inte nämns alls?"

Keith öppnade munnen men stängde den igen direkt. Han tog god tid på sig att svara, man såg hur han vägde orden i ansiktet. Och under tiden han försökte formulera något blev hans stressade skruvande värre. Drogerna i systemet höll på att gå ur.

"Varför säger du det på det sättet?" frågade Keith, för att vinna tid.

"Säga vad?"

"Som att jag skulle ha haft något med det som hände honom att göra."

Tomek spände läpparna och skakade på huvudet. "Något sådant kom inte över mina läppar."

"Inte ordagrant, men det antyddes."

"Antytt bokstavligen, eller bokstavligen antytt?"

Blicken av chock byttes mot förvirring.

"Jag bad om att mitt namn skulle hållas utanför boken, om du nu måste veta."

"Det måste jag. Intressant val. Varför?"

"För att det var en hyllning till allt Herbert hade åstadkommit i sitt liv, och jag ville inte ta fokus från det. Jag var glad att se den bli publicerad. Och han gav mig till och med ett signerat exemplar", förklarade Keith med självförtroendet hos någon som repeterat just den meningen flera gånger.

"Trots att du spelade en jättestor roll i att han hamnade där han hamnade?"

Keith nickade, men Tomek var inte övertygad. Och att döma av det halvhjärtade nickandet var inte mannen det själv heller.

"Så hur hamnade ni två i politiken?"

Keith kollade klockan och masserade sedan handleden med tummen, som om han plötsligt hade bråttom någonstans.

"Vi insåg att det fanns mycket som behövde ändras i staden och att vi var tillräckligt förmögna och inflytelserika för att kunna göra det."

"Så ni erövrade näringslivet och tänkte att ni kunde erövra politiken också."

Keith märkte sarkasmen i Tomeks röst och rös åt kommentaren. Han gestikulerade mot rummet. "Jag menar, det har ju funkat, eller hur?"

"För en av er, ja."

Keith svarade inte på det, men det syntes i hans ansikte att där fanns en anstrykning av svartsjuka, ett stänk av avund. När bara en av vännerna kunde bli parlamentsledamot för Southend blev spelplanen och respekten dem emellan snabbt ojämn.

"Störde det dig?" frågade Tomek.

"Vilken del?"

"Att vara tvåa efter en av dina närmaste vänner? Att bli knuffad åt sidan?"

"Det gjorde mig inget, ärligt talat", sa Keith självsäkert, men tonfallet och den lilla sprickan i rösten lurade ingen, allra minst Tomek. "Han var den bästa mannen för jobbet. Han förtjänade det och han gjorde en massa fantastiskt arbete."

Medan han lyssnade fick Tomek intrycket att det där var en lögn Keith hade berättat för sig själv så många gånger att han börjat tro på den.

"Det är väl rättvist att säga att du känner Herbert Tucker ganska väl, eller hur?" frågade Tomek långsamt.

"Ja..." svarade Keith, med försiktighet och oro i rösten.

"Så jag undrar om du möjligtvis vet vem som kan ha haft något med hans död att göra? Något du kan ha hört? Någon du kommer att tänka på som kan ha velat se honom död?"

Keith tystnade ett ögonblick, och rummet fylldes av tystnad. Utanför de tunna väggarna hördes samtal och skratt. Den dämpade stämning som vanligtvis följer med sorg och en anhörigs eller kollegas bortgång fortsatte att lysa med sin frånvaro i byggnaden. Och det verkade tydligt att de enda som var ledsna över Herbert Tuckers död var dem Tomek redan pratat med.

"Ingen jag kommer på..." sa Keith, och vägde på varje stavelse. Han skakade sakta på huvudet, svängde det från sida till sida. Samtidigt hade skakningarna som plågat hans kropp blivit mer våldsamma, mer aggressiva.

"Mår du bra?" frågade Tomek.

"Bra. Absolut bra. Förutom att jag är ledsen över Herbert, förstås. Det... det får en att tänka, eller hur? Att det kan hända vem som helst när som helst."

Tomek rynkade på näsan. "Rent statistiskt är chansen att något sånt här händer slumpmässigt så liten att du har större risk att bli påkörd av samma bil två gånger", svarade han och kanaliserade sin inre Oscar Perez (och hörde Kaptenens röst i huvudet när han sa det).

"Nåväl... jo. Jag förstår vad du menar."

"Det är nästan alltid någon som offret känner, och oftast för att de har gjort någon förbannad. Så förbannad att det brister." Tomek lät orden hänga i luften, lät Keith koka i sin egen skakande svettpöl.

"Vissa gillar helt enkelt inte politiker."

Det kunde Tomek skriva under på.

Ytterligare en blick på klockan, den här gången mer uppenbar. Liksom sucken som följde.

"Hindrar jag dig från något?" frågade Tomek.

"Vad? Nej. Självklart inte."

"Sugen på att komma ut härifrån?"

"Förlåt? Nej. Jag menar, nej. Jag... förlåt. Jag menade inte att förolämpa dig."

"Vad gjorde du i går kväll?" Tomek hade tidigt i karriären kommit fram till att det gav större effekt att byta riktning på samtalet än att följa någon sorts rak linje. Och frågan, den viktigaste frågan som han just avfyrat mot Keith, höll nästan på att slå mannen ur stolen.

"I går kväll?" upprepade han, pladdrande som ett barn. "Vad som hände... Åh, det... Jag var, du vet... Jag bara åkte... Jag åkte hem till min fru och barn. Vi... öh, vi blev kvar sent, vi tre. Jag, Sarah och Herbert. Vi höll på med lite grejer. Talutkast. Och sen gav jag mig för kvällen vid midnatt eller så, tror jag. Jag... jag vet inte exakt tid. Sen åkte jag hem."

"Och var bor du?"

"Rochford."

En resa på tio minuter. Inte långt alls. Särskilt mitt i natten.

"Kan någon styrka var du befann dig?"

"Ja. Självklart. Min fru."

Tomek antecknade hennes namn, Keiths adress och resten av uppgifterna han hade gett innan han lovade den påtända mannen att han skulle höra av sig.

KAPITEL
TRETTON

Tomek hade stirrat på vattenkokaren långt efter att den hade kokat klart. Det var inte förrän dörren till det lilla köksområdet öppnades som han kvicknade till. Och även då gick hjärnan bara på femtio procent. Där i dörrkarmen, nästan fyllde den, stod DS Sean Campbell. Den större-än-livet, och större än någon annan Tomek hade stött på, sergeanten bar en enkel T-shirt med en snygg grön jacka ovanpå. Det var en ny mundering för hans vän, och döma av resten – de skräddade jeansen och de prydliga skorna – var det en helt ny garderob.

"Jag gillar den där," sa Tomek och pekade på Seans jacka.

"Tack," sa han och såg sig själv uppifrån och ner. "Den kallas en shacket."

"En vadå?"

"En shacket."

"Vad står det för? Shit-jacka?"

"Nej. Alltså, tja, jo. Du skulle väl kunna kalla den det men det vill jag helst inte. Det står för shirt jacket – en skjortjacka."

"En skjorta som ser ut som en jacka?"

"Ja..."

"Originellt. Var fick du tag i den?"

"M&S."

"Gulligt. Är du redan i den åldern?"

"Dra åt helvete."

"Jag rackar inte ner på det. De gör bra grejer. Faktiskt riktigt bra grejer. Bekvämt och snyggt också. Välkommen till klubben."

"Betyder det att jag är gammal?" frågade Sean och lät axlarna sjunka.

"Bara äldre än alla på planeten som är yngre än du."

"Briljant. Jag märker att du har umgåtts med Captain."

Tomek ryckte på axlarna. "Kanske är jag Captain 2.0 under uppsegling."

"Det är det sista världen behöver."

Ett snett leende fladdrade över Tomeks läppar. "Eller så är det *precis* vad världen behöver."

"Är det din högtidliga plikt att upplysa och utbilda alla i hela världen nu, eller?"

"Bara om de handlar på M&S."

"Fan."

Ja, fan också. Tomek hade inte skrattat och munhuggits med Sean så här på ett tag. Saker hade gått upp och ner på sistone, och han var glad att det här var ännu en av de sällsynta men behagliga topparna.

"Är resten av munderingen från M&S?"

"Det är den."

"Vad fick dig att köpa den?"

"Victoria."

"Wow. Då måste det vara seriöst. Men låt henne inte ändra på vem du är, kompis. Låt henne inte få dig att göra saker du inte vill."

Det där gillade inte Sean. Han uppskattade det inte. Tomek insåg att han nog inte borde ha sagt det heller, strax efteråt. Men nu var det för sent. Kulan var redan ur loppet, och vad som hade varit ett trevligt, positivt, vänskapligt samtal hade just sjunkit ett par nivåer.

"Hur är det med dig och Abigail?" frågade Sean och slog undan samtalet från sig en stund.

"Det finns inget jag och Abigail. Vi ska ut och äta i morgon kväll. Men det är bara för att hon har tjatat på mig i ett par veckor och jag hoppades att hon kunde ge mig lite insikt i Herbert Tucker."

"Låter lite... *transaktionellt*."

Transaktionellt. Tomek upprepade ordet i huvudet flera gånger tills det bara blev en kombination av bokstäver och ljud.

"Allt jag säger är," började Sean, och Tomek anade att det nu var hans tur att få ett slag under bältet. "En relation som bygger på transaktioner låter inte som en bra relation."

"Visst," svarade Tomek, avsiktligt kort. "Tack."

Sean skruvade obekvämt på sig. "Ta det från en som har erfarenhet," sa han.

"Javisst. Absolut. Ska göra det."

När Tomek skulle lämna köket, klev Sean åt sidan. När han nådde dörren ropade hans vän tillbaka honom.

"Du, är du fortfarande på för matchen i helgen?"

"Ja," svarade Tomek. "Borde vara det."

Sedan gick han.

"Tomek... Tomek..." ropade Sean efter honom, men han ignorerade honom och fortsatte gå. "Du glömde att göra klart ditt kaffe!"

Strax därefter hade Nick kallat till ännu ett möte i insatsrummet. När Tomek hittade en plats åt sig, kom Sean med en rykande kopp kaffe och ställde den framför honom.

"Du börjar bli senil på gamla dar," sa Sean och blottade tänderna i ett leende. "Först M&S, nu det här."

Tomek tittade på drycken. Han var inte särskilt sugen – klockan var fem, för sent, och han hade inte riktigt velat ha den från början – men han var för artig för att tacka nej.

"Om jag är någon måttstock följer du i mina spår om ett par år."

"Hoppas fan inte," sa Sean och slog sig ner bredvid Tomek.

"Ett par år, kompis, jag säger ju det. Ett par år... Du kommer att märka att vissa saker blir lättare med åldern."

"Som vadå?"

"Att somna. Soffan blir din bästa vän – och ibland din nya säng."

Sean öppnade munnen för att svara men avbröts av Nick som just hade kommit in i rummet och slagit igen dörren bakom sig.

"Okej, era rötägg," sa han och skyndade fram till rummets främre del. "Det har gått några timmar, och jag behöver en uppdatering. Vad har ni? Något nytt om obduktionen?"

"Nej, chefen," svarade Nadia.

"Bra. Kan du jaga på henne genast?"

"Absolut."

Nadia sänkte blicken och började skriva ett meddelande på sin telefon.

Nick förde samtalet vidare.

"Vad mer?" frågade han.

Tomek öppnade munnen för att tala först, men Chey hann före.

"Jag hittade Herbert Tuckers bil," sa den unge detektiven.

"Hittade du den själv?"

"Nej. Inte riktigt. Någon annan gjorde det och rapporterade in den. Jag följde bara dess rörelser när jag visste var den stod."

"Och var var den?"

"På parkeringen vid Thorpe Bay."

Nicks huvud for mot Tomek innan det vändes tillbaka mot Chey. "Menar du att den stod parkerad bara några meter från brottsplatsen hela tiden och ingen hittade den? Inte ens våra alldeles egna DS Bowen och DC Perez?"

"Jag... alltså... jag vill inte tjalla på nån—"

"Det var en miss, chefen," sa Tomek och hoppade in för att försvara sig själv och sin kollega. "Vi ville tillbaka till kontoret så fort som möjligt med nyheten att Herberts kropp hade hittats."

Och för att komma bort från regnet. Men det behövde Nick verkligen inte få veta.

"Vi lever på tjugoförsta jävla århundradet, Tomek. Du har en mobil, och det har alla andra i det här rummet också. Kanske hade du, om du använt din jävla hjärna, kunnat ringa in det medan ni letade efter bilen." Nick drog en lång, hörbar suck. Axlarna sjönk och han skakade på huvudet föraktfullt. "Chey, vad händer härnäst, tack?"

"Teknikerna har tagit bilen i förvar och undersöker den så snart som möjligt. Deras oro just nu är bevis som gått förlorade tack vare regn och vind, men de har insidan, vilket de tror kommer att räcka. De är övertygade om att vi kommer att hitta gott om DNA där inne."

"Bra. Och var kom den ifrån?"

"Kul att du frågar, chefen." Chey hade tagit med sin laptop, och med några knapptryck lyckades han kasta datorns skärm till tv:n som hängde på väggen. På den fanns en liten karta över Southend. Området var till största delen gråat, förutom en tjock röd linje som slingrade sig genom stadens gator tills den stannade vid stranden i Thorpe Bay. "Fordonet följde den här rutten. En resa på ungefär tjugo minuter allt som allt."

"Vilken tid var det?" frågade Nick.

"Jag skulle säga mellan 03.14 och 03.24, chefen."

"Finns det ingen övervakningsfilm från parkeringen vid havet?" frågade Sean och lutade sig fram i stolen som om han fysiskt klev in i samtalet.

Chey, fortfarande längst fram i rummet, blåste ett pruttljud med läpparna. "Var inte löjlig. Det vore alldeles för enkelt."

"De höjde avgifterna nyligen. Jag trodde de skulle ha varit överallt med kameror för att sätta dit folk?"

"Det är därför de har parkeringsvakter, kompis."

Av många kända som de värsta människorna som finns.

"Har ni sett föraren över huvud taget på något av materialet?"

"Tyvärr inte," svarade Chey. "Många av kamerorna här omkring är, rent ut sagt, skit. Jag har sett bättre bilder av rymden än från de här jävla sakerna. Men i alla fall, det är bara en av alla kamp jag får stå ut med i mitt jobb. Och det är kommunens fel. Det är de som ska se till att tekniken hålls uppdaterad."

"Hur var det efter att fordonet kommit fram till parkeringen?" frågade Nick och klev in i samtalet igen. "Något som tyder på att han fördes till ett hus eller en byggnad innan han dödades?"

"Inte än, chefen."

"Vart tog gärningsmannen vägen efteråt, Chey? Har du sett film på en bil som lämnar platsen?"

Chey skakade långsamt på huvudet, försiktig att inte göra kommissarien upprörd. "Inget jag har sett hittills, chefen. Men jag fortsätter förstås att leta."

Nick suckade igen, den här gången tyngre. "Så vi har ingen film på själva brottet eller på att bilen kör in på parkeringen där kroppen hittades. Vi har inga bilder på förarens ansikte—"

"Alltså, det finns en stillbild," avbröt Chey. "Men den är ungefär lika suddig som en blöt kväll."

"Bryr mig inte. Vi kan använda den ändå. Har någon några goda nyheter?"

Nu var det Tomeks tur. Han harklade sig innan han började, och förklarade, med Rachels hjälp, mötena de haft med Sarah Jewell och Keith Ferguson.

"Vad tror ni?" frågade Nick. "Har någon av dem något med det att göra?"

"Båda ger mig varningssignaler," svarade Rachel.

"Vad betyder det, för oss i den äldre generationen?" frågade Nick.

"Som röda flaggor i en relation. Varningssignaler."

"Hmm. Okej. Vilka varningssignaler ger de dig?"

"Tja," sa Rachel och kastade snabbt blicken mot Tomek som om för att få godkännande. Han gav det med en liten nick. "Sarah har känt Herbert Tucker i åratal. Under den tiden har hon jobbat *med* honom, och nu jobbar hon *under* honom."

"Och jag gissar att hon gör mycket mer *under* honom," lade Tomek till.

"Hur då?" frågade Victoria. Fram till nu hade inspektören suttit i utkanten av samtalet, nästan bleknat in i rummets bakgrund, och Tomek hade glömt att hon ens var där.

"Sarah kallar honom Herbie. När jag besökte hans fru, vid inget av tillfällena kallade hon honom något så gulligt smeknamn."

"Hur är det med alla gulliga smeknamn du har på oss?" frågade Nadia.

"Helt annorlunda," svarade Tomek. "Mina är kärleksfulla. Medan jag tror att deras är förbehållna sovrummet."

"Tror du att de har en affär?"

"Skulle inte förvåna mig. Du vet hur politiker är."

"Stopp," sa Nick och höjde handen för att hindra Tomek från att fortsätta. "Sluta prata nu och berätta om Tuckers politiska medhjälpare, Keith..."

Tomek höll medvetet käften, som han blivit tillsagd, tills Nick inte längre såg det roliga i det. Vilket han, i själva verket, aldrig hade gjort från början.

"Mr Ferguson hade garanterat något i kroppen när jag pratade med honom tidigare. Han var nervig, svettig och obekväm. Främst för att han var orolig att han kunde vara näst på tur eftersom, enligt honom, politiker inte är populära. Vet inte var han har fått den idén ifrån. Men jag tror att paranoian kan ha haft något att göra med drogerna i hans system. Utöver det påstår han att han lämnade byggnaden vid midnatt och åkte hem till sin fru, men han bor bara tio minuters bilfärd bort så han kan ha kommit tillbaka klockan tre på morgonen och dödat Herbert Tucker."

"Motiv? Vad har han?"

"Alltid vara nummer två? Bortknuffad medan bästa vännen fick all ära? Det hade nog gjort mig rätt förbannad."

Tomek visste inte om det var ofrivilligt eller medvetet, men Sean hade kastat en blick på honom. Han hade noterat den minimala rörelsen i ögonvrån. Och han kände oron i sin väns ansikte, att kanske något liknande höll på att hända mellan dem. Det var ingen hemlighet att båda ville bli inspektör, men med en av dem i underkläderna på den nuvarande tjänsteinnehavaren krävdes det ingen raketforskare för att räkna ut vem som troligen skulle få det först. Och om det var fallet, hoppades Tomek bara att han inte skulle sluta med att döda sin bästa vän och vända sig till ett liv med droger och tråkigt politiskt arbete.

"Något mer?" frågade Nick.

"Ja," ropade Nadia och avledde allas uppmärksamhet. "Fick precis ett mejl från Lorna. Hon sa att vi skulle kolla dörren."

"Vad—?"

Innan Nick hann avsluta, knackade det på dörren, och in klev Lorna Dean, rättsläkare från inrikesdepartementet. Hennes eldröda hår var utsläppt och hon hade på sig en tunn grå stickad tröja som gick upp i halsen.

"Snacka om entré," sa Tomek.

"Inget går upp mot lite teater, älskling. Ville bara låta er veta att obduktionen är klar. Herbert Tucker – eller Herbert Perverten, som några av killarna på sjukhuset kallade honom – är uppskuren, undersökt och redo för er att gå igenom."

Tomek hade alltid upplevt samtal och möten med Lorna som kaotiska och samtidigt fängslande. Hon låg längre ut på galenskapsskalan än resten av dem, men det måste man nästan göra för att klara det jobb hon gjorde: stirra på döda kroppar hela dagen, plocka ut deras organ, väga dem, undersöka dem. Man måste ha några skruvar lösa.

"Nåväl då," sa Nick och lät ännu en suck pysa ut genom näsborrarna. "Vad har du hittat?"

"Ett par saker som ni kanske gillar," började hon och sög i sig den teatrala situationen och publikens uppmärksamhet. "Det första är att Herbert Tucker hade en bruten näsa. Nyligen också. Möjligen från en knytnäve eller en panna, men med tanke på frakturens storlek och kraft skulle jag säga att den kom från en panna. Han kan ha blivit skallad."

"En Glasgow Kiss," sa Tomek utan att tänka.

"Vad är det?" frågade Nick.

"En Glasgow Kiss. Det kallar de det i Glasgow."

"Jo tack. Men du är varken skotte eller från Glasgow, så vad har det med saken att göra?" Tomek gillade inte den här versionen av Nick. Den aggressiva, skitstövelaktiga versionen. Visst, mannen hade just kommit tillbaka efter flera veckors ledighet efter att hans dotter hade hamnat på sjukhus på grund av en paranoid schizofren. Och visst, han skulle tveklöst få ett orimligt tryck från medierna, polisen högre upp och andra inom den politiska eliten i jakten på Herberts mördare, men det betydde inte att han behövde vara en sådan skitstövel för det.

Tomek var säker på att hans kommentar var relevant. Han visste bara inte varför ännu.

"Inget, chefen. Det är bara min hjärna som spelar mig ett spratt igen."

"Hur som helst," fortsatte Lorna innan ett gräl hann bryta ut. "Som jag sa, min gissning skulle vara en skallning – en Glasgow Kiss." Lorna sköt ett snabbt leende mot Tomek innan hon fortsatte. "Nu går vi vidare. Dödsorsaken. Den här kommer ni att gilla. Eller, kanske inte. Hur som helst: ammoniak."

"Ammoniak?" upprepade Nick.

"Ja. Jag tror att det vanligtvis finns i trädgårdsprodukter, gödselmedel och sånt, och även i rengöringsprodukter. Det är mycket irriterande och mycket farligt när det hamnar på huden, precis som vår egen herr Bowen där borta."

Lornas försök att lätta på stämningen fungerade, några av kollegorna hejade med henne, men det rann snabbt av igen.

"Ammoniak hittades runt munnen, ner i halsen och i lungorna. Allt detta får mig att tro att det hade hällts ner i halsen på honom."

"Var det därför han luktade piss?" frågade Martin. Han hade, liksom Victoria, hittills varit näst intill överflödig i samtalet.

"Ja. Men i det stora hela är det en av de trevligare dofterna man kan ha på ett lik."

"Visst."

Tomek hade en fråga, men i stället för att ställa den högt, räckte han upp handen och väntade tålmodigt på att Lorna skulle välja honom. "Du sa att det var runt hans ansikte... Är det därför det såg ut som att han hade kysst någon med läppstift?"

"Ja! Precis. Och det är en briljant övergång till min nästa punkt, så tack." Hon sköt ett fingergevär mot honom. "När Herbert Tuckers kropp hittades var han inlindad i ett täcke. Det gjorde att vi till stor del kunde bevara mycket av DNA:t på kroppen, och en av sakerna jag hittade var en liten flaga läppstift på hans vänstra hand. Så någon hade definitivt kysst honom i går kväll."

Och det fanns bara en person det kunde vara.

KAPITEL
FJORTON

S arah Jewell hade suttit i förhörsrummet i närmare tjugo minuter och väntat på att DC Martin Brown och DC Oscar Perez skulle komma ner, medan Tomek och resten av teamet tittade på från stora insatsrummet. Hon satt där med benen och armarna korsade. Tomek hade försökt psykoanalysera det – att hon skyddade sig, att hon kände rädsla inför det som skulle hända – men han hade försökt det förr och varit så fel ute att han slutade så fort Martin och Oscar klev in i det fönsterlösa rummet.

"Förlåt att du fick vänta", sa Martin till henne.

"Är... är allt okej?"

"Ja. Vi hade bara några grejer att avsluta."

"Nej, jag menade om Herbie. Om att jag är här. Jag är inte säker på varför..."

"Vi har bara några fler frågor om i går kväll", fortsatte Martin. Hans hår var längre och glansigare än hennes, och inför det här förhöret hade han satt upp det i en knut högst upp på huvudet.

"Ja, din kollega sa det. Men jag vet inte hur mycket mer jag kan berätta."

"Vad sägs om att du börjar med att berätta sanningen?" fräste Oscar åt henne, med skarp ton.

Sväljningen i Sarahs strupe syntes på skärmen. "Sanningen? Jag vet inte vad ni... jag..."

"Använder du läppstift, Sarah?" frågade Martin.

"Läppstift?"

"Ja. Som det du har på dig nu. Använder du det ofta?"

"Ja, jag... jag har några olika märken i sminkväskan på kontoret."

"Varför använder du det?"

Sarah lutade huvudet åt sidan, förvirrad över frågan. Och Tomek fick erkänna att han gjorde samma sak, av samma skäl.

"Vad menar du, "Varför använder jag det"? Varför har du kläderna du har? Varför har du långt hår? Varför bär du det i en man bun?"

"Svara på frågan, tack", sa Martin, med neutral, lugn röst.

Suckningen hördes genom högtalarna. "Jag använder det för att jag känner mig bättre till mods."

"Okej", fortsatte Oscar. "Och hade du det på i går kväll?"

"Jag... jag tror det, ja. Varför? Vad är grejen med mitt läppstift?"

"Bara rutinfrågor."

"De verkar inte särskilt rutinmässiga. Dina kollegor frågade mig inte det här tidigare."

Sarah blev allt mer uppskärrad och frustrerad, och det oroade Tomek. Han undrade vad hon hade att dölja. Det var stunder som den här när han önskade att han var i det där rummet, men eftersom han hade valt att klättra på karriärstegen var möjligheterna att göra något sådant lätträknade. Det var oftast en uppgift som lämnades åt kontorets konstaplar.

"Jag tänker fråga dig igen, Sarah", började Martin. "Kan du berätta för oss vad som egentligen hände i går kväll?"

"Jag har ju sagt det. Vi jobbade sent."

"Till klockan tre på morgonen?"

"Ja."

"Bara ni två?"

"Keith var där."

"Inte efter midnatt, det var han inte. Så då var ni två ensamma i tre timmar."

"Och?"

"Och vi hittade läppstift på hans hand och sädesvätska i hans byxor."

Och då trillade poletten ner. Sarahs mun föll öppen och blicken sjönk ner mot bordet, uppgiven.

"Hade du sex med Herbert Tucker i går kväll?" frågade Oscar.

"J-ja", svarade Sarah, med bruten röst.

"Var det frivilligt?"

"Ja! Självklart. Åh Gud, ja, ja, det var frivilligt. Han tvingade sig inte på mig eller något."

"Var det här första gången det hände mellan er?"

Den här gången tvekade Sarah länge. En tvekan som i princip gav dem svaret.

"Nej", svarade hon mjukt och svalde hårt.

"Skulle man kunna säga att ni har haft en affär?"

"Jag... Vi... Ja. Ja, vi hade en affär."

"Hur länge?"

"Ungefär... juli, augusti, september... sex månader", svarade hon och räknade på fingrarna.

"Visste någon annan om det här?"

Sarah skakade på huvudet. "Hans fru gjorde det inte. Åtminstone tror jag inte det. Hon konfronterade mig i alla fall aldrig. Men Keith visste... han kom in och överraskade oss en gång. På kontoret efter att alla hade gått. Men han lovade att han inte skulle säga något. Och jag tror att han höll sitt ord. Annars hade det blivit en skandal om det kommit ut, som förra gången..."

"Förra gången?" frågade Oscar. "Har det här hänt tidigare?"

"Jag... jag vet inte om jag verkligen borde säga."

"Fröken Jewell", började Martin. "Det här är en del av en mordutredning. Om du vet något alls, hur irrelevant det än kan verka, måste du berätta det för oss. Var snäll och svara på min kollegas fråga."

"Ja. Det hade hänt förut. Jag... jag vet inte vad hon heter, men Herbert hade haft en affär med henne ett tag, och det gick till och med rykten om att de hade fått ett barn tillsammans."

Tomek spetsade öronen.

"Var är mamman och barnet nu?"

Sarah skakade på huvudet. "Jag vet inte. Jag tror att de lämnade stan eller något."

Aldrig mer att höra av igen. Förmodligen utköpta med en stor summa pengar. Vilken usel människa Herbert Tucker visade sig vara. Först en affär med en kvinna. Sedan göra henne gravid. Sedan inte ha någonting med barnet att göra, samtidigt som han lekte lycklig familj med Nora, Whitney och Eleanor, och sedan ännu en affär.

Herbert Tucker var den sämsta sortens man. Och ändå hade han kvinnor som kastade sig för hans fötter.

"Visste hans fru om affären?" frågade Martin.

"Jag... jag tror det. Men tydligen var det okej för henne, hon förlät honom och sedan löste de det. Han gillade inte att prata om det så mycket..."

Tomek kunde inte komma på något som skulle döda stämningen mer än att förklara sin tidigare otrohetsaffär för kvinnan man just nu bedrog sin fru med. Det skulle definitivt ha fått *honom* att inte få upp någonting.

"Så, bara så att jag har fattat rätt", började Oscar, talade tydligt och lade båda händerna på bordet. "Herbert Tucker hade legat med någon tidigare, han gjorde henne gravid, hon fick barnet, han hade ingenting med det att göra och hans fru förlät honom. Sedan, för sex månader sedan, inledde ni två en hemlig affär med varandra, Keith Ferguson är den enda som vet, och ni låg med varandra i går kväll?"

"Ja."

"Och sedan kysste du honom på handen?"

"Ja."

"Varför?"

Sarah drog med fingret längs konturen av sina läppar, för att vinna tid.

"Det var det han tyckte om."

"Förlåt?" frågade Martin, oförstående.

"Du vet, efter att vi... efter att vi hade... *gjort det*, sa han åt mig att kyssa honom på handen. Först tyckte jag att det var lite konstigt, men sedan vande jag mig. Det var bara en av hans små fetischer, du vet. En sådan som han har säkert sådana. Men han tvingade mig aldrig att göra det om jag inte ville."

"Så du kysste hans hand varje gång efter sex?"

"Ja."

Som om han vore kungen, badande i sin egen storhet och självrättfärdighet.

"Och med läppstiftet du hade på dig i går kväll?"

"Han köpte det särskilt åt mig", svarade hon. "Han gav det till mig som en gåva. Han gillade att jag bar det varje gång vi... du vet."

Som om hon vore tjänsteflickan han mutade med gåvor.

"Kan du säga vilket märke det var?"

"Det heter Strawberry Surprise från Christian Dior. Det var parfymerat och hade små glitterkorn i sig. Han sa att han gillade att känna doften av det på handen efteråt. Att det påminde honom om vår tid tillsammans."

Tomek hade gjort en del märkliga saker i livet, han hade varit med om en och annan udda sexuell upplevelse, men inget så bisarrt och perverst som det där.

Kanske var det inte Sarah som behövde psykoanalyseras alls. I stället var det den döde mannen som inte kunde svara på de många frågor Tomek hade till honom.

KAPITEL
FEMTON

Tomek var helt slut. Det hade känts som den längsta dagen någonsin, och det återstod fortfarande några timmar då han behövde vara helt skärpt.

Förr, innan Kasia hade kommit in i hans liv, brukade han när han slutade sent komma hem, laga något i mikron eller värma upp det han ätit kvällen innan och sedan stupa i soffan, ibland redan inom en halvtimme efter att han kommit hem. Men nu när han hade en dotter att ta hand om och försörja, var det inte längre ett privilegium han hade råd med. Kasia krävde hans tid och uppmärksamhet.

I kväll var det inget undantag.

Han hittade henne vid bordet i vardagsrummet, med huvudet begravt i ett skrivhäfte.

"Vad lär du dig om nu?" frågade han medan han sparkade av sig skorna vid ytterdörren och lade nycklarna och plånboken i en liten skål.

"Sarkasm."

"Va? Jag ställde en seriös fråga."

Kasia skakade på huvudet och lade ifrån sig pennan. "Nej, pappa. Vi lär oss att läsa av sarkasm... på engelskan."

"Lära om att läsa? Inte läsa om att lära?"

Tomek log skämtsamt, men det besvarades inte.

"Jag visste att du skulle ha något att säga."

"Det är en pappagrej."

"Eller bara en *du*-grej."

Tomek lade handen på hennes rygg och strök henne lätt. "Bra försök, men du har lite kvar innan du är lika lång som jag och kan säga det rakt upp i ansiktet på mig."

"Jag är inte så långt ifrån."

Innan Tomek hann svara drog Kasia ut stolen från bordet och ställde sig raklång framför honom. Hennes hjässa nådde honom till axeln.

"Hur har det gått till? Och viktigare, *när* hände det?"

Tomek lät tankarna gå tillbaka till när hon hade knackat på hans dörr för första gången. Hur liten hon hade varit, så kort. Men nu, på bara några månader, hade hon skjutit i höjden.

"Det kallas en växtspurt," sade hon sarkastiskt. "Du kanske inte minns din, för det var så länge sedan."

"Aj. Den satt. Bra där," sade han och höll fram handen för en high five. När hon inte mötte den sänkte han handen och gick till köket. I kylen hittade han en ölburk och öppnade den. "Du är i högform," lade han till när han kom tillbaka till bordet.

"Inte lika mycket som din mage kommer att vara efter kvällens middag."

Tomek var imponerad. Hon var inte bara duktig i skolan (även om det fanns några ämnen och lärare som behövde funka bättre), hon var också rolig och rapp, kvick och sarkastisk.

"Jag har tränat dig väl," sade han och upplevde sitt första riktiga "stolt pappa"-ögonblick. Han ville böja sig ner och pussa henne i pannan men lät bli. De hade aldrig varit *så* ömma. Det var svårt när de bara hade känt varandra i en vinter. De hade inte haft de senaste tretton åren av hennes liv på sig att bygga upp den nivån av närhet. Och Tomek anade att den kanske aldrig skulle finnas där. Att bubblan mellan dem, den osynliga, kanske aldrig skulle spricka. Att den kanske aldrig skulle ge efter så att det gick. Inte ens när han hade räddat henne ur dödens klor hade det funnits någon ömhet, ingen omfamning. Han hade bara hållit hennes hand och önskat att han kunde lägga armarna om henne och dra henne närmare.

Samma känsla sköljde över honom nu.

"Hur var skolan?" frågade han och svalde klumpen i halsen.

"Bra," sade hon. "Tråkigt. Men hemkunskap var kul."

"Vad lagade ni i dag?"

"Äppelsmulpaj."

"Gott. Var är den?"

"Det finns inget kvar. Vi åt upp allt till lunch."

"Åt ni en hel äppelsmulpaj?"

Hon ryckte på axlarna. "Vi var hungriga."

"Då får jag väl bara föreställa mig hur gott den smakade."

Kasia flinade och återgick till sin lektion om sarkasm. Han lät henne hållas och värmde upp resterna av maten hon hade lagat åt honom. En chili con carne. Enkelt och bra. Tillräckligt lätt för en trettonåring att fixa utan att ställa till med alltför stor förödelse i köket. Och hon hade rätt: den var stark, väldigt stark. Och när han tittade i kryddskåpet förstod han precis varför: burken med starkt chilipulver hade halverats, och nu brann det i munnen och näsan.

När han hade lugnat dem med hjälp av en bunt näsdukar och några glas mjölk, sjönk Tomek ner i soffan och slog på tv:n. Han ägnade den knappt någon uppmärksamhet. Det fanns inget bra; allt var bara brus, en ursäkt för att sitta och tänka på dagens händelser utan att sitta i tystnad. Men det fungerade inte. Fast han borde ha tänkt på Herbert Tucker och den eller de, om man skulle tro listan över fiender som Sarah hade gett honom, som ville se honom död, kunde han bara tänka på Kasia och *den* natten. Och alla nätterna efter.

I går natt. Och natten som väntade.

"Hej," ropade han till henne, men hon hörde inte; hon hade stoppat in hörlurarna och nickade med huvudet i takt.

I stället för att resa sig och fånga hennes uppmärksamhet med en vinkning eller en lätt hand på axeln, fiskade han fram en kudde under sig och sköt iväg den över rummet.

"Aj! Varför gjorde du så där?"

"Jag ville prata med dig."

"Jaha."

"Vad lyssnar du på?"

"Taylor Swift."

Samma som alla trettonåriga tjejer i världen, verkade det som. Hon var förälskad i popstjärnan och hade till och med frågat om de kunde gå på en kommande turné. Men när han såg biljettpriserna höll hjärtat på att ge upp – vilket ändå inte hindrade honom, och hundratusentals andra, från att försöka. Utan framgång.

"Kan du stänga av den en stund?" frågade han mjukt.

Tveksamt gjorde hon som han bad, redan på känn om vad som var på väg.

"Jag..." började Tomek. "Har du tänkt på det vi pratade om i morse?"

"Jag vill inte prata med någon. Jag sa ju det."

"Jag vet, men jag tycker att du ska det. Det behöver inte vara för alltid. Bara tills saker börjar bli... bättre."

"Och om de aldrig blir det då?"

"Det blir de. Lita på mig. Det fanns en tid när jag inte trodde att jag någonsin skulle prata med dina farföräldrar igen, men se hur det blev."

Det verkade inte övertyga henne. Hon var en rädd och orolig tonåring som hade varit med om något traumatiskt och fruktansvärt, och han kunde knappast klandra henne. Han hade varit i den åldern, och i den situationen, en gång. Och han visste hur det kändes.

"Jag sa ju det," fortsatte hon. "Jag pratar bara med någon om du pratar med någon också."

"*Jag?*" sade Tomek och spelade dum, fast han mycket väl visste vad hon syftade på. "Pfft. Jag mår bra. Jag behöver ingen hjälp."

"Jo, det gör du. Tror du att jag inte hör dig mitt i natten, när du vrider och vänder dig och mumlar för dig själv? Jag hör allt. Och i morse hörde jag hur du skrev i din anteckningsbok..."

"Min anteckningsbok? Så du—?"

Hon skakade på huvudet. "Oroa dig inte. Jag tittade inte i den. Jag skulle inte göra så."

För detsamma förväntades av honom. Om han någonsin hittade hennes, vare sig det var en mardrömsdagbok eller bara en vanlig dagbok där hon skrev ner sina tankar och känslor, skulle han inte röra den, hur stark lusten än var.

"Jag tror att du också skulle må bra av det," sade hon kort.

"Tro mig, jag mår bra. Det är dig jag är orolig för."

"Antingen följer du med mig, eller så går vi inte alls. Det är mitt slutgiltiga svar."

Den bedjande blicken i hennes ögon sa honom att det inte var det. Hon vädjade till honom att säga ja.

Sakta vände han henne ryggen och gick tillbaka till soffan.

KAPITEL
SEXTON

Tomek vaknade av skrik. Inte sina egna. Någon annans. Från andra sidan av lägenheten. Kasias rum.

Ännu en mardröm. Den värsta han hade hört hittills.

Tomek kastade av sig täcket och rusade mot hennes sovrum. När han for in genom dörren såg han hennes kropp glänsa av svett, intrasslad under täcket. Hon sov fortfarande, men hon vred sig och skakade som om hon var vaken och upplevde allt som hade hänt henne lika tydligt som i verkligheten. Det var som om han hade klivit rakt in i en skräckfilm. Som scenen ur *The Exorcist* som hade gett honom månader av sömnlösa nätter som barn.

Och det hände precis framför honom.

Hans dotter, besatt av de skadliga och bestående bilderna i sitt huvud.

Vem var han att neka henne den hjälp han aldrig hade fått som barn?

Innan han hann tänka mer skyndade han till sängkanten och lade en hand på hennes kropp för att väcka henne, för att rycka loss henne ur mardrömmen. Men det var lönlöst. Hon fortsatte att skaka och krampa.

"Kasia..." viskade han nära hennes öra. "Kasia, det är jag. Det är jag, din pappa. Kash..."

Fortfarande ingenting. Hennes ögonlock rörde sig snabbt medan hon kämpade mot angriparen i sina drömmar. Och så öppnades hennes mun, och i ett kort ögonblick undrade han om hon höll på att sjunka in i någon sorts koma.

Och så kastades han trettio år tillbaka, till den gång han hade vaknat mitt i natten, genomsvettig och flåsande. Han undrade om hans ögon hade rullat bakåt i huvudet, om hans mun hade öppnats. Om han hade sett besatt ut. Om någon av hans föräldrar hade kommit in, tittat till honom och sedan gått ut igen.

"Kasia", sa han, och skakade henne nu försiktigt, med båda händerna på henne. "Kasia, sluta. Du skrämmer mig. Du—"

Och då slog hon upp ögonen, ögonvitorna lika ljusa som månen. Innan han hann reagera skrek hon och började slå vilt mot honom. Händerna och armarna for åt alla håll, och hennes naglar rev honom över kinden. Med en grimas, och med ögonen ihopknipna mot attacken, tog han ett steg tillbaka och drog sig undan i säkerhet.

"Det är lugnt!" sa han och höjde händerna i kapitulation. "Det är lugnt. Du är okej. Det är bara jag."

Det dröjde ett tag innan Kasia helt kvicknade till; innan insikten om vad som hade hänt hann ifatt henne. Hon låg där, skyddad under täcket, drog upp det mot bröstet. Hennes hud glänste i ljuset från sänglampan bredvid, och håret föll över ansiktet. I det ögonblicket, medan han stod lutad över henne – oförmögen att skaka av sig känslan av att han såg ut som rovdjuret som hade försatt henne i den här situationen från början – såg han hur bräcklig och trasig hon var. Hur sårbar och ung.

Han förde upp en hand mot sidan av ansiktet och lät fingret glida över det uppskrapade hudparti hon hade rivit till.

"Jag... Är du... Blöder du?"

Tomek kände efter. "Nej."

"Förlåt... Det var inte meningen. Jag—"

"Det är lugnt", sa han och lät sig falla ner på hennes säng. "Ärligt talat. Du har inget att be om ursäkt för. Det är jag som borde be om ursäkt. Jag borde ha gått med på det tidigare. Jag borde aldrig ha utsatt dig för det här."

"Vad menar du...?"

"Jag följer med dig. I morgon ska jag hitta någon vi kan prata med och jag går med dig. Vi är ett team, så vi fixar det här tillsammans."

Vi ska tysta demonerna tillsammans.

Och kanske hitta svaret på vem som dödade min bror.

KAPITEL
SJUTTON

Arktisk vind svepte in från havet, skar hål genom tyget i Tomeks rock och trängde in i huden. Men han kände inte av den ens i närheten så mycket som Chey. Den unge konstapeln, trots all sin ungdom och sin påstådda oförmåga att frysa, bar ett par tjocka svarta kängor, fina byxor, en lång vinterrock som gick ner till knäna, en tjock Arsenal-halsduk (ju mindre sagt om det desto bättre), en matchande mössa och till sist ett par handskar med värmekuddar i.

"Du är ju bara en tonåring," sa Tomek när de klev ur bilen och gick längs strandpromenaden. "Jag svär, du ska väl inte känna kylan så här mycket."

"Jag har känslig hud, okej!"

"Det är bara lite kyla."

"Lätt för dig att säga," svarade Chey, och hans andedräkt lade sig som dimma framför ansiktet. "Du är van." Sedan förde han händerna mot munnen och började blåsa i fingrarna för att värma dem. I stället såg han bara ut som en pajas som stod och vejpade.

"Hur då?"

"För att du är polsk."

"Skarpsinnigt."

"Men är det inte alltid skitkallt där?"

"Bara på vintern. Precis som här."

"Ja, men jag menar, är det inte typ *super*kallt?"

"Det beror på var du bor. Ju längre norrut, desto kallare blir det. Precis som här... precis som var som helst, kompis. Det är så norra halvklotet funkar."

När de nådde slutet av strandpromenaden gick de ner för en liten trappa och satte fötterna i sanden. Stranden var mörkorange mot en fond av bleka grå och svarta toner vid horisonten. De piskande vindarna som slog in från havet kastade nävar av sand i ansiktet på dem. Efter bara några steg skrek Chey in i händerna som han pressade mot ansiktet.

"Jag hatar sand, för i helvete!"

"Jag är säker på att den är mer rädd för dig än du är för den," sa Tomek medan de fortsatte att traska över stranden.

Kanske var det hans polska ursprung som gjorde att han inte kände kylan lika mycket som andra, eller så hade han bara tjockare skinn än resten av befolkningen. Hur som helst tyckte han att Chey överdrev. Han gjorde en snabb räkning av hur många lager Chey bar.

Fyra.

"Senast jag tänkte på så här många lager var när jag såg på *Shrek*."

De stannade utanför en liten trästuga som låg intill havsvallen. Tomek knackade på dörren. De väntade.

"Var inte så hård mot dig själv," svarade Chey och gnuggade händerna. "Du är inget träsktroll, Tomek."

"Synd att man inte kan säga detsamma om dig, åsna."

Cheys ansikte lyste upp. "Betyder det att jag är din ädla springare?"

"Bara medan jag försöker hitta min prinsessa. Efter det kan du gå din egen väg."

"Grymt! Så jag är typ din wingman då?"

"Nej. Det menade jag inte—"

Men det var för sent. Innan han hann avsluta meningen öppnades dörren till Southend Canoe Club. Den lilla trästugan låg i Shoeburyness, några hundra meter från platsen där Herbert Tucker hade dödats. Här tog Southends kustlinje slut, innan den gick över i försvarsdepartementets område. Längre bort stack en rad träpålar upp ur vattenlinjen: de var kustskydd och låg utspridda längs hela södra Essex kust.

Mannen framför dem såg nästan precis ut som Tomek hade väntat sig: långt, rufsigt, surfartypiskt hår, med ett tjockt blont skägg som matchade;

en liten, tanig kroppsbyggnad; ett svart pärlhalsband som hängde runt halsen och flera till på handleden. Han såg ut som typen som skulle föreläsa för en om ekologisk mat, palmoljans förödande effekter på planeten och hur cykling och kollektivtrafik var bättre för miljön, samtidigt som han använde samma dator och iPhone från Fjärran östern med större koldioxidavtryck än ett års buss- och tågresor sammantaget.

"Aaron Howell-Jones?"

"Ja..." svarade mannen, osäker på sig själv.

Bakom honom i stugan stod rader av plastkanoter och kajaker, med hyllor för flytvästar och våtdräkter på var sida.

"Är allt okej?" frågade Aaron.

Tomek och Chey stoppade ner händerna i fickorna efter sina tjänstelegitimationer. Tomek fick fram sin först, men Cheys tog längre tid. Han fumlade i vad som kändes som en evighet med dragkedjan, försökte få grepp flera gånger men gav sedan upp. Även efter att han tagit av sig handsken tog det en evighet att få upp rocken, fiska genom de många lagren och få fram sin legitimation.

Fullständigt jävla värdelös, tänkte Tomek.

"Så där ja," sa Chey triumferande när han till slut visade den för Aaron.

"Ursäkta."

Aaron lutade sig närmare. "Skulle du kunna ta ut den ur plastfickan? Jag ser den inte ordentligt."

Först såg Chey förvirrad ut, men när han såg en fläck på plasten började han trycka in fingrarna i plastfönstret på legget. Han kom så långt som till nagelspetsen innan Aaron bad honom sluta.

"Förlåt. Det där var elakt. Jag behöver inte se den. Jag ville bara se dig försöka öppna den."

"Ha. Den var bra."

Chey kunde inte uttryckligen säga åt mannen att dra åt helvete, men av hans min syntes det tydligt att det var precis vad han ville säga. Och mer därtill.

"Herr Howell-Jones," började Tomek och lät Chey stoppa tillbaka sin legitimation där den hörde hemma.

"Säg bara Aaron."

"Inget efternamn?"

"Nej. Jag använder dem inte längre."

Antagligen tyckte han att de på något sätt bidrog till att bryta ner ozonlagret.

"Okej då, herr Aaron. Vi undrade om vi kunde ställa några frågor?"

"Angående?"

"Angående din relation till Herbert Tucker."

Genast djupnade linjerna i Aarons unga ansikte. "Tucker, barnknullaren? Vad har den där kukhuvudet hittat på nu?"

"Blivit mördad, herr Aaron. Alltså, *han* har inte gjort det själv. Någon har gjort det mot honom."

"Okej..." Aaron skiftade tyngden från ena foten till den andra. "Och jag antar att ni vill veta om jag hade något med det att göra?"

"Något åt det hållet."

Aaron suckade djupt, vände sig sedan mot väggen av kanoter bakom honom. "Kommer det att ta lång tid? Jag måste få ut de här, och jag har en lektion om ungefär en timme."

"Lektion i vad?"

"Kajakpaddling. Jag lär folk hur man gör."

Bilder från sista gången Tomek satt i en kajak dök upp i huvudet. Han flöt genom Tollesburys vassar, på jakt efter en mördare. Slet mot tidvattnet och tyngden av sin kropp i vattnet. Misslyckades...

"Jag lär folk vindsurfa och kitesurfa också."

"Egenföretagare?"

"Tyvärr inte. Företaget drivs av min chef. Jag jobbar bara här. Han har fyra andra ställen längs kusten. Och han kör även det vid Lakeside."

Tomek sneglade förbi Aaron på mängden kajaker som var instuvade i stugan. Över ett dussin totalt, i olika längder, färger och med olika antal säten. Tomek ville inte vara i närheten av en enda om han kunde slippa.

"Känn dig fri att börja," sa han. "Jag är säker på att du kan svara på frågor samtidigt."

"Vem har sagt att män inte kan multitaska?"

Vi har inte ens börjat än...

Aaron väntade inte på att Tomek skulle svara. Han började städa upp vid ingången till stugan och göra plats för tiofotskajakerna som skulle ut. Först var det dock seglet till en vindsurfingbräda. Det var minst närmare två meter högt och drygt en meter brett, precis tillräckligt litet för att till och med Tomek skulle kunna bära det. Men i stället för att ge det till Tomek räckte Aaron det till den närmaste mannen. Chey. Som inte bara var en av de yngsta utan också en av de kortaste i teamet.

"Skulle du kunna hålla den där åt mig medan jag hämtar—?"

Chey hann hålla den i en bråkdels sekund innan en kraftig, häftig vindby rusade längs stranden och slog honom pladask på arslet i sanden.

När Tomek vände sig om såg han bara den unge konstapeln ligga på stranden, fast under seglet, nedtryckt av vinden som fortsatte bomba dem som en militär attack.

Tomeks spontana reaktion var att skratta, skratta röven av sig och rulla på marken (för att bocka av alla akronymer), men sedan kom han på var han var och med vem. I stället fnös han och skakade på huvudet föraktfullt. Samtidigt vek sig Aaron dubbel av skratt.

"Jag saknar ord," sa Tomek, medan Chey kämpade sig upp från marken. "Ärligt talat, jag saknar ord."

När konstapeln väl hade krånglat sig ur under seglet borstade han av sig och skakade på huvudet. En grimas och skam stod att läsa i ansiktet.

"Förlåt för det," sa han skamset. "Var... var var vi?"

"*Vi* var här," svarade Tomek och pekade på sina fötter. "*Du*... du var där borta. Är du klar nu?"

De blossande kinderna på Cheys ansikte svarade på hans fråga. Tomek vände tillbaka uppmärksamheten mot Aaron, som fortfarande småskrattade för sig själv.

"Hur länge har du jobbat här?"

"Cirka två år, mer eller mindre."

"Och du trivs?"

"Ja. Det här är mitt hjärteprojekt. Mitt andra jobb är det jag gör för att betala räkningarna."

"Vad är ditt andra jobb?"

"Jag är trädgårdsmästare. Egen. Men jag jobbar med en partner, Charlie, som också är egen. Vi tar hand om andras trädgårdar. Mest åt äldre. Jag försöker få in det här emellan så mycket jag kan."

"Hur länge har du gjort det?"

"I tio år nu. Till en början jobbade jag gratis. Gjorde småjobb i området och använde andras verktyg tills jag kunde köpa egna. Det var svårt i början, för jag menar, vem vill släppa in en främling i sin trädgård för att klippa gräset när han inte ens har egna verktyg? Det var svårt att sälja in, men några var snälla nog att hjälpa mig. Och jag hade ingen telefon då, så jag fick skriva ner många bokningar på en papperslapp och hoppas att de inte ställde in. Den största utmaningen var att inte ha klocka eller något sätt att se vad tiden var." Ingen klocka, ingen telefon? Tomek visste inte om mannen verkligen var *så* frånkopplad från tjugohundratalet eller om något annat hade pågått.

"Hur kom det sig att du inte hade telefon eller klocka?" frågade Chey och tog den pinsamma frågan först.

"Därför att jag inte hade ett hem."

"Du var hemlös?"

"Tja, namnet Inget Hem låter inte så bra. Hemlös är vad alla andra verkar kalla det, så varför inte."

Chey stammade. "Du ser inte—"

"Jag ser inte hemlös ut?"

"Nej, det var inte—"

"Det är lugnt. Jag får höra det ofta. Folk ser det långa håret och antar saker."

Och skägget och de säckiga kläderna och den smutsiga huden.

"Så du tog dig ur den situationen genom att sköta folks trädgårdar?"

Aaron nickade, och leendet var fullt av stolthet. "Tills jag hade råd med en telefon och egna verktyg. En av dem vars gräs jag klippte var snäll nog att låta mig bo hos dem i några veckor. Och när jag var redo att anmäla min ekonomiska situation till myndigheterna fick jag till och med använda deras adress."

Det var beundransvärt. Alltihop. Aarons driv och beslutsamhet att lyckas, hans styrka att resa sig från botten och sträcka på sig. Tomek berömde honom och hans kompetens. Det enda han inte kunde berömma var dock Aarons förmåga att multitaska. Sedan Cheys lilla incident med vindsurfaren hade trädgårdsmästaren stått i stugan med armarna korsade och inte kommit någonstans.

"Mycket bra," sa Tomek. "Hur känner du Herbert Tucker?"

Den totala giren i samtalet gjorde Aaron överrumplad och förvirrad. Han slappnade av i armarna och började pilla med händerna. Sedan insåg han att han inte hade skött sitt jobb och började lasta ur kajakerna.

"Jag känner honom inte personligen."

"Videorna på nätet verkar säga något annat."

"Vilka videor?"

"Den där med dig och ägget?"

Aaron smackade med tungan. "Han fick vad han förtjänade."

"När han dog?"

"Nej. När jag kastade ägg på honom på huvudgatan. Den självgoda, falska, lögnaktiga fittan fick precis allt han förtjänade den dagen."

"Du verkar ha ett särskilt agg mot honom."

"Pah! Ogilla är ett ord. Avsky, förakt; det är ord jag skulle använda."

Aaron hivade upp en kajak på axeln och började gå ut. Skillnaden mellan proffs och amatör gick inte att missa, för han gick rakt i vinden och lade ner kajaken på sanden utan problem.

"Varför?" frågade Tomek.

"För att han sa att han skulle stötta hemlösa. Lovade massor av härbärgen och center att gå till, men sen drog han in pengarna några veckor efter att han hade annonserat det. Då var min bror och jag båda hemlösa, av väldigt olika skäl, men vi höll ändå kontakt och vi behövde stödet något enormt. Min bror är död på grund av honom."

Så många frågor. Så mycket att nysta i.

"Hur dog din bror?"

"Överdos. Han var fast. Det var vi båda vid ett tillfälle."

Det förklarade varför båda hade varit hemlösa.

"Och du skyller din brors död på Herbert Tucker?"

"Ja. Varenda dag. Och jag är glad att han är död."

"Är det därför du skickade kulor med posten till hans arbetsadress?"

Aaron gjorde en kort paus innan han fortsatte sin uppgift. "De var inte riktiga. Klart de inte var. Det var startpistolspatroner som jag använder för ungarna ibland. När vi har lopp använder jag dem för de hör mig inte i vinden. Jag tänkte aldrig göra något. Jag ville bara att han skulle veta att det fanns många där ute som såg honom för vad han verkligen var."

"Och vad skulle det vara?" frågade Chey.

"En fitta."

Kort och gott. Enkelt och tydligt. Rakt på sak.

"Vad gjorde du i går kväll?" frågade Tomek.

Ännu en gir, den här gången mer abrupt och rätt på.

"Jag var hemma."

"Ensam?" frågade Chey.

"Ja. Jag bor ensam."

"Var bor du?"

"På husvagnsplatsen runt hörnet."

Antagligen för att det gav ett mindre koldioxidavtryck, gissade Tomek. Chey bad sedan Aaron om adressen och antecknade den.

"Kan någon styrka var du befann dig?"

"Nej."

"Skulle du vara villig att komma ner till stationen och lämna ett DNA-prov så att vi kan utesluta dig ur vår utredning?"

"På allvar?" sa Aaron misstroget och släppte ner en kajak i golvet.

"På allvar," svarade Tomek strängt. "Det är rutin."

Aaron fnös och skakade på huvudet. "Ni fattar att jag inte hade något med det här att göra, va?"

"Det får vi veta när vi tar ditt DNA."

"Ni borde redan ha det. Jag blev gripen ett par gånger när jag var hemlös. Några narkotikabrott."

"Nå, i så fall ska det nog ordna sig. Och om vi inte hittar det vet vi var vi hittar dig, eller hur?"

Tomek och Chey var på väg att gå, men Aaron ropade dem tillbaka en stund senare, med en kanot i handen.

"Ni vet att det inte är jag som är brottslingen här, va?"

"Skulle inte en koll i våra polisregister säga något annat?" svarade Tomek.

"Det var inte så jag menade. De där, där ute. Brottslingarna. De *riktiga* brottslingarna. Herbert Tucker hade många fiender, men han hade också många kontakter. Många han gjorde affärer med. Många han gjorde *kontroversiella* affärer med."

"Som vad? Och vilka?"

Aaron såg sig omkring, som om han var orolig att någon skulle kunna höra dem trots den nästan öronbedövande vinden.

"Southend Football Club," viskade Aaron. "Ägaren. Eller, delägaren. Herbert Tucker skaffade sig många fiender på den sidan av stan. Det är allt jag säger."

"Tack."

Sedan skyndade sig Tomek och Chey till bilen. När de hoppade in i fordonet och kom undan den dånande vinden granskade Tomek sin kollega och skakade på huvudet. Den unge mannen var täckt av sand, smuts och snäckskal som Tomek utan tvekan skulle hitta i fotutrymmet i flera veckor framöver.

"Vad?" frågade Chey och tittade ner på bröstet som för att fråga, har jag något på mig?

"Du är som en handbroms på en av de där kanoterna."

"Varför?"

"Fullständigt jävla värdelös. På riktigt. Att ramla så där..."

"Det var vinden!" ropade Chey med en snörpning, skakade sedan på huvudet och borstade av sig. "Jag hatar sand, för i helvete."

KAPITEL
ARTON

E n snabb sökning på Internet bekräftade att Herbert Tucker hade minst ett finger med i spelet kring Southend United Football Club. Ett finger som var lika smutsigt som innehållet i affären. The Mighty Shrimpers, som de kärleksfullt kallades, hade funnits sedan 1906 och hade under sin mer än hundraåriga existens bara nått så långt som Championship, den näst högsta nivån i det engelska ligasystemet. Nu låg de i National League, den femte nivån i fotbollspyramiden. Deras arena, Roots Hall, rymde lite över tolv tusen åskådare, men på senare tid hade klubben utsatts för allt svårare ekonomisk press. Området hade förfallit, läktarna föll sönder, planen var ovårdad, inte vattnad och dåligt skött, ägaren planerade att sälja arenan och ersätta den med över hundra hus, och varken spelare eller personal hade fått lön på veckor. Ovanpå allt elände som hade omgivit klubben så länge fanns dessutom faktumet att de också kämpade mot nedflyttning. För många hade det känts som det ena efter det andra, en kulmen av besvikelse och förtvivlan. Och fansen och klubbens mest trogna supportrar hade gjort sina känslor tydliga. Protester hade hållits utanför området vid flera tillfällen, och medlemmar i frivilligföreningen Shrimpers Trust tog ofta på sig ansvaret och fixade röran som klubben och området befann sig i genom att regelbundet städa och snygga till efter matcher under veckorna. Om ägaren inte var villig att skydda en av stadens största historiska institutioner, så var de det.

Det fanns dock hopp. Ljus i slutet av tunneln.

Ett litet konsortium av sydamerikanska företagsägare ville köpa klubben, pumpa in pengar i den, i arenan och i lokalsamhället, stärka gräsrotsfotbollen och ta klubben tillbaka upp till höjderna i Championship och kanske en dag ännu längre. Tomek och resten av den lokala fotbollsgemenskapen hade inga illusioner om att ambitionerna var svindlande, men det var vad klubben behövde just nu. Det var vad fansen hade ropat efter i flera år. Lite hopp, lite ambition, något att se fram emot.

De senaste månaderna hade nyheterna om övertagandet – och under månaderna, *åren*, som föregick det – klubbens turbulens och deras tilltagande ekonomiska kollaps dominerat rubrikerna och det var allt Tomek hade sett. Han hade bara varit på arenan ett fåtal gånger, några som barn med sin far och sina bröder, andra med vänner och ex-flickvänner, men det var fortfarande en fotbollsarena, det var fortfarande ett bra lag att se, och det var fortfarande en grundläggande del av den lokala identiteten.

Det enda problemet var dock att övertagandet hade kört fast den senaste veckan. Den nuvarande ägaren drog fötterna efter sig och gjorde det så svårt som möjligt, vilket var anledningen till att de, när han och Sean dök upp vid arenan, möttes av över trettio demonstranter, med banderoller, megafoner och några slagkraftiga ramsor som ackompanjemang, utanför ingången till byggnaden. En stor banderoll med texten "Ut ur vår klubb!" frammanade bilder av Peggy Mitchell i Queen Vic, skrikande åt sina stamgäster innan hon höjde en flaska. För det mesta verkade protesten fredlig, med män och kvinnor i slutet av femtioårsåldern som marscherade långsamt, ihopkrupna mot kylan, skanderande i kör. Fast Tomek hade lagt märke till en grupp unga fans, klädda helt i svart, med huvorna uppdragna. Tomek hade varit på tillräckligt många fotbollsmatcher, särskilt på West Ham på nittiotalet och tidigt 2000-tal, och visste att de inte var där för att värma sig.

Tomek gick fram till den stora folksamlingen och lät Sean vänta vid huvudentrén. När han gjorde det började de närmaste kasta illvilliga, malevolenta blickar mot honom.

"Är du en av hans?" ropade någon.

"Du kan dra åt helvete du med", ropade en annan.

Normalt skulle Tomek ha lett lyckligt åt utsikten att få gripa någon för att ha skrikit skällsord åt en polis, men som en medfan av sporten var han beredd att låta detta passera som ett enkelt fall av förväxling.

"Jag är inte en av hans, nej. Och jag drar helst inte åt helvete om det är samma sak för dig", sa han till dem, och visade sedan sin polisbricka. Synen av den fick alla att stanna upp, och dämpade viskningar spred sig genom gruppen. "Vem är ansvarig här?"

Föga förvånande klev ingen fram.

"Oroa er inte", fortsatte Tomek. "Ingen blir gripen. Inte såvida de inte gör något dumt." Tomek blängde på ungdomsgruppen när han sa det, och de tycktes ta till sig hans varning, för de började gradvis röra sig bort från arenan och tillbaka till parkeringen bakom.

Till slut, efter en liten stund, vågade en man kliva fram.

"Owen Braverman", sa han och räckte fram handen. "Jag är ordförande för Shrimpers Trust."

Tomek presenterade sig och förklarade sedan varför han var där.

"Lycka till med att få ett möte med den där jäveln", väste Owen. "Den slemmiga lilla fittan har låst in sig på sitt kontor och vägrar komma ut för någon."

Tomek log snett. "Folk gör konstiga saker när polisen knackar på. Jag är säker på att vi kan få honom att prata. Hur länge har du varit ordförande?"

"Trettiofem år, sedan jag startade det. Jag har följt den här klubben hela mitt liv. Har gått på varje hemmamatch och nästan varje bortamatch under den tiden. Jag känner den här klubben bättre än den där idioten som sitter bakom sitt ekskrivbord. Jag har sett uppgångar och jag har sett nedgångar, och jag tror aldrig att vi har varit så här nere. Det gör ont att se. Southend FC är min passion, det är det jag lever för."

Det kunde Tomek beundra och respektera. Han hade känt en liknande samhörighet med West Ham Football Club när han hade varit yngre och inte haft ansvaret som en karriär inom polisen innebar, vilket oundvikligen hade dragit bort honom från det.

"Vad kan du berätta om ägaren?"

Owen fnös, och hans ansikte förvreds, som om blotta tanken på mannen som satt någonstans på sitt kontor bakom sitt ekskrivbord räckte för att ge honom en hjärnblödning. "Hur mycket tid har du? Jag kan ge dig en lista med skäl till varför han inte borde vara ägare."

"Visst", svarade Tomek. "Jag är säker på att vi kan använda det i en framtida utredning. Men just nu tittar jag på ägarens koppling till Herbert Tucker."

"Parlamentsledamoten?"

Tomek nickade.

"Varför?"

"Mr Tucker hittades död i går eftermiddag. Det har varit överallt i nyheterna..."

"Är Herbert Tucker, den fete jäveln, död?" Owens ansikte glänste i den klara, tidiga morgonsolen.

"Tyvärr är han det."

"Var inte ledsen för det, kompis", ropade någon bakom Owen. "Det är bra att han är död. Det där kukhuvudet fick vad han förtjänade."

Tomek lutade huvudet åt sidan. "Hans familj håller nog inte med dig där. Så tänk gärna på vad ni säger. Hans fru och barn är förkrossade och kan läsa allt ni skriver på nätet. I slutänden hade de inget att göra med vad deras man och far gjorde eller kan ha gjort, så tänk efter vad ni ska säga innan ni, som så lätt hänt, säger det."

Råden tycktes rinna av fotbollsfansen framför honom, eftersom deras uttryck förblev exakt desamma.

"Har ni kommit på vem som gjorde det än?" frågade samme man.

Tomek skakade på huvudet. "Därför är vi här. För att ta reda på om Mr Colehill vet något."

"Han vet mycket mer än han kommer att berätta för er, det kan jag säga gratis", flikade Owen Braverman in, medan dimma vällde ur hans mun som från en drake.

"Det är därför jag står här och pratar med er. Ni som står på marken. Vad kan ni berätta för mig?"

"Igen: hur mycket tid har du?"

Tomek blev allt mer frustrerad över det ständiga käbblet och kämpade hårt för att inte himla med ögonen inför mannen. I stället svor han tyst för sig själv. Men eftersom mannen verkade fast besluten att ställa just den frågan, skulle Tomek ge honom ett svar.

"Jag har ungefär två minuter", sa Tomek till honom. "Nu vill jag att du berättar allt du kan på de nästa två minuterna innan jag går in där. Tror du att det är möjligt?"

"Varför sa du inte det tidigare?"

För att jag inte fattade att du var så jävla bokstavlig.

"Colehill tog över klubben för tjugo år sedan, och sedan dess har han blött den på pengar. Som... vad heter det? Hematom? Hemorrojder?"

"Blöda?"

"Ja. Det var det. Han har blött den här klubben på pengar, min heliga, älskade klubb, och lastat på den skulder. Samtidigt tar han alla vinster och låter byggnaden och infrastrukturen rasa runt honom. Han betalar ingen, spelarna och personalen har inte sett en löneutbetalning på månader, och nu förhalar han övertagandet. Han vill krama ur varenda sista slant ur klubben, och han behöver inte ens pengarna. Visste du att han har konton i skatteparadis dit alla pengar går? Japp. Något konto på Bahamas eller så. Vet inte vad det är till för, men inte är det för att driva en fotbollsklubb. Och visste du att han har sålt andelar i klubben till alla sina polare uppe i Whitehall eller var det nu är?"

Det där kände inte Tomek till, men nu när han gjorde det, nu när han var beväpnad med den här informationen inför mötet med Mr Colehill, kunde han knappt vänta på att få prata med honom.

Det enda problemet som återstod var dock att hitta en koppling mellan kontona i skatteparadiset och fotbollsklubben till Herbert Tuckers död.

Tomek tackade mannen för tiden, tog sedan hans kontaktuppgifter innan han vände dem ryggen och lunkade mot Sean. Han rörde sig långsamt och höll fötterna nära marken, så att han inte skulle halka på isen som hade lagt sig under natten.

"Klart?" frågade Sean när de lämnade kylan och kom in i värmen.

"Tror det."

"Det var inte så pjåkigt för en tvåminuterssammanfattning."

Tomek log snett. "Särskilt med tanke på att vi lade trettio sekunder på att försöka komma på ordet blöda."

KAPITEL
NITTON

K vinnan visade dem till deras platser i ett litet väntrum som fick Tomek att tänka på det han brukade sitta i på lågstadiet. Stolarna var klädda i ett grovt, blått tyg och var det obekvämaste han haft oturen att sitta på. Mattorna var veckiga och stela och täckta av smuts. För att inte tala om att de luktade svettiga fötter. Väggar och golvlister var i skriande behov av en ny omgång färg. Hela byggnaden, inklusive korridorerna och andra rum som receptionisten lett dem genom, var i bedrövligt skick. Å andra sidan, om byggnaden ändå skulle rivas, varför bry sig om att fräscha upp stället?

Väntrummets enda ljuspunkt var Nespresso-maskinen, som Tomek såg till att ta en kopp ifrån. Det sista han ville var att ge James Colehill pengar (i form av biljettintäkter eller tröjförsäljning), men han tog gärna en kaffe på hans bekostnad.

Några minuter senare var Mr Colehill redo att ta emot dem. När han öppnade dörren var Tomek i färd med att släppa sin mugg i papperskorgen.

"Snälla, släng inte den där," fräste James.

"Var vill du att jag ska lägga den?"

"Ta den med dig."

"Så att jag kan slänga den i en papperskorg utanför?"

"Det är det de är till för..."

Tomek tittade ner på plastkorgen framför sig. "Och vad är den här till för? Dekorativa ändamål? I och för sig är det nog det mest färgglada i hela byggnaden."

"Toppen. Tack för din förståelse."

"Första varningen."

James vände dem ryggen och lämnade dörren till sitt kontor öppen. Tomek gav sin kollega en blick av förvånad misstro innan han följde efter in.

"Kasta den i ansiktet på honom," viskade Sean när han passerade Tomek och gick in först.

Fel. Tomek tänkte göra något mycket värre. Han tänkte gå till angrepp mot James Colehill.

Plötsligt såg han fram emot det här mer än han hade gjort för två minuter sedan.

När han klev in på kontoret insåg Tomek att han hade haft fel. Papperskorgen var inte det mest färgglada i byggnaden. Den utmärkelsen tillhörde James Colehills tapet. Den var skrikigt gul och grön och såg ut som omslaget till Refreshers. Och av resten av möblemanget i rummet framgick tydligt vart åtminstone en del av pengarna från fotbollsklubben hade gått: mahognybordet som var alldeles för brett för utrymmet där det stod; den sprillans nya Apple Mac som stod ovanpå; den utsirade, sammetsklädda tronstolen på andra sidan. James Colehill försökte leva och uppträda som en kung, men slottsmurarna runt honom höll på att rasa.

Och han brydde sig helt enkelt inte.

Det gjorde ont i Tomeks hjärta att sådana som han – själviska, giriga, odrägliga typer – kunde sättas att ansvara för en sådan institution utan att ställas till svars, slippa undan med det.

"Mr Colehill," började Tomek. "Jag och min kollega—"

"Måste det här ta lång tid?" avbröt James. "Jag har några möten jag snart måste gå på."

"Andra varningen."

"Hur lång tid har du?" frågade Tomek.

"Va?"

"Du säger hur lång tid du har, så säger jag hur lång tid vi kommer att ta. Fast jag har på känn att du kan få boka om några av dina möten, om du inte vill ta det här nere på stationen?"

"Jag har inte gjort något fel."

Tomek log snett, spydigt, åt mannen som fick hans hår att resa sig i frustration. "Det får vi väl se, eller hur?"

"Att undanhålla information i en pågående utredning ser inte så bra ut inför en jury," fyllde Sean i. "Särskilt när det gäller någon som du, James."

Colehill funderade en stund, plockade upp en penna och började rita cirklar med den på skrivbordet. "Okej. Men kan ni kalla mig Mr Colehill, tack?"

Inte en chans.

"Javisst, James," svarade Tomek. "Vi vill börja med att fråga hur väl du kände Herbert Tucker?"

"Tillräckligt väl."

Genast anade Tomek att James Colehill skulle göra det här så smärtsamt och segdraget som möjligt. Men det var okej, för de kunde båda spela samma spel. Och det var hans egen tid, hans egen tid bort från de där viktiga affärsmötena, som han slösade bort.

"Hur länge hade du känt honom?"

"Tillräckligt länge." Sedan slutade James sakta att flytta pennan över skrivbordet. "Sa du "hade"?"

"Det gjorde jag."

"I dåtid?"

"Just det."

"Vad... Varför sa du så? Vad har hänt?"

Och då berättade Sean att hans vän och affärspartner var död, mördad, och att de var där för hans skull och försökte hitta den skyldige.

"Just nu försöker vi bara få grepp om Herberts liv," fortsatte Sean. "Vad det var för sorts man han var. Vad han sysslade med. Hur han var mot dem som kände honom bäst. Vad som gjorde honom framgångsrik."

"Allt det där hittar ni i den jävla bok han skrev."

Ah. Boken.

"Fick du ett omnämnande?" frågade Tomek.

"Som fan heller. Har ni läst den?"

Både Tomek och Sean skakade på huvudet.

"Det borde ni. Den är för fan hysteriskt rolig. Det är det jävla sämsta jag någonsin har läst. Bara runk men ingen sats, ingen slutprodukt. Den låter som om den vore skriven av en fyraåring, och det bästa är slutet, när man inser att man får kasta den i den jävla papperskorgen."

"Uppenbarligen inte i någon av papperskorgarna här inne,"

kommenterade Tomek, varpå Sean fnissade och log snett. James, däremot, tyckte inte att det var roligt utan slätade i stället ut minen. "Bad han dig om du ville vara med i den?"

"Ja! Det var det som retade upp mig mest. Han kom förbi en gång, bad mig sätta mig och sa att han höll på att skriva en bok. En *memoar*, kallade han det. Vet ni varifrån memoar kommer? Det kommer från latinet, *memoria*, som betyder minne. Och vet ni vad det roliga är? Den där jäveln hade inget minne alls. Han visste inte hur saker funkade, vilka processer vi var tvungna att gå igenom för att få igenom vissa affärer eller ens hur några av mötena vi var på tillsammans hade gått. Och vet ni varför? För att han var en värdelös skithög."

Tomek mindes sin tidigare kommentar till Chey och att han kanske hade gått över gränsen lite.

"Herbert Tucker improviserade sig igenom hela livet. Han behövde hållas i handen under hela sin yrkesmässiga och politiska karriär, och ändå var det han som tog åt sig all ära. Tja... *tog* åt sig äran."

"Så han bad dig hjälpa till med boken, du tog fram merparten av innehållet eftersom du hjälpte honom dit i livet, och sedan struntade han i att ta med dig i just den boken... låter det rätt?"

"Ganska mycket."

"Och hur fick det dig att känna?"

"Rätt skit. Irriterad. Jag..." Sedan stannade han när insikten gick upp för honom. Han började vifta med fingret mot Tomek. "Jag fattar vad du håller på med."

"Och vad är det?"

"Försöker få det att verka som om jag blev så förbannad att jag till slut dödade honom."

"Och gjorde du det?"

"Ja! Eller, nej! Jag trodde du menade om jag var arg. Ja, självklart var jag arg. Jag var förbannad, jag var vansinnig. Men jag dödade honom inte."

"Det får vi se," sa Tomek och vände sig mot Sean för att låta honom fortsätta.

Innan han gjorde det harklade sig sergeanten och skruvade på sig i stolen till en lite bekvämare och mer auktoritativ position.

"Hur länge har ni två varit delägare i klubben?"

"Sätt mig inte igång om det."

"Det vill vi gärna, om vi får. Om du inte hellre vill ta det här nere på stationen?"

Det funkade. Det verkade alltid funka. Som om hotet om att åka till stationen automatiskt betydde att han skulle bli gripen. Det skulle han inte; han kunde ha blivit gripen var som helst, det hade bara varit smidigare och snabbare att gripa honom i samma byggnad som han skulle tillbringa natten i.

"Jag köpte det här stället för tjugotvå år sedan, och då var jag nära vän med Herbert. Han tjänade bra med pengar och såg det här som en bra investering för sig. Så han övertalade mig att sälja en andel i klubben till honom mot en avgift. Kompispris, kan vi kalla det. Och sedan dess har han skaffat sig mer och mer kontroll i klubben. Och han har tagit ut mer och mer ur den. Han har sugit den torr, och nu finns det väldigt lite kvar. Det var han som kom på idén att riva skiten och göra om den till ett bostadsområde, i och med att han äger ett jävla fastighetsbolag. Och jag var benägen att hålla med honom, särskilt efter att jag såg hur mycket det skulle ge i räkenskaperna. Men den nyheten togs inte emot väl, och på grund av hans status som parlamentsledamot och i kommunfullmäktige kunde han inte fronta det, så jag har fått ta den största smällen av allt det här bakslaget."

"Inte så länge till, vad vi förstår," sa Tomek. "Sydamerikanerna kommer för att rädda ditt skinn."

James plockade upp pennan igen. "Jag vill inte sälja," sa han. "Jag önskar att vi slapp. Jag älskade den här klubben en gång. Det var därför jag köpte den. Men det har förändrats genom åren. Jag skulle ljuga om jag sa att jag alltid haft klubbens bästa för ögonen, för det har jag inte... inte längre. Jag drogs in i Herberts värld och nu har vi dragit klubben dit den är. Att sydamerikanerna kommer är som att sätta ett plåster på ett brutet ben."

"Varför bromsar du försäljningen?"

James tvekade ett ögonblick, skrattade sedan till, road av sin egen tanke. "Herbert fördröjde allt. Han försökte pressa konsortiet på så mycket pengar som möjligt. Värderade det långt över vad det var värt, alla visste det. Till och med jag visste det. Och nu när han är död, antar jag att det kommer att dra ut på tiden ytterligare. Typiskt, eller hur? Det är jag som kommer framstå som skurken igen. För att inte tala om att klubbens värde kommer rasa fullständigt, så jag får inte de pengar jag vill ha för den."

Det var något i sättet James Colehill sa det på som antydde att *det* var morgonens mest förkrossande insikt. Inte att hans affärspartner hade dött. Inte att han hade förlorat en vän. Inte att han höll på att förlora klubben han en gång älskat (fast Tomek tvivlade på det också). Utan att han skulle förlora pengar på försäljningen när allt väl var klart.

Att det inte skulle bli någon resa till Maldiverna i sommar.

"Var var du för två nätter sedan, James?" frågade Sean, utan att ge mannen någon tid för sentimentalitet.

"Det där kan du inte fråga. Och för helvete, det är *Mr Colehill*!"

Tomek och Sean utbytte en blick som avgjorde att ingen av dem skulle kalla honom vid efternamn.

"Jag är god vän med PFCC, bara så ni vet."

Förkortningen gick Tomek helt förbi.

"Vem?"

"Brendan Door. Police, Fire and Crime Commissioner."

"Åh, *honom*." Tomek hade fortfarande ingen aning om vem mannen syftade på. "Han har väl inget emot att du svarar på en enkel fråga?"

James svällde av vrede. Vid det här laget hade han slutat klottra med pennan och börjat krama den hårt i näven.

"Jag behöver inte svara på något jag inte vill."

"Inte om du inte vill följa med till stationen. Och där kan du sedan förklara för PFCC varför du är där."

För tredje gången funkade det där tomma hotet, och James sänkte pennan mot bordet.

"För två nätter sedan?" började han. "Tja, jag var..."

De väntade tålmodigt medan mannen övervägde sitt svar.

"Jag var... jag var..."

Fick han plötsligt stamning? Led han av minnesförlust? Alzheimers?

"Jag är ganska säker på att jag var här. Det är jag de flesta kvällar."

"Vet du när du gick?"

James spände läpparna och lutade huvudet åt sidan. "Måste ha varit runt elva."

"Vad hände efter att du kom hem?"

"Jag gick och la mig. Jag var trött. Var tvungen att gå upp vid fyra morgonen därpå."

"Det var tidigt," konstaterade Tomek.

"Det är vad man måste göra om man vill ligga steget före. Du måste alltid vara den som går upp tidigast. Fler timmar på dagen för att få mer gjort. Det lärde jag Herbert, men jag slår vad om att den där idioten satte det i sin bok som sina egna visa ord. Han hade ingen aning om att jag snodde det från någon annan. Gissar att han aldrig får veta det nu."

Tomek var inte säker, men han tyckte sig se ett tunt leende dra över James läppar. Efter att ha sagt till mannen att de hade allt de behövde och att de snart skulle höra av sig vid behov, lämnade Tomek och Sean kontoret och gick tillbaka till bilen. Så fort de kom ut slog en tjock vägg av kyla emot dem och där stod fortfarande skaran demonstranter, skanderande, marscherande, försökte hålla värmen i kropparna och lemmarna från att trilla av. Vid det här laget hade gruppen av unga vuxna flyttat sig, och en känsla av lugn hade lagt sig.

Owen Braverman skyndade mot dem, hasade med fötterna för att inte halka på isen.

"Vad hade den där fegisen att säga till sitt försvar?"

"Inte mycket."

"Kan ni inte säga?"

"Ganska precis så. Det kan bli några förseningar med klubbens försäljning, men jag skulle fortsätta göra det ni gör. Han är ute därifrån snart nog." Tomek lade en fast hand på mannens axel, gav honom ett kort leende och fortsatte sedan mot bilen.

Så fort de satt i vred Sean upp värmen till max och blåste liv i fingrarna.

"Tankar?" frågade han Tomek mellan andetagen.

"Jag tror att Mr Colehill visste mer än han lät påskina. Där finns ett motiv, helt klart, att pressas ut ur sin fotbollsklubb, men jag kände något mer också," förklarade Tomek. "Vem det än var som dödade Herbert, så var det någon han kände. Och vem bättre än den morgonpigga typen som aldrig gick hem?"

"Jag vet vad du menar. Han var ett rövhål ändå, eller hur?"

"Ett riktigt rövhål."

Sean log snett medan han lade i växeln. "Var är din kaffemugg?"

"Lämnade den på hans kontor när vi gick."

"Vem är rövhål nu då?"

KAPITEL
TJUGO

Nick Cleaves var en man med många sinnestillstånd. Många talanger, ja. Men också många sinnestillstånd. Betydligt fler humör än han hade talanger, åtminstone enligt Tomek. Han var ökänd på kontoret, och i hela polisområdet South Essex, för sina långa, djupa suckar. Oavsett tillfälle – hur bra, dåligt eller illa det än var – lät Nick alltid den heta luften pysa ut ur näsborrarna. Av många stämplade som störiga, tyckte Tomek att de var ikoniska, hans signum. Att han hade fulländat konsten att säga så mycket utan att säga någonting alls.

Som uttrycket han bar nu. Och hur ofta luften kom ut genom näsan.

"Det ser inte bra ut, kompis," sa han till Tomek. "Hon har varit utskriven i en vecka nu, vilket är jättebra, faktiskt fantastiskt, men det har varit en enorm omställning för oss. Hon, jag, Wendy. Wendy tar hand om henne på heltid medan jag flyr hit och gömmer mig."

"Ingen har sagt att du gömmer dig," rådde Tomek. "Du har ett jobb att sköta. En hel stad som vilar på dina axlar."

Ännu en suck, den här mjukare. "*Det* sa jag. Och jag kan se att Wendy tänker likadant. Det är bara... att städa och mata och ta hand om henne är inte den svåra biten, det är att titta *på* henne. Jag kan inte förmå mig att göra det."

Tomek valde att inte säga något. Att låta mannen fortsätta tala tills han hade fått ur sig allt han behövde.

"Det är för att hon är annorlunda, hon har förändrats. Fysiskt har hennes ansikte förändrats, och jag vet att jag inte borde säga något sånt, men det är sant. Hon är inte min lilla flicka längre. Hon ser inte ut som min lilla flicka längre. Och jag vet inte vad jag ska göra. Det är som att hon inte är där... hon är borta i tanken för det mesta, långsam att reagera och svara. Läkarna sa att det inte skulle bli några bestående hjärnskador, men de har inte alltid rätt, eller hur?"

Nick tittade på Tomek i väntan på ett svar, men han kände sig långt utanför sin komfortzon och fortsatte därför att vara tyst.

"Det är bara... tecknen finns där, eller hur? Du vet vad jag menar. Hon ser inte helt närvarande ut. Hålet på sidan av hennes huvud är så enormt att det inte är konstigt, men jag bara..." Han sänkte huvudet och lät blicken falla ner i knät. "Jag önskar bara att jag fick min lilla flicka tillbaka, du vet? Jag oroar mig för om jag någonsin får tillbaka henne."

Och om kärleken till henne någonsin skulle komma tillbaka.

Nick behövde inte säga det, men Tomek visste att det var så Nick kände i frågan.

Efter några obekväma ögonblicks tystnad insåg Tomek att Nick hade pratat klart, och att det nu var hans tur att ge några råd, lite vägledning, några svar på de omöjliga frågor Nick hade ställt honom.

Tacksamt nog, just när han öppnade munnen, hann Nick före.

"Nog om mig och Lucy," sa han. "Hur går det för Kasia?"

Tomek vickade på huvudet från sida till sida. "Du vet... hon har bra dagar, dåliga dagar. Mest mardrömmar. Många mardrömmar. Vi har kommit överens om att båda ska gå i terapi."

"Båda två?"

Tomek svarade med en enda nick. "Jag får dem också. Det som hände Kasia och mordet på min bror har flutit ihop till ett."

"Det var tråkigt att höra."

"Det påminner mig, vad heter den där terapeuten du rekommenderade sist?"

"Isabel?"

Tomek ryckte på axlarna. "Om det är hennes namn. Du känner henne bättre än jag."

"Hon är bra," sa Nick och sträckte sig efter penna och papper. "Riktigt bra."

"Kanske borde du gå tillbaka."

Nick stannade upp mitt i och stirrade ner i sidan i tio sekunder, djupt försjunken i tankar, innan han fortsatte. Sedan räckte han papperslappen med kontaktuppgifterna till Tomek, som tyst stoppade den i fickan. Nog var sagt i frågan; Nick skulle inte prata med terapeuten. Han skulle inte få hjälp. Han skulle hantera det på sitt eget, inre sätt.

Just som Tomek skulle gå pingade telefonen. Ett meddelande från Abigail som frågade om de fortfarande var på för middagen i kväll.

"Fan," viskade han för sig själv.

"Är det något fel?" frågade Nick.

"Bara glömt att göra något."

"Klassiskt. Vi får börja kalla det "The Tomek". Vi har redan gett din panna ett smeknamn."

Tomek stelnade, med handen om dörrhandtaget. "Dra åt helvete. Nej, det har ni inte."

Nick log. Det första han hade sett på länge. "Du vet Muren i *Game of Thrones*?"

Den kände Tomek till. Han kände till den mycket väl. En ogenomtränglig, sjuhundra fot hög, lodrät mur av kompakt is i den omåttligt populära HBO-serien.

"Det har vi kallat den", sa Nick med ett strålande leende.

"Om det är så, då är jag John Snow, Kung i Norden."

"Om det hjälper dig att sova om natten. Personligen tycker jag inte att det slår Teflon-Tommy, men jag är partisk."

Tomek kämpade för att hålla tillbaka leendet som ville spricka fram. Sedan sa han: "Dra åt helvete, allihop", och gick.

När han var tillbaka vid skrivbordet hade han svarat Abigail att de fortfarande var på för kvällen och att stället skulle hållas hemligt tills han hämtade henne. Det enda problemet var att han inte hade något, så han behövde desperat hitta ett ställe i tid. Men innan han ens hann tänka på det kom DC Oscar Perez störtande mot honom.

"Hej, Kapten."

"Sarge."

"Andfådd hela vägen därifrån?"

"Det är längre än du tror. Särskilt när min enda motion är att gå upp och ner för trapporna till min lägenhet."

Tomek skrattade till. "Nå, låt höra", sa han. "Ut med det."

"Det gäller Herbert Tucker..."

"Bra början."

"Jag har kollat på hans finanser."

"Jaså?"

"Vi har tillgång till hans privata bankkonton. Han har åtta separata konton hos flera banker."

"Varför behöver en person så många?" frågade Nadia och vred sig runt i stolen för att möta dem.

"Det är ett bra sätt att gömma pengar," sa Tomek.

"Egentligen," avbröt Kaptenen. "Det är inte särskilt effektivt alls. Bankerna kan fortfarande se vad du gör, och de har lagt på massor av extra säkerhetslager nu så att du måste ange syftet för varje betalning innan du skickar den."

Tomek tittade upp på mannen från sin stol. "Så varför har han så många, Kapten?"

"Det är bara bankkonton," svarade Oscar. "Som mina och dina. Om någon av dem går omkull har han flera till i reserv, så att säga."

"Hur mycket pratar vi om?"

Oscar bet sig i underläppen. "Åh, hans nettoförmögenhet är lätt trettio miljoner."

"Inte så dumt för somliga," kommenterade Nadia.

"Det är ingen liten summa. Vet ni vem som får det nu när han är död?"

"Inte säkert än."

"Och vad har han gjort med dem?"

"Fastigheter. Hus över hela Essex. Vissa verkar han hyra ut, de andra sparar han till en regnig dag."

"Hur många?"

"Nio totalt. Ett är hans bostadsadress, där han bor. Ytterligare två har nyligen köpts i döttrarnas namn, tre till hyrs ut, och de sista tre står bara där."

"Av någon särskild anledning?"

Oscar ryckte på axlarna. "Ingen jag kan tyda."

"Okej. Vad mer har den här affärsmagnaten gjort med sina pengar?"

"Massor. Jag kollade Companies House och han har minst sex olika bolag. Den sluge jäveln har några av dem listade med sitt mellannamn på Companies House, medan de andra bara är för- och efternamn. Han har en restaurang i Leigh, ett sportbolag som är kopplat till Southend FC, sitt fastighetsbolag, sin metallverksamhet, ett offshorebolag och ett annat som är registrerat som ett förlagsbolag."

"Hans bok..."

"Ja."

"Intressant. Och hur mycket pengar finns i var och en av dem?"

"Totalt finns tillgångar värda omkring femtio miljoner pund."

Tomek tog ett ögonblick för att samla tankarna och bearbeta informationen. Det var uppenbart att mannen hade mycket pengar – så mycket att det, skulle vissa säga, gjorde honom verklighetsfrånvänd – och han visste sannerligen vad han skulle göra med dem. Han var en driven affärsman, det måste Tomek ge honom. Men om, som James Colehill hade antytt, Herbert Tucker inte var så insatt som han utgav sig för att vara, då måste det finnas misstag, finnas hål i hans försök att dölja och förhala upptäckt. Det skulle oundvikligen finnas en spricka i rustningen.

"Har du gått igenom alla konton?" frågade Tomek.

"Inte än. Företagskontona tar längre tid på grund av sin natur. De privata har jag ögnat igenom."

"Några avvikelser?"

Oscar log, med minen hos en man som desperat hade väntat på att få säga det han ville.

"Ett par saker."

"Som...?"

"Ett kontantuttag på tjugo tusen pund från banken i november, och regelbundna månatliga betalningar till en kvinna som heter Alina Zandecka."

Hans älskarinna.

"Hur mycket?"

"Fem tusen pund."

Tomek gav ifrån sig en vissling mellan läpparna. "Jag skulle hålla käften för så mycket i månaden. Skattefritt dessutom."

"Vad skulle du köpa för fem tusen pund i månaden?" frågade Chey, som precis hade snappat upp slutet av samtalet.

"Målet är inte att göra av med det varje månad," svarade Tomek. "Det är som när man hör om de där Lottovinnarna som får tio tusen i månaden resten av livet; de bränner bara allt."

"Men vad skulle du göra om du visste att du skulle få tio tusen i månaden resten av livet?"

"Köpa så många bonsaiträd som möjligt. Kanske till och med bygga min egen lilla trädgård. Eller så skulle jag bara fortsätta som jag gör."

Chey flämtade. "Skulle du inte sluta jobba?"

"Nej. För annars, vad är min mening? Varför går jag upp på morgonen om jag inte jobbar för något, inte tjänar mina egna pengar? Jag skulle förmodligen bli deprimerad och sedan börja tänka på att ta livet av mig."

Chey tappade hakan en aning, mållös.

"Drog jag ner stämningen lite, va? Bra. Så, Oscar, vad sa du?"

"Fem tusen i månaden."

"Ja."

"Fem tusen i månaden de senaste fyra åren, fram till för tre månader sedan när betalningarna upphörde."

KAPITEL
TJUGOETT

A lina Zandecka bodde i en liten tvåa ovanför en spritaffär i Hockley med sin son. Tomeks första reaktion var att lägenheten knappt räckte åt en, än mindre åt två. Och oordningen och bråtet, i kombination med leksakerna och spelen på heltäckningsmattan som blockerade vägen in i vardagsrummet, vittnade om just det.

Det hade tagit Tomek och Rachel lite drygt en halvtimme att ta sig till den lilla byn norr om Southend. Lunchtrafik. Tidig rusning. För att inte tala om att det var fredag. Även känd som POETS-dagen i Tomeks familj. Stick tidigt, i morgon är det lördag.

Han visste inte när det hade blivit en grej, men han hade märkt att lunchavslut hade varit grejen på sistone. Att arbetsveckan blev kortare för några lyckligt lottade, medan han och resten av teamet fortsatte att jobba längre och längre dagar. Den biten gjorde honom inte så mycket. Det var mest den förbannade trafiken han hatade.

Och hålen i vägen.

Men det var en annan diskussion, och ett annat samtal med kommunen, för en annan dag.

När de hade satt sig till rätta, hasade Alina in i köket och gjorde en kopp te var, med sonen på höften medan hon gick. Några minuter senare kom hon tillbaka, fortfarande med barnet i ena armen och muggarna i den andra. Tomek var tvåa med att få sin drink.

Alina Zandecka såg ut som om hon inte hade sovit på veckor. Påsarna under ögonen var lika mörka som rummet kändes, men trots det var hon fortfarande en vacker kvinna. Väldigt vacker, faktiskt. Hon var smal men såg inte undernärd ut. Snarare såg det ut som om hon hade arbetat hårt för att få sin fysik, och av bulorna på axlarna och armarna att döma verkade hon inte ha några problem att bära sin son heller. Håret var en rufsig blandning av brunett och blondin och hade satts upp med en hårklämma. Hon bar lite smink, vilket Tomek antog mest berodde på att hon inte hade tid. Men hon behövde det inte. Hon påminde Tomek mycket om de polska supermodeller han ofta såg på polsk tv.

"Din son är bedårande", sa Rachel och lekte med den lille pojkens fot.

"Tack", svarade Alina, med en tvekan i rösten.

Hon hade en svag östeuropeisk accent, men Tomek kunde inte placera den.

"Hur gammal?"

"Fyra."

"Gullig."

Innan de hade gått in hade Tomek och Rachel undanhållit orsaken till sitt besök. Bara att det gällde viktigt polisärende. Och där han satt mittemot henne undrade Tomek vilka saker som kunde ha snurrat i hennes huvud. Vilka hemligheter hon var rädd skulle komma fram.

"Vad heter du, lille vän?" frågade Rachel och nöp pojken i tårna.

"Vad gäller det här?" snäste Alina och drog sonen lite längre runt höften, precis utom Rachels räckhåll.

"Herbert Tucker", svarade Tomek. "Vi tror att du känner honom."

"Det... det kan man säga."

"Hur väl kände du honom?"

"Jag... Vad har hänt med honom? Har det hänt honom något?"

"Har du inte sett nyheterna?" frågade Tomek. När hon skakade på huvudet fortsatte han: "Han är död, Alina."

Hennes flämtning hördes tydligt, och hon förde handen till munnen. Sedan vände hon uppmärksamheten mot sin son. "Jag vill inte att han hör det här. Kan jag...?"

"Självklart", sa Tomek med en liten nick.

Alina reste sig ur soffan och skyndade mot matsalsbordet. Ytan var full av flygblad, post, dokument och tomma muggar, och var täckt av rester av frukostflingor. Ett ögonblick senare placerade hon sin son på stolen, stack ner handen i en närliggande väska efter en iPad och ett par over-ear-hörlurar, och lät honom sedan hållas.

"Förlåt", sa hon. "Jag ville inte att han skulle höra..."

"Det är lugnt. Ärligt." Tomek ville gärna föra samtalet vidare, men av hennes första reaktion att döma var det tydligt att hon skulle behöva lite tid.

"När träffade du Herbert Tucker första gången, Alina?" frågade Rachel, med en mjuk, mild, lugnande röst. Tröstande.

"Det måste vara ungefär fem år sedan nu." Tomek tog fram penna och anteckningsbok och började föra anteckningar medan Rachel inledde.

"Och hur träffades ni? Under vilka omständigheter?"

"Jag... jag vill inte säga..." Tomeks intresse väcktes.

"Varför då? frågade Rachel.

"För att, jag..."

"Är det någon som hotar dig?" Alina skakade på huvudet. "Nej. Nej... Inget sådant. Det är bara..." Alina vred sig långsamt i stolen, vände sig mot sin son, som nu var förlorad i sin digitala skärms under. När hon vände tillbaka blicken mot dem sa hon: "Jag skäms för det, det är allt."

"Du kan berätta för oss. Det här är en trygg miljö. Det här är *din* miljö, Alina. Ingenting kommer att hända dig här."

Alina samlade sig ett ögonblick, vände orden i huvudet och lät dem spela ut i ansiktet.

"Jag kom till det här landet för sex år sedan från Litauen. Jag hade inte mycket pengar, jag visste inte vad jag skulle göra med mig själv, men jag... jag kom hit som poledansare. Sedan jobbade jag på några barer och klubbar ett tag, tills jag till slut hittade... hittade ett annat slags arbete."

Tomek anade vart det barkade.

"Jag blev prostituerad." Bingo.

"Jag träffade Herbert första gången när jag gick till en klubb en gång. En gentlemanklubb i Southend. Han och ett gäng vänner hade fest, så några av tjejerna jag jobbade med gick dit. När jag kom dit var de redan rejält fulla och höga på droger."

"Droger? Vilka droger?" frågade Tomek.

"Mest kokain."

"Tog du något?"

Alina vände sig mot sin son igen och svarade på frågan utan att behöva erkänna det.

"De var vilda", sa hon. "Det fanns så mycket. Det var överallt."

"Hur många gånger åkte du dit för att ligga med männen på den här klubben?"

"Åh, det var inte så. Det var alltid Herbert. Herbie var min. Jag låg aldrig med någon annan. Vi hade varsin man..."

Som om de vore ovärderliga originalverk som inte kunde köpas, säljas eller bytas.

"Hur många gånger låg du med Herbert Tucker, Alina?"

Hennes läppar rörde sig men inget kom ut medan hon såg ner på sina fingrar.

"Tio? Kanske färre?"

"Varför tog det slut?"

Sedan svarade hon på samma sätt som tidigare. Genom att titta på sin son.

"Jag vet inte hur det hände."

Tomek kunde komma på en bok han en gång läst som hade förklarat det glasklart för honom...

"Vi var försiktiga", fortsatte hon. "Jag såg alltid till att han använde skydd."

Och Tomek hade också alltid använt skydd. Men för fjorton år sedan hade samma skydd valt att svika.

"När jag fick veta det ville jag först inte berätta det för honom. Men tjejerna... de sa att jag skulle."

"Vad sa han när han fick veta det?" frågade Rachel och rullade den nästan tomma tekoppen mellan fingrarna.

"Han ville att jag skulle göra mig av med det. Sa att jag borde göra abort. Sa att han skulle betala, att han kände någon." Det var då tårarna kom. Först försiktigt, men efter att Rachel skyndat till badrummet efter lite toalettpapper kom de forsande.

Båda utredarna väntade tills hon var klar innan de fortsatte.

"Men du sa nej till aborten", fortsatte Rachel.

Snörvlande svarade Alina: "Jag ville inte. Jag ville behålla det. Jag hade alltid velat ha en bebis. Jag..."

"Och sedan började han betala dig pengar?" frågade Tomek och gav sig på elefanten i rummet.

"Va?"

"Pengarna. De fem tusen pund i månaden som han har betalat dig. De pengarna?"

"Hur...?" Alina snörvlade till, drog in snor och tårar.

"Varför har han skickat dig de där pengarna, Alina?"

"Det var... jag..."

"Det här är ett tryggt rum, minns du?" påminde Rachel. Fast även Tomek fick medge att det inte kändes så.

"Varför började han ge dig pengar, Alina?" pressade Tomek.

"För att han erbjöd mig det", sa hon. "Jag... jag var dum. Jag visste inte vad jag gjorde. Jag var rädd. När jag sa att jag ville behålla det, hotade han mig. Sa att han skulle avslöja mig och skicka tillbaka mig till Litauen. Så jag hotade honom tillbaka. Jag sa att jag skulle gå till tidningarna. Till *Echo*, till *Daily Mail*. Att den fina affärsmannen och lokalpolitikern hade gått på drogfyllda sexfester med prostituerade och gjort en av dem gravid. Så han erbjöd mig pengar för att vara tyst."

"Utpressade du honom?"

Hon skakade fingret åt honom. "Inte alls!" Hennes röst gick upp några tonarter men det gjorde föga för att distrahera sonen från skärmen. "*Han* erbjöd *mig* pengarna. Som jag sa, jag var desperat. Jag behövde dem då."

Och ändå, efter fyra långa år med ett betydligt högre inflöde än en genomsnittslön, bodde hon fortfarande på ett sådant här ställe. Ju mer han tänkte på det, desto mer förstod han dock att det var logiskt att bo ovanpå en butik i anslutning till en bensinstation, med dess hutlösa priser.

"Men han fortsatte att ge dem till dig", sa Rachel. "Varför? Varför har han betalat dig hela den här tiden?"

Hon sänkte åter blicken. "För att... för att jag sa att jag skulle gå till medierna om han inte gjorde det."

"Så du *utpressade* honom?"

"Nej... Men..." Den här gången kom tårarna tillbaka. Den här gången erbjöd Rachel henne ingen sympati. "Jag var tvungen att försörja min son. Jag var tvungen att göra allt jag kunde för att ta hand om Francis. Skulle inte du ha gjort detsamma?"

Ingen av dem valde att svara på frågan.

Rachel harklade sig och ställde muggen på mattan. "Så låt mig se om jag fattat rätt. Du kom hit och jobbade ett tag som poledansare. Gick på ett par fester med kollegorna, låg med Herbert Tucker ett antal gånger – *två* nävar, för att vara exakt – blev sedan gravid med hans barn och fortsatte att utpressa honom på pengar för att hålla tyst. Har jag missat något där?"

"Det var inte så—"

Rachel avbröt henne med en höjd hand. "Det är ett enkelt ja eller nej, Alina. Har jag missat något?"

Det här var en sida av kollegan som Tomek inte hade sett förut. En eld rasade inom henne, och han var orolig över vart den kunde leda.

"Nej", svarade Alina mjukt. "Det finns inget mer."

"Det tror jag visst."

"Varför?"

"För att, om vi inte har fel, slutade pengarna komma in för fyra månader sedan, eller hur?"

Alinas mun öppnades och stängdes medan hennes historia rämnade. "Hur kan ni...?"

"För att det är vårt jobb, Alina. Så jag föreslår att du förklarar precis allt som hände, och svarar på våra frågor ärligt och fullständigt. För vi kommer att ta reda på det förr eller senare."

Helvete. Påminn mig om att aldrig hamna på fel sida om den här kvinnan.

"Varför stoppade Herbert betalningarna? Vad hände?"

Vänsterkrok, högerkrok, jabb, jabb, jabb. Slagserien från Rachel var obönhörlig.

"För att han synade min bluff", väste Alina. "Han hade fått nog. En eftermiddag ringde han upp och sa att han inte skulle betala mig mer pengar och att han inte brydde sig om jag gick till medierna. Han var klar."

"Så varför slog du inte tillbaka? Varför pratade du inte med en journalist?"

"På grund av Francis. Jag ville inte att han skulle dras in i det. Han har ett liv. Jag har nu ett liv. Han går i skolan. Han har vänner. Jag har vänner. Jag vill inte att folk ska se på oss annorlunda. Jag gjorde det för att skydda honom."

"Irriterade det dig inte? Blev du inte arg över det?"

"Klart jag blev arg. Det betydde att jag var tvungen att hitta ett jobb, jag hade ingen inkomst. Nu jobbar jag på ett taxibolag, svarar i telefon och bokar bilar åt folk."

"Blev du så arg att du kunde döda honom?" frågade Rachel.

"Va? Nej!"

"Var var du natten då han dog?"

"Här. Med Francis. Vi lekte, lärde oss. Som de flesta kvällar."

"Finns det någon som kan styrka det?"

Hon tvekade en aning längre än Tomek hade önskat.

"Nej. Det är bara vi två. Snälla... snälla ta inte mig från min lille pojke."

"Det skulle antyda att du har gjort något fel", sa Tomek så varsamt han förmådde. "Finns det något mer du behöver berätta för oss?"

Alina pillade på fingrarna, plockade med sina naglar som, till skillnad från resten av henne som var så välvårdad, var smutsiga och nedbitna till roten.

"Det var något..." började hon, utan att kunna höja blicken. "Efter att han sa att han skulle stoppa betalningarna tror jag att han skickade någon hem till mig."

"Vad menar du med "någon"?"

"En man. Någon. Jag vet inte vem. Jag fick aldrig en tydlig chans att se hans ansikte. Men under några dagar efteråt blev jag följd av en man, längs huvudgatan, i bilen, på vägen hem från Francis skola. Jag blev jätterädd och låste in mig i huset. Jag tror att Herbert skickade honom för att varna mig. Jag tror att han ville att jag skulle veta att han kunde skada mig när som helst, att jag alltid var övervakad."

"Sa han det till dig?"

"Nej."

"Hur vet du att det var han?"

"För vem annars skulle det vara?"

Tomek kunde inte säga emot.

"När såg du mannen senast?"

"Efter några veckor slutade han. Tror han måste ha insett att jag inte skulle göra något. Att jag var för rädd."

"Hur såg han ut?"

"Vit huvtröja. Huvor. Keps så jag inte kunde se hans ansikte. Svarta jeans. Medelbyggd. Jag lade inte märke till mycket mer."

Tomek antecknade mannens vaga signalement och uppgifterna om när han hade följt efter Alina. Sedan informerade han henne om att de skulle höra av sig om de behövde något mer. Att hon skulle hålla sig i området.

När de hade ordnat allt gjorde sig Rachel och Tomek redo att gå. På väg ut vinkade Rachel adjö till den lille pojken, och Tomek erbjöd honom en high five. När han gick förbi granskade Tomek pojkens ansikte. Han var kusligt lik Herbert Tucker. Öronen, näsan och till och med avståndet mellan ögonen var detsamma.

"Ring oss om du kommer på något som kan vara viktigt", ropade Tomek tillbaka till henne på tröskeln.

När de lunkade tillbaka till bilen, och spände sig mot den bittra vinden som slet genom bensinstationen, sa Tomek: "Påminn mig om att aldrig hamna på din dåliga sida."

"Varför inte?"

"För ett ögonblick tyckte jag att du var väldigt söt mot Alinas son, men sedan slog du om mot henne."

"Jag var tvungen."

"Och om du någonsin gjorde så mot ditt eget barn..."

De klev in i bilen. Rachel slog igen dörren.

"Tur då att jag är gay, eller hur?"

"Förlåt, vad?"

"Gay. Jag är gay. Visste du inte det?"

Tomek kände sig plötsligt obekväm. Hans ansikte blossade rött.

"Det där såg jag nog inte komma."

"Det gör inte så många. Och, om jag inte hittar en partner som övertalar mig att skaffa barn, kan jag inte tänka mig att jag har något att oroa mig för på ett tag och inte barnet heller."

KAPITEL
TJUGOTVÅ

Senast Tomek hade suttit i en terapeutstol var han tio år. Och, till hans stora förvåning, hade de inte förändrats särskilt mycket. Väggarna i rummet han satt i nu var målade i samma bleka, kalla ljusblå, och möblerna var som de varit då. Billiga. Hans terapeut hette Isabel Fox. Hon var i slutet av tjugoårsåldern och hade doktorsexamen i psykologi. Efter att ha skickat ett meddelande till henne tidigare under dagen för att boka en tid svarade hon nästan direkt, och meddelade att hon skulle gå på semester resten av veckan och att hon kunde klämma in honom och Kasia i slutet av dagen. Kasia hade gått in först och väntade nu utanför rummet på honom. Klockan var strax efter sex, och Tomek var medveten om sin middagsdejt om knappt två timmar.

"Jag kan inte diskutera något mellan mig och din dotter," sa Isabel, hennes röst mjuk, mild, tung av Essexdialekt. "Jag vill bara vara tydlig med det."

"Kristallklart."

Som ringen på hennes finger, som den skinande kedjan som hängde kring hennes hals.

"Utmärkt." Hon flätade samman händerna. "Har du gjort något sånt här tidigare? Har du någonsin pratat med någon inom vården?"

Tomek berättade att det hade han, och när.

"Du var väldigt ung. Och får jag fråga vad det gällde?"

"Jag hittade min döde bror i parken. Han hade blivit misshandlad, överfallen och lämnad att dö. Jag skulle träffa honom men jag var sen. Jag såg hans angripare."

Om Isabel blev upprörd eller chockad av sammanfattningen av hans barndomstrauma, så visade hon det inte. Å andra sidan hade hon förmodligen hört allt möjligt. En del fina berättelser, en del inte så fina. Och säkert ett antal som var betydligt värre än hans.

"Jag förstår..." sa hon. "Och greps mördarna?"

"En gjorde det. Den andre kom undan. Fast ingen tror att han finns."

"Det låter fruktansvärt. Jag beklagar din förlust."

"Gör inte det där," sa han och viftade med handen mot henne. "Du behöver inte göra det. Det är lugnt. Det hände. Jag har hanterat det. Jag har gått vidare."

Fast det hade han inte. Och han tvivlade på att han någonsin skulle göra det. Åtminstone inte helt.

"Förstått." Ett litet leende blixtrade till i hennes ansikte. "Hur påverkade din brors död dig?"

"På det sätt du kan förvänta dig. På samma sätt som Kasias trauma påverkar henne nu."

"Hur påverkade det relationen till din familj?"

Tomek tvekade. Han hade just försökt styra henne mot skälet till att han kom, mot Kasia, mot mardrömmarna. Men hon insisterade på att ta samtalet in på ett spår han inte var bekväm med. In på ett spår som rörde ett ämne han inte ville röra. Familjen. Det var ett ämne som antingen betydde att hon var exceptionellt skicklig och kunde läsa mellan raderna, eller att en viss trettonåring hade sagt för mycket i deras tidigare möte.

"Jag är inte här för att prata om min relation till min familj," sa han och la ena benet över det andra. "Jag är här för att prata om mardrömmarna jag har haft."

"Det hjälper mig att få en större helhetsbild," förklarade hon, men Tomek köpte det inte. Det hade varit likadant förra gången: terapeuten som försökte ta sig in i hans huvud, försökte få honom att tro på saker han inte ville tro på. Prata om saker han inte ville prata om.

"Jag är ledsen, men jag vill veta hur jag ska sluta ha de här mardrömmarna."

"Det bästa sättet att göra det, Tomek, är att du pratar om dem i en miljö där du känner dig avslappnad, där du känner dig bekväm. Känner du något av det?"

Han skruvade på arslet i stolen. "Inte direkt."

"Vill du att jag hämtar lite vatten åt dig?"

Han övervägde en stund. "Gärna."

Utan att säga något mer gled Isabel smidigt ut från sidan av sin stol och strök förbi honom när hon tog sig ut ur rummet. Medan han väntade knackade Tomek med foten mot mattan och höll ett öga på klockan. En timme hade han betalat för. Och det återstod fyrtiofem minuter.

Fyrtiofem minuter att säga det hon ville höra.

Fyrtiofem minuter att få henne att tro att hon gjorde ett bra jobb.

När sanningen var att han bara var där för Kasia. Om hans mardrömmar inte slutade, så fick det vara så. Han hade stått ut med dem i trettio år. Vad skulle trettio till göra?

När hon kom tillbaka återstod fyrtiofyra minuter på klockan.

"Var var vi?" frågade hon när hon satte sig bakom skrivbordet.

Tomek tog en klunk vatten och försökte vinna så mycket tid som möjligt.

"Jag känner mig mycket mer bekväm nu," ljög han.

Fyrtiotre.

"Toppen. Det gläder mig att höra. Så, berätta vad som händer i de här drömmarna?"

Och det gjorde han. Han berättade att de kom slumpmässigt, ibland flera nätter i rad, ibland med en veckas mellanrum, och att han ofta vaknade mitt i natten, täckt av svett. Han berättade att drömmarna bestod av att han återupplevde den där natten, hur han hittade sin bror död i parken, med batterisyra som hade hällts i hans ögon, blod över bröstet och den vita skolskjortan. Han berättade hur bilden av hans bror nu började förvandlas till Kasia. Och att han inte ville att det skulle fortsätta.

"Det låter som väldigt livliga mardrömmar," kommenterade Isabel. "Och du säger att det inte finns några utlösande faktorer? Eller att det inte verkar göra det?"

"Inte vad jag kan komma på."

"Jag kan inte tänka mig att ditt jobb hjälper särskilt mycket..."

Tomek ryckte på axlarna. "Antagligen inte. Men jag tänker inte ändra på det inom kort."

Han var medvetet vrång och han visste det. Det handlade inte om henne som person, alls inte, utan om folk i hennes yrke. Han tyckte om att tro att han visste bättre än hon, att hennes år av utbildning inte var något mot de fyrtio år han hade tillbringat inuti sitt eget huvud. Att hon rimligen inte kunde hjälpa honom. Om ingen hade kunnat när han var tio, hur skulle de kunna det nu när han var avsevärt äldre och borgmurarna och barriärerna var ordentligt befästa?

"Du sa att du pratade med någon när du var yngre. Berätta om det. Hur var de samtalen så snart efter händelsen?"

"Jobbiga," svarade han. "Jag sa inte så mycket."

"Som nu?"

Tomek öppnade munnen för att svara men hejdade sig.

"Jag antar det."

"Och jag antar att den personen gav dig några strategier för att hantera mardrömmarna? Åtminstone hoppas jag det."

"De bad mig föra en mardrömsdagbok."

"Och gjorde du det?"

Han nickade.

"Bra. För nu vill jag att du fortsätter skriva i den. Kan du göra det för mig? Dagboksskrivande kan vara ett terapeutiskt sätt att bearbeta trauma, särskilt trauma som är så gammalt som ditt. Men jag vill att du tar det ett steg längre. Jag vill att du skriver om din dag innan du går och lägger dig. Och när du vaknar vill jag att du skriver hur du mår, vad du är orolig för."

"Som om jag vore en femtonårig tjej?" Tomek himlade med ögonen. "Är det ditt råd? Att jag ska fortsätta med det jag gör när det uppenbarligen inte fungerar?"

"Nej, jag—"

"För det är så det låter. Antingen är jag obotlig, och mardrömmarna kommer aldrig att upphöra – vilket jag för övrigt är helt okej med – eller så är du bara inte särskilt bra på ditt jobb. Och att tänka att du var så varmt rekommenderad."

Tomek reste sig ur stolen och stormade mot utgången. Han slog igen dörren framför Isabel innan hon hann protestera. Utanför, i väntrummet, hittade han Kasia sittande på stolen, med huvudet lutat framåt, hörlurarna i, fingret som svepte uppåt om och om igen.

"Kom nu," sa han till henne. "Vi går."

"Redan?"

"Det visade sig att vi blev klara tidigare än väntat."

Tjugosju minuter tidigare.

KAPITEL
TJUGOTRE

Tomek hade haft svårt att hitta en restaurang som han inte redan hade tagit med någon annan tjej till. Han hade varit på många ställen med många gamla engångsligg, så urvalet av restauranger hade nästan sinat. Men i kväll var lyckan på hans sida. The Oyster Bar hade öppnat nyligen, och av snacket på kontoret att döma var både maten och recensionerna bra. Och ännu bättre: de hade lagt undan det sista bordet för två åt honom och Abigail. Det var en liten, fristående, familjeägd Medelhavsrestaurang i Rayleigh, belägen högst upp på huvudgatan vid National Trusts Rayleigh Mount. Platsen hade en gång hyst ett medeltida slott men var nu en grön oas för djurlivet. Detsamma kunde dock inte sägas om restaurangen. Temat och inredningen var en modern tolkning av Santorinis vita byggnader: vitmålade väggar, klinkergolv och lågt hängande rankor som dinglade från taket. Kanske den enklaste designen som Tomek hade sett. I bakgrunden spelades mjuk gitarrmusik genom högtalarna. Utrymmet inne i restaurangen var litet, med plats för tjugo personer som förväntades få plats runt tio bord. Det var tydligt att ägarna siktade på en romantisk, intim smekmånadsstämning längs den grekiska kusten – en mer plånboksvänlig variant. Synd bara att utsikten inte matchade. I stället för Medelhavets bedövande, kristallklara blå vatten och de väldiga höjderna som sträckte sig längs kusten bjöds Tomek på en kolsvart himmel, några grådaskiga gatlyktor, arga Essex-bilister som ville hem och en ström av regndroppar som forsade nedför fönsterrutan. Det var mer Skegness än Santorini.

"Sällskapet är inte alls dumt," sa han när de höjde ett glas vitt vin. När ekot av *klirr*et dog bort, svarade Abigail. "Det tog sannerligen sin tid att komma hit."

"Jag spelade bara svår."

I kväll hade Abigail klätt upp sig för tillfället. Hon bar ett par svarta stilettklackar och ett par ombréfärgade, vida jeans, tillsammans med en svart topp med draperad ringning, som visade betydligt mer klyfta än han hade väntat sig. Sminket var perfekt, ögonfransarna fylliga, och ett par diamanthängen dinglade från öronen och fångade bilarnas strålkastare när de svepte förbi. Hennes outfit stod i total kontrast till jobbversionen av henne som han sett desto mer av de senaste veckorna. Och han gillade det. Han hade aldrig sett henne se så här bra ut. Inte ens den kvällen då de delade kyssen på prisutdelningen.

Samtidigt hade Tomek hastigt slängt på sig sin bästa blå skjorta (som turligt nog råkade vara den första han drog ut ur raden av arbetsskjortor i garderoben), ett par mörkblå jeans och sina snyggaste skor – ett par Timberlands. Hon hade tagit i från tårna, medan han såg ut som om han hade klätt upp sig för ett föräldramöte.

"Tycker du inte att det här är konstigt?" frågade Abigail.

"Jo, jag tänker samma sak. Vem ställer en vit Dipladenia på en restaurang med grekiskt tema? Alla vet att de hör hemma i Sydamerika."

Abigail sa ingenting på en stund. Hon bara stirrade tomt på honom, stel av förvirring.

"Det var inte det du menade?"

"Nej. Självklart inte. Vad fan pratar du om? Diplodocusar..."

"*Dipladenia*", rättade Tomek. "Det är växter."

"Du är en Dipladenia. Tönt." Hon log retfullt mot honom medan hon tog en klunk ur glaset. Hennes ögonkontakt var obeveklig. "Jag visste inte att du var intresserad av växter."

"Det är väl därför vi gör det här..."

"Men växter, av allt. *Växter*. Varför?"

Tomek ryckte på axlarna. Han hade aldrig riktigt tänkt på det. "Jag gillar att de alla är olika, de är enkla, lätta att komma överens med. De stökar inte ner, de är lättskötta och de får mig att slappna av. De är som ett ansvar, fast utan allt kaos och den ekonomiska bördan som följer med. Kanske är det därför jag har varit singel hela den här tiden."

Det där, och de tillfälliga raggen, engångsliggen och, fram till nyligen, den trettonåriga dottern som hade landat på hans tröskel och hindrat honom från att göra sådant här.

"Nej, du har helt rätt, det är växterna", höll Abigail med. "Och din oförmåga att släppa in någon."

Tomek ville undvika den samtalsvägen, så förde han samtalet vidare. "Nå, då, lilla fröken Perfekt. Vad är din konstiga hobby? Varför är du fortfarande singel i den späda åldern av tjugofem?"

"Trettiosju. Men bra försök." Hon vinklade sitt glas mot honom och sa sedan: "Jag har nog aldrig tänkt på det. En del av mig har nog alltid varit nöjd med att vara singel."

"Struntprat. Vad är det? Vad vågar du inte säga? Att du i smyg gillar att titta på folk på YouTube som sminkar sig? För om det är så, så kan vi komma överens. Jag är rätt vass. Kasia måste ha tittat på typ tusen timmar av det där tramset, och nu tror jag att jag har snappat upp det genom osmos."

Abigail skrattade till. "Det är inget sånt. Jag är bara så fokuserad på jobbet att jag inte har låtit mig själv ha tid för något annat."

"Var det det som hände med Sean?"

Tomek ångrade frågan direkt. Det var inte bara orättvist mot henne att behöva försvara och förklara sitt uppbrott med hans vän, det var också orättvist att prata om Sean i något som han visste att mannen var så känslig inför, och att göra det utan honom närvarande var verkligen ett knivhugg i ryggen.

Abigail påminde honom om det med en föraktfull blick och några väl valda ord. Efter att ha gjort samtalet lätt stelt bröts den tunga stämningen av servitören som tog deras beställning. Några ögonblick senare kom den unge, förpubertale killen, som såg ut som om han borde gå i skolan fortfarande, med två glas vatten, ett brödfat att dela och ytterligare en drink åt dem båda.

Tomeks andra, och sista, öl för kvällen. Han hade en dotter att komma hem till, och han hade ingen lust att linda sig runt ett träd på vägen hem. Medan de väntade på maten fortsatte de att prata och lärde gradvis känna varandra på ett djupare, mer personligt plan. Så länge hade deras relation varit rent platonisk, men det började ändras i kväll. Något bubblade inom honom, något han hade kämpat för att erkänna. En kontakt, en gnista.

De ägnade de nästa tjugo minuterna åt att prata om gamla pojkvänner, gamla flickvänner (för hennes del överlappade de de under en experimentell fas i tidiga tjugoårsåldern), deras skoltid, hur de hade haft det hemma när de växte upp, favoritplatserna att besöka som barn, de roliga historierna som hade gjort det så. Lättsamt, bekymmerslöst, oförfalskat roligt. De hade tagit av kedjorna från sin relation och sprang nu fritt med den.

Men det fick ett tvärt och drastiskt stopp så snart maten kom. Laxlinguine till honom, kycklinggyros till henne. Två ytterligheter inom medelhavsköket, men lika goda.

"Har du alltid velat bli journalist?" frågade Tomek. Hittills hade ämnet jobb varit orört. Och även om det var en harmlös fråga visste Tomek var det oundvikligen skulle sluta.

"Inte direkt", svarade hon. "Jag gillade engelska i skolan, sen fick jag en plats på universitetsmagasinet under min utbildning. Då insåg jag att jag var rätt bra på det, så jag har hållit fast vid det sedan dess. Hur är det med dig, herr polis? Har du alltid velat jaga bovar?"

"I stort sett", sa han och ryckte på axlarna. "Från ganska tidig ålder."

"Hur då?"

Tomek tvekade. "Jag tror att jag bara gillar att försöka hjälpa människor, skydda dem om jag kan."

Och att hämnas dem. Men den delen var han inte beredd att berätta än. Inte när han fortfarande var frustrerad efter sitt möte med Isabel Fox och tanken på sin brors död.

"Det är beundransvärt, och jag har stor respekt för dig", sa hon. "På tal om det..."

Nu kommer det.

"Hur går det med Herbert?"

"Du vet att jag inte kan säga något annat än det som redan har sagts."

"Varför inte? Är du rädd?"

"Nej."

"Då så, berätta."

Tomek skakade på huvudet.

"Snälla..."

Han skakade på huvudet igen. "Jag har gjort det misstaget förut, och personen jag berättade för visade sig vara seriemördaren."

"Menar du att jag kan ha dödat Herbert Tucker, herr Bowen?" Hennes vänstra ögonbryn reste sig på ett flirtigt sätt.

"Jag är bara nyfiken på varför du är så intresserad, det är allt. Det är lite oroande. Vad sägs om att du berättar vad du vet, eller vad du undersöker, så bekräftar jag om det är fakta eller påhitt?"

"Jag kommer att behöva en dejt till innan jag avslöjar något av det där."

Tomek suckade inombords, påmind om Seans ord.

En relation som bygger på transaktioner känns inte som en bra relation.

Och sedan bestämde han sig för att det nog kom ur svartsjuka och avund.

"Vill du redan skriva in det i kalendern? Vi är bara halvvägs genom middagen. Tänk om jag råkar spotta på dig eller spiller vin över din vita topp?"

"Då får du följa med hem till mig och fixa det."

Vilket, allteftersom kvällen fortskred, var precis vad som hände. Fast i stället för att Tomek spillde vin på Abigails topp, stod hon själv för den bedriften. Det hindrade dock inte Tomek från att försöka med flit.

När de lämnade The Oyster Bar var restaurangen nästan tom, förutom dem och ett annat par som blev så berusade att de nästan somnade vid bordet mellan sina slumpmässiga skrattanfall och högljudda gräl. Det var ett skådespel på nära håll, men så snart de var klara skyndade sig Tomek och Abigail därifrån. Alldeles för fulla för att köra – för att inte tala om risken att bli stoppade av en polis (vilket hade varit det mest ironiska, påminde Abigail honom envist) – bestämde sig Tomek för att ringa en taxi åt dem. Första avlämningsstället var Abigail, och när han vinkade adjö till henne drog hon ut honom ur bilen och in i sin lägenhet.

"Jag borde verkligen gå", sa han och försökte slingra sig ur hennes grepp.

"Kom igen", sa hon. "Var inte så tråkig. Kasia är en stor tjej. Hon klarar sig, eller hur? Jag var tio när jag lämnades ensam hemma första gången."

Tomek velade, slogs med beslutet i huvudet. En god natts sömn i sin egen säng, eller utsikten till sex? En natt i närheten av sin dotter, eller en natt då han lämnade henne ensam?

När han stängde dörren bakom sig, ohämmad av alkoholen som skvalpade i hjärnan, flög alla tankar på Kasia och hennes mardrömmar, och hennes tidigare samtal med terapeuten, ut genom fönstret i hans medvetande.

KAPITEL
TJUGOFYRA

R usar. Snabbare den här gången.
Jag vet inte varför, men det känns som att min ryggsäck inte är där, som att jag springer utan den. Men varje gång jag tittar tillbaka kan jag se den, studsa, innehållet som slår omkring medan den jagar efter mig.

Jag springer, men när jag kommer fram till korsningen på gatan utanför skolan börjar jag gå.

Jag ser inte bilen som kommer mot mig. Den som jag har sett förut men inte riktigt minns. Den här gången är den svart, men tidigare är jag säker på att den har varit vit, kanske silverfärgad.

Jag ser inte strålkastarna när de kommer närmare.

Men jag ser det lugna, likgiltiga uttrycket i förarens ansikte när han bromsar för sent och kör på mig.

Min lilla kropp rullar upp över motorhuven och slungas sedan ner på marken. Min axel slår i betongen och skickar huggande smärtor upp och ner i vänster arm. Jag vill skrika, men kan inte. Jag måste ta mig till Michał.

Michał väntar.

Ljudet av bilar som sladdar och tvärstannar skär i mina öron när jag reser mig från marken och borstar bort våt jord och grus från min skolkavaj.

Mannen i bilen frågar om jag är okej, men jag ignorerar honom och fortsätter mot parken. Ärligt talat känner jag ingenting. Allt är domnat. Allt är dämpat, avlägset. Och när jag springer över trottoaren och lämnar bilarna bakom mig, tonar ljuden till slut bort i tystnad.

Och så klipper det.

Jag står över Michals kropp. Regnet piskar mig i ansiktet. Det regnade inte nyss. Och vinden sliter i håret och kappan som om jag stod i en vindtunnel.

Blod sipprar ur Michals kropp. Ur hans ögon, hans öron, hans näsa, hans mun. Hela hans kropp är täckt av den röda vätskan. Jag vet att han är död. Jag ser att han är död. Men jag gör ingenting åt det. Jag kan inte röra mig. Varenda del av mig vill hjälpa honom, men det känns som att jag skrattar, ler åt honom. Skrattar och ler åt det som har hänt honom.

Min egen bror.

Och så klipper det. Till sovrummet i min lägenhet.

Lyset är tänt, och nu står jag över Kasia igen. Trettio år äldre. Och det är likadant. Förutom att hon lever. Och den här gången kan jag rädda henne. Men det gör jag inte. Jag står bara där, fastfrusen. Leendet i mitt ansikte skrämmer mig.

Jag vill skrika, jag vill hjälpa henne, men ingenting händer.

Under tiden gråter hon på sängen, hopkrupen till en boll, hukar, kämpar för att andas, banden runt hennes handleder och fötter skär in i hennes hud. Hennes kropp krampar och hon håller långsamt på att dö. Och det verkar som att inget kan hjälpa henne nu. Inte ens jag.

Hennes pappa.

Och så klipper det.

Till något som aldrig har hänt förut, något jag aldrig har sett förut.

Det regnar ute, piskar mot byggnaden. Jag har kostym. Svart. Alla andra omkring mig är klädda likadant.

En begravning.

Kasias.

Jag står vid talarstolen och pratar. Men jag kan inte höra vad jag säger. Mina ord går inte att höra.

Tårar rinner från mina ögon och från dem som sitter framför mig. Vi sörjer, sörjer tillsammans förlusten av min dotter. Vänner, familj, bekanta.

Men då får jag syn på min brors mördare längst bak i kyrkan, stående där på samma sätt som han stod över Michals kropp. Med armarna hängande längs sidorna och huvudet fällt framåt, ögonen blänger på mig.

Och så klipper det.

KAPITEL
TJUGOFEM

B orta var alla när Tomek kom hem morgonen därpå. Lägenheten var tom. Kasia hade gått tidigt till skolan, och på bordet, väntande på honom, låg en lapp.

Promenerar med Sylvia. Har gjort lunch. Ses i kväll till middag. Hoppas du hade en trevlig kväll.

Tomek visste inte varför, men så fort han hade läst klart den plågade skuldkänslor honom som en seg förkylning. Orden lät inte som om det fanns någon ondska eller något förakt bakom dem, men han fick intrycket att hon var irriterad på honom för att han sms:at så sent, för att han lämnat henne ensam en vardagskväll och för att han lämnat henne att göra sig i ordning själv.

Han ångrade genast natten han och Abigail hade delat.

Efter en snabb dusch (den behövde han verkligen) och ett snabbt klädbyte ringde han en taxi som körde honom till restaurangens parkering. När han väl hade hämtat sin bil körde han till stationen, nu klart under promillegränsen.

Trettiofem minuter senare var han framme, mitt i rusningstid. Så snart han satte sin fot på kontoret skyndade han bort till köket. Erfarenheten hade lärt honom att det var bästa stället att gömma sig på om det behövdes. Det var också bästa stället att låtsas att han hade varit på kontoret i timmar redan och bara fyllde på koffeinnivåerna.

Det var det, tills han gick rakt in i Victoria. Den värsta person han kunde stöta på efter att ha kommit sent.

"Blev det en sovmorgon i dag?" frågade hon medan hon petade i gång vattenkokaren.

"Du vet hur det är."

"Det vet jag inte. Jag är inte singelkille."

Hur vet hon det? frågade sig Tomek. Och sedan förstod han. Sean. Hans bäste vän måste ha råkat avslöja att han skulle på dejt kvällen innan och att det var troligt att han skulle komma sent till kontoret. Att hon skulle vänta på honom i köket.

Ormen.

Ett ögonblick senare var vattenkokaren färdig, och i stället för att hälla det ångande heta vattnet i muggen hon hade ställt fram åt sig, tryckte hon ned spaken och lät den koka upp igen.

"Vad gör du?" frågade Tomek. "Gjorde du inte just det där?"

Victoria såg misstroget ner på den livlösa prylen, som om den just hade bett henne dra åt helvete.

"Gjorde... gjorde jag?"

"Ja. Det vet du att du gjorde."

"Ja... det är bara det. Menar du att du inte låter vattenkokaren koka två gånger?"

"Jag dubbelkokar inte något," svarade Tomek. "Jag dubbeldoppar inte heller, men det är inte viktigt just nu. Det viktiga är att du förklarar varför du gav vattnet ett extra uppkok när det redan hade kokat?"

"Så att det blir varmt."

"Och vad gjorde det innan? Smekte det försiktigt?"

"Håll käften. Det blir bara *extra* hett."

"Så att du kan sitta och blåsa längre för att kyla ner det?"

Spaken klickade till och signalerade att andra uppkoket var klart. Hon struntade i honom, lyfte kannan från hållaren och hällde upp det skållheta vattnet i sin mugg, och började sedan röra runt innehållet.

"När ska vi få en inspektör som kan göra en vanlig kopp te?" frågade han.

"Försöker du göra dig av med mig redan?"

Tomek svarade inte. Inte om han ville undvika att säga något han senare skulle ångra.

"Vi brukade kalla vår gamla inspektör för Ljumma Tony eftersom han alltid väntade någon minut på att vattnet skulle svalna innan han hällde det i sitt snabbkaffe, för han var rädd att han skulle bränna kaffet. Medan du, du skiter väl i sånt, eller hur? Din anarkist."

"Jag tror du menar pyroman."

"Victoria 'Pyromanen' Orange... har inte riktigt samma klang som Ljumma Tony," sa Tomek, mer för sig själv än till henne. I bakhuvudet funderade han på ett annat smeknamn till henne.

"Elaka Victoria... Victoria Eldkastaren... Ugnsheta Orange... Åh så heta Victoria..." Tomek skakade på huvudet och insåg att han borde sluta prata. Omedelbart. Till slut snäppte han med fingrarna åt henne och sa: "Låt mig fixa det. Jag kommer på något."

"Se till att du gör det efter att du har hittat Herbert Tuckers mördare, okej?"

━━━

Ämnet för deras nästa möte, som Tomek bara var två minuter sen till medan han gjorde sin egen kopp kaffe, handlade i allra högsta grad om Herbert Tuckers mördare.

Hittills, sedan Tomek hade gått hem för kvällen, hade huvuddelen av gruppens arbete bestått i att sålla bland dussintals vittnesmål som de tog upp från alla Tuckers anställda på hans olika företag och inne i kommunhuset. Alla som jobbade i den byggnaden behövde höras, och det var en uppgift Tomek var tacksam över att han hade sluppit. Samtidigt väntade de på DNA-resultaten från Herbert Tuckers bil och på analysen av läppstiftet som hittats på hans hand.

"Något nytt om utredningen av Alina Zandecka?" frågade Nick gruppen.

"Står på planen för i dag, chefen," svarade Rachel.

"Har vi fått rapporterna om hans ekonomi än, Chey?"

"Nej, chefen. Men jag tror—"

"Hur går det med herrklubben?" frågade Nick och avbröt kriminalassistenten nästan omedelbart. Han var fast besluten att få ut informationen så fort som möjligt, och han tänkte inte vänta på någon som höll tillbaka gruppen.

"Samma som Rachel, chefen," svarade Tomek. "Står på min lista i dag."

"Bra. Vad sägs om—"

"Chefen, jag tror att du—" avbröt Chey, men han tystades genast med en avvärjande handviftning.

"Anna, vad säger Nora Tucker? Har du snappat upp något som kan vara intressant?"

Anna samlade sig innan hon svarade, och tog god tid på sig, för hon visste att hon inte skulle få mycket när hon väl börjat prata. "Nora Tucker har inte gett mig mycket som tyder på att hon är delaktig i sin mans mord, *dock* tycker jag att hon är värd att hålla ögonen på."

"Varför?"

"Intuition, chefen."

"Intuition?"

"Ja, chefen. Något säger mig att något inte stämmer."

"Tror du att det var hon som gjorde det?"

"Inte direkt. Jag tror att hon kan ha varit inblandad."

"Hur då?"

"Jag pratade med henne om hennes mans affär med Sarah Jewell, och hon meddelade mig att hon redan kände till det. Att hon var... *okej* med det."

"Det skulle inte ge henne motiv att döda sin man..."

"Jag vet. Men verkar det inte konstigt för dig? Att hon tycker det är okej att hennes man ständigt är otrogen?"

"Kanske hade de ett öppet förhållande," lade Tomek till. "Eller så var de swingers."

"Jag har hört talas om dem," sa Chey. "Ett underligt gäng."

"Bäst att du inte hamnar på någon av deras fester då," svarade Tomek. "Annars får du ringa din mamma så hon kommer och hämtar dig när du blir för rädd."

"Okej," svarade Chey. "Nu räcker det! Ingen överbliven biryani till dig."

"Va? Men—"

"Håll käften, båda två," väste Nick och suckade tungt. "Kommer vi någonsin att kunna ha ett ordentligt jävla samtal utan att det spårar ur i jävla anarki?"

Tomek och Chey tittade på varandra och ryckte sedan på axlarna.

"Kan inte tänka mig det, chefen, nej," svarade Tomek.

"Faktiskt, chefen, jag tror—"

Nick avbröt assistenten med ännu en handviftning medan han vände uppmärksamheten tillbaka till Anna. "Håll örat mot marken. Under tiden vill jag att någon går igenom hennes historik: samtal, sms, mejl. Allt som kan tyda på att hon har försökt anlita någon för det här. Och sedan—"

"CHEFEN!"

Cheys röst dånade genom rummet, hög, auktoritativ och befallande. Alla stannade upp, frös till, och höll andan ett ögonblick medan de vände sig om för att se Nicks min.

Kommissarien såg generad ut, tagen på sängen. Hans korta gestalt verkade krympa, och han sköt bak axlarna.

Sedan harklade han sig och sa lugnt: "Ja, Chey?"

"Jag... jag är ledsen att jag ropade så där, chefen, men jag tänkte att du kanske vill höra det här."

"Höra vad, assistent?"

"Det gäller Keith Ferguson, chefen. I går kväll pratade jag med hans fru. Hon bekräftade att han inte kom hem den tid han sa att han gjorde."

"Var var han?" frågade Nick.

"Det vet hon inte."

"Nåväl..." sa Nick långsamt. "Bra jobbat, assistent. Jag tycker det är dags att vi åker och frågar honom själva."

KAPITEL
TJUGOSEX

Tomek och Rachel hade tagit sig ända till receptionen i kommunhuset innan de fick veta att det inte fanns någon Keith Ferguson att tala med. Mannen hade inte dykt upp på jobbet, och efter ett kort telefonsamtal med hans fru bekräftade hon att hennes man faktiskt hade gått hemifrån vid samma tid som han brukade varje morgon. Han hade sagt hej då, gett henne en kyss och påmint henne om att han skulle köpa fler ägg på vägen hem. Men han dök aldrig upp.

Och något med hela situationen hade fått Tomek att förstå att Keith inte skulle ta med sig några ägg hem.

Efter att kort ha uppdaterat Nick och resten av teamet sattes en sökinsats igång, och dussintals uniformerade poliser i hela staden sattes i högsta beredskap för en man som stämde med hans signalement.

Och lite drygt tre timmar senare hittade de honom.

Samtalet hade kommit in medan Tomek satt vid Cheys skrivbord och analyserade telemetridata från Keiths telefon. Ett lik hade spolats upp längs Chalkwell Beach. Ett lik som stämde med Keiths signalement. Och för tredje gången på två dagar fann sig Tomek piskad av vindarna och ansatt av snöblandat regn som slog honom i ansiktet. Värst var det med öronen. Utsatta, nakna flikar som var den första delen av kroppen som gav upp. Han hade varit nära att ta på sig öronmuffar, men insåg att han aldrig skulle få höra det till leda. Särskilt efter de gliringar han gett Chey i just den frågan.

Ett tält hade rests på stranden och skyddade Keiths kropp mot väder och vind, medan ett dussin uniformerade poliser och kriminaltekniker kretsade kring platsen.

Tomek gick direkt till rättsläkaren, Lorna.

"Tack för att du kunde komma med så kort varsel," sa Tomek.

"Jag var i krokarna. Skulle träffa en vän för lite lunch. En tjej måste ju få i sig något."

Om hon menade något annat än den bokstavliga tolkningen ville Tomek inte veta det.

"Vad kan du berätta, Lorn?"

"Han är död, det är i alla fall säkert."

"Bra början. Något lite mer specifikt?"

"Som det ser ut har kroppen inte varit i det salta vattnet särskilt länge, så jag skulle säga att han bara har varit död i ett par timmar."

"Några tecken på att det är ett misstänkt dödsfall?"

Hon ryckte på axlarna och korsade armarna. "Det kalla vattnet har bevarat honom ganska väl, och jag ser ingenting på utsidan, så jag skulle säga nej för tillfället. Men det kan komma att ändras."

"Bästa gissning på dödsorsak, då?"

"Antingen föll han, eller så vadade han i vattnet av egen vilja. Tills jag har öppnat honom vet jag inte om det finns alkohol eller något annat i kroppen."

Tomek funderade ett ögonblick, tankarna fastnade vid det mest sannolika scenariot. Att trycket från utredningen hade blivit för mycket. Att det fanns något i hans förflutna som han var rädd skulle läcka ut till allmänheten. Att några av hans många hemligheter förr eller senare skulle grävas fram ur det hål där de höll sig gömda. Att kanske skulden över att ha mördat Herbert Tucker hade hunnit ifatt honom och att han inte såg någon utväg. Eller att han trodde att han kunde stå näst på tur och därför bestämde sig för att spara mördaren besväret genom att göra det själv.

Alla var möjliga. Tyvärr kunde mannen inte bekräfta det för honom.

När han hade bestämt sig för att han sett allt han behövde, tackade Tomek Lorna för hennes tid och skyndade tillbaka till kontoret, bort från kylan och in i värmen där han kunde tina upp öronen.

KAPITEL
TJUGOSJU

Så fort Tomek klev in på Morgana's Café i Hadleigh, som ligger längs gamla London Road, förflyttades han till en plats av förundran och ren glädje. Den överväldigande doften av bacon, korv, hash browns och ägg kittlade dopaminreceptorerna i hjärnan och fick hela kroppen att pirra. Det påminde honom om första gången han kom till Storbritannien. Han var fem och hans pappa hade introducerat familjen för en full engelsk frukost, något han sagt bara kunde fulländas i landet som gett rätten sitt namn.

Ironiskt nog var Morgana, ägaren, från Östeuropa och hennes version av måltiden var vida överlägsen allt han smakat på ett brittiskt café som serverade samma rätt.

Tomek fick syn på henne när hon for från bord till bord, och några ögonblick senare kom hon störtande mot honom.

"Redan tillbaka så här snart?" frågade hon.

"Jag kanske måste börja hyra ett bord," svarade han.

"Jag kan ge dig bra rabatt."

Sedan, med en flirtig min och en liten glimt i ögat, visade hon Tomek till ett fyrabord ute i kanten av rummet. Ovanför huvudet hängde en skrikig spegel med strassstenar. Sittplatserna längs väggen var lika skrikigt fluorescerande rosa, i konstläder som hade blivit halt som is av åratal av slitage, och varje gång du satte dig där riskerade du att landa på arslet på golvet.

Caféet serverade enbart frukostmat. Från sex på morgonen till elva på kvällen. Samma meny hela dagen, med undantaget att det var ät så mycket du vill på morgonen. Inte konstigt då att den lilla restaurangen brukade vara knökfull av gäster som kom och gick hela dagen. Det var inte bara en plats att fly kylan på, utan också en plats att fylla magen och lämna dig både djupt skamsen och förtjust nöjd. Det var en paradox, en som Tomek hade lagt märke till att ingen verkade bry sig om; de var alltid villiga att komma in och proppa i sig, för att sedan göra det igen vid samma tid nästa vecka, eller i många fall redan dagen därpå.

Klockan var strax efter sju på kvällen, och Tomek räknade till ytterligare tjugo personer där inne, alla i olika skeden av sin måltid. Vissa väntade, liksom han. Några hade precis fått in sin tallrik, ansiktena lyste av glädje. Några ignorerade sina nära och kära medan de stoppade den läckra maten i munnen. Och andra hade just ätit klart och såg ut att vara på väg att spricka.

Medan han satt där undrade han hur mycket vinst verksamheten gjorde. Om det här kunde ha varit något som intresserade Herbert Tucker affärsmässigt. Och så slog detektivdelen av hans hjärna till och undrade varför de kunde ta sådana löjligt låga priser för mängden mat de serverade. Inflation och prisökningar borde ha gröpt ur deras resultat och marginaler, och arbetskraft var inte billig. Han ville inte tänka att de ägnade sig åt penningtvätt, men ibland gick det inte att låta bli. De senaste månaderna hade rader av butiker med mobiltillbehör och barbersalonger öppnat längs Southends huvudgata, och det var svårt att inte få samma intryck. Snart skulle den historiska stadskärnan bara vända sig till dem som antingen var sugna på en kaffe, ville ha ett nytt mobilskal eller behövde klippa sig.

"Vad får det vara?" frågade en röst och drog ut Tomek ur hans dagdröm.

Han tittade upp och såg Morgana sväva över honom. Het, uppjagad, trött. Men hon såg också ut att ha mer kvar i tanken, som om ett dussin energidrycker och koppar kaffe flöt runt i systemet. Och, om han inte hade fel, såg hennes läppar rödare ut, ögonfransarna fylligare.

"Vi kör ett erbjudande på full engelsk frukost till klockan åtta i kväll. Tio pund."

Tomek låtsades vara intresserad. Även om det lät som ett erbjudande han inte kunde tacka nej till, stod han inte ut med att tänka på matkoman han skulle hamna i resten av kvällen.

"Bara kaffe, tack," svarade han.

"Något mer?"

Då, nästan som om hon gjort det med flit, gled Abigail in genom dörren och promenerade fram mot honom, insvept i en tjock dunjacka som gick ned till smalbenen.

"Har du redan beställt?" frågade hon.

"Ja."

"Härligt. Vad tog du?"

"Kaffe."

"Vid den här tiden på kvällen? Du kommer att klättra på väggarna. Inte för att du behövde det i går natt, i alla fall."

Tomek rodnade av genans.

"Jag tar en Cola, tack," beställde Abigail till slut.

När Morgana var utom synhåll lutade sig Tomek tillbaka mot dynan, vilade armen längs väggen och sa: "Hade det räknats om jag hade tagit med dig hit i stället i går kväll?"

"Hit? Vem tror du att jag är?"

"Någon som kan bra mat."

"Det kan jag. Men nej. Det hade inte varit tillåtet."

"Tur då att det här är vår *andra* dejt."

Abigail skakade av sig jackan. När hon kämpade för att ta sig loss ur dess fluffiga grepp började hon till slut förstå vad han sagt.

"Det här är en andra dejt?"

Tomek nickade. "Överraskning!"

Hon suckade och himlade med ögonen. "Det är tur att du är läcker, Tomek."

"Om vi kunde sluta prata om mitt hjärt-kärlsystem i en minut vore det toppen. Jag har något viktigt jag vill prata med dig om."

Hennes journalistiska reflexer slog till och ögonen vidgades av nyfikenhet. "Herbert Tucker?"

"Någon annan. Men relaterat."

"Släkt eller på något annat sätt?"

"Ett annat sätt."

"Intressant. Jag har också något jag vill prata med dig om. Också ett annat sätt."

Utmärkt. Nu kände sig Tomek inte lika illa till mods över att ha fabricerat en andra dejt ur ingenting. Han hade bara gjort det för att hon hade utlovat information relevant för Tuckers död om han tog med henne på en till.

Innan de hann börja kom Morgana tillbaka med Tomeks kaffe och ett glas Cola till Abigail. Tomek tackade henne och vände sedan uppmärksamheten mot kvinnan framför sig. Bilder från natten de delat började långsamt spela upp sig i hans huvud som på en filmprojektor. Skimrande glimtar av hur deras kroppar varit intrasslade i varandra, alkoholen i deras system som skötte allt prat.

"Vad ler du åt?" frågade hon.

Han hade inte märkt det, men tankarna fick honom att le som om han just hade vunnit på lotto.

"Inget," ljög han. "Bara något roligt någon sa tidigare."

"Förvånad att det inte var du. Du gillar att tro att du är den roliga." Hon tog en klunk av sin drink och ställde sedan ner den varsamt. "Vill du börja eller ska jag?"

"Ska vi köra samma ordning som i går kväll?"

Abigail tvekade inte att sträcka sig över bordet och daska till honom lekfullt på armen.

"Gris."

Tomek småskrattade för sig själv och sköt muggen med kaffe åt sidan. Det hade redan stigit honom åt huvudet och han kände hur synapserna i hjärnan började smattra.

"Har du hört vad som hände i eftermiddags?" frågade Tomek.

"Nej? Vadå?"

Då uppdaterade Tomek henne om vad som hade hänt med Keith Ferguson. Att obduktionen hade visat att han begått självmord. Att han timmarna före sin död hade fyllt sig med alkohol och kokain i en sprit- och drogdriven frossa. Att Keith, baserat på övervakningsfilmerna teamet hade fått fram, hade vandrat ner på strandkanten längs strandpromenaden och vadat ut i vattnet. Att hans tjocka, tunga kläder snabbt blivit genomblöta och tunga, och dragit ner honom. Att de isande temperaturerna i Themsenmynningen fick hans hjärta att långsamt stanna.

"Vi tittade på Keith Ferguson i samband med Herberts död. Hans fru kunde inte redogöra för var han hade varit. Och det här gjorde han mot sig själv innan vi hann förhöra honom om det."

Abigails ögon vidgades av förvåning, sedan lutade hon huvudet åt sidan så att håret föll prydligt över axeln. "Jag har hört en del om honom... Och det var inte alltid särskilt smickrande."

"Som vad då?"

"Att han hamnade i några mindre smakliga situationer ibland, med nattens damer, om du förstår vad jag menar."

Alina Zandecka

Gentlemanklubben.

Tomek hade haft så fullt upp med att utreda tjänstemannens självmord att han inte hade hunnit besöka den än.

"Han var känd för att balansera på gränsen, om vi säger så," fortsatte Abigail. "Ofta med näsan."

"Och finns det någon anledning till att du aldrig skrev om det?"

Sedan länge var skandalerna borta där politiker fastnade på hemliga kameror på sex- och drogfester och prydde tabloiderna några dagar senare, tänkte Tomek. Men så mindes han att pengar talar högre än ord. Och att det var fullkomligt logiskt varför varken Herbert Tucker eller Keith Ferguson någonsin hade skrivits upp för det.

"Det var bara rykten," svarade hon. "Inget substantiellt bakom."

"Är det inte ditt jobb att gräva i rykten?"

Hon tvekade, uppenbart obekväm med frågan. "Vår chefredaktör tyckte att det fanns saftigare saker att skriva om."

"Som att parkeringsavgifterna längs strandpromenaden höjs?"

Hon fnös skämtsamt. "Jag ska be att få tala om att det var hårtslående journalistik."

Tomek svarade med ett fnys och himlade med ögonen. Hans spindelsinne började pirra.

"På tal om hårtslående journalistik," började hon, lutade sig närmare och sänkte rösten. "Jag tror att jag kan ha något som kan intressera dig."

Tomek höll inte andan.

"Fortsätt..."

"Det gäller Herbert Tucker," sa hon.

"Okej."

"I går och i dag fick jag ett par samtal från unga kvinnor som säger att de har blivit sexuellt överfallna av honom vid träffar..."

Tomek tog ett ögonblick för att ta in vad hon sagt och vad det innebar.

"Hur många har hört av sig?"

"Fyra."

"Och de vände sig direkt till dig? De har inte gått till polisen?"

"Nej."

"Att anklaga en död man för något han inte kan försvara sig mot?"

"Tja..."

"Jag säger inte att han inte gjorde det, men utan att han kan berätta sin version är det lite skumt, eller hur?"

"Inte direkt. Några av de här tjejerna var tonåringar när det hände."

"Kan jag prata med dem? Är de villiga att gå till polisen?"

Abigail skakade på huvudet och grep hårt om glaset med fingrarna som om Tomek tänkte ta det ifrån henne. "Jag kan fråga, men när jag nämnde det tidigare avfärdade de det."

"Kan jag få veta deras namn?"

Hon pressade ihop läpparna och skakade på huvudet.

"Så varför berättar du det här för mig om jag inte kan göra något åt det?"

"För att... för att jag tänkte att du kanske ville veta."

Tomek vände bort blicken och började iaktta de andra gästerna inne i restaurangen. Skratt och sorl ackompanjerade doften av baconfett i luften.

"Förklarade de varför de har hållit det hemligt så länge?"

"Spelar det någon roll? De var rädda. Deras liv blev förstörda av någon med makt. Förstår du hur mycket mod och styrka det krävs för kvinnor att berätta om sånt här, även efter alla år?"

Det här var en sida av henne som Tomek inte hade upplevt förut. En eld, en passion, ett annat målmedvetet drag i hennes personlighet. Och han beundrade det.

"Det ifrågasätter jag inte alls," sa han, snabb att försvara sig. "Jag har stor respekt för de här kvinnorna och önskar att fler klev fram. Den enda anledningen till att jag frågade är att jag pratade med någon i går som blev betald för att hålla sitt kärleksbarn med Herbert Tucker hemligt."

Abigails ögon vidgades av upprymdhet, som om Tomek av misstag hade råkat avslöja regeringens kärnvapenkoder. Sedan letade sig upphetsningen i hennes ansikte ner till munnen och drog den i en sned min.

"Jag tror att vi pratar om samma person."

"Vem?" frågade Tomek, medan namnet Alina Zandecka skrek i bakhuvudet.

"Kvinnan du syftar på. Är hon från Östeuropa?"

"Ja."

"Vad heter hon?"

"Du först," sa Tomek. "Samma ordning som i går kväll, minns du?"

"Håll tyst," väste hon. "På tre."

"Det här är inte lågstadiet—"

"Ett..."

"Kom igen, Ab—"

"Två..."

Sedan, på tre, sa de båda Alinas namn.

Det dröjde innan Tomek sa något, för han var tveksam av två skäl. För det första hade hon, när han pratade med henne, inte nämnt något om ett sexuellt övergrepp, trots att hon hade haft chansen i tryggheten och avskildheten i sitt eget hem. Och för det andra hade hon väntat tills efter att Tomek var klar med sitt förhör innan hon gick till pressen.

Hans oro var att Alina Zandecka var ute efter en rejäl utbetalning på en historia som inte var sann.

"Kan vi prata med henne tillsammans?" frågade han.

"När?"

"Nu."

Övervägandet spelade i hennes ansikte.

"Här?"

"Eller någonstans tystare, om du vill. Din bil?"

Som tur var hade hon parkerat närmare än Tomek, längst fram på parkeringsplatsen. Abigail körde en beige Fiat 500, en av de minsta bilar han någonsin suttit i, och när han klev in vek sig benen upp mot bröstet som om han vore en av de dockor som används vid krocktester.

"Min telefon eller din?"

"Din," sa Tomek. Han ville inte sköta snacket; han ville vara den som lyssnade, höra knastret och sprickan i hennes röst.

Ett ögonblick senare hade Abigail plockat fram Alinas nummer i mobilen och slagit det, med samtalet på högtalare.

Den ensamstående mamman svarade på sjunde signalen.

"Hallå?" kom svaret. Trevande, försiktigt.

"Alina? Det är Abigail. Vi pratade tidigare..."

"Åh. Just det. Ja. Är allt... är allt okej?"

"Det tror jag," sa Abigail. "Jag ville bara fråga om några fler detaljer om din relation med Herbert, om det är okej?"

"Okej."

"Och barnet ni fick tillsammans..." avbröt Tomek.

"Va? Jag vet inte—"

"Kom igen, Alina..." fortsatte han.

"DS Bowen, är det du? Vad håller du—?"

Innan Alina hann avsluta meningen hörde Tomek ett ljud genom högtalaren. En viskning, hård, skarp. Full av brus.

"Lägg på!"

Tomek kunde inte placera den.

"Alina, är du kvar?"

"Ja. Ja. Jag är här."

Panik i rösten nu; försiktighet och tvekan hade ersatts av rädsla.

"Alina, lägg på!" väste rösten igen. Den här gången var den djupare, tydligare – en mans.

"Förlåt," började Alina, med rösten på väg att brista. "Men jag måste gå. Något har hänt. Jag måste ta hand om min son. Jag..."

Och sedan bröts samtalet.

KAPITEL
TJUGOÅTTA

D et var strax efter elva när Tomek äntligen kom hem. Sex timmar senare än han hade velat. Ändå var det bättre än att inte komma hem alls, som han hade gjort kvällen innan. På tå smög han uppför trapporna till lägenheten, och han höll andan för att inte störa hela huset och väcka Kasia. Men de knarrande golvbrädorna satte stopp för det.

I köket hade hon lämnat en lapp åt honom på bänken igen.

Middag i kylen.

Dagens andra lapp.

Synen av den gjorde ont, skakade om honom. Och insikten att han hade satt sig själv före henne två gånger gav honom en örfil. Var det så här deras far-dotterrelation såg ut nu? En oändlig ström av missade middagar och Post-it-lappar? Gjorde inte det honom lika illa som hennes mamma, som ofta lämnade henne i timmar medan hon gick ut för att få tag i droger? Skulle hon ha det bättre utan honom? Utan någon alls?

Och så insåg han att det var en dåraktig tanke. Dumt. Om det var fallet skulle hon hamna i fosterhem, och han hade sett och upplevt tillräckligt genom åren för att veta att det var det sista stället han ville att hon skulle hamna på.

Tomek kände sig inte särskilt hungrig, trots att han inte hade ätit något på kontoret eller på vägen hem, så han lät resterna stå kvar i kylen. Han smög ut ur vardagsrummet och in i hallen och lät fingrarna löpa längs väggen för att orientera sig. De hade bara bott där i några månader, och han höll fortfarande på att vänja sig vid hur huset kändes i mörkret, något han aldrig hade behövt oroa sig för förrän Kasia kom in i hans liv.

Hennes rum låg längst bort i hallen, och i det mjuka mörkret såg han konturen av hennes sovrumsdörr. Och den tunna remsan av gult ljus längs nederkanten.

Försiktigt, långsamt, varsamt smög Tomek sig fram mot hennes rum, slöt handen mjukt om handtaget och knackade lätt med knogarna. Ljudet var knappt hörbart; om han inte hade stått på bara några centimeters avstånd, betvivlade han att han skulle ha hört det. Men Kasia hade gjort det. Kanske var det hans snabbt försämrade hörsel på äldre dar.

"Jag är vaken", kom svaret. "Du kan komma in."

Tomek behövde inte höra det två gånger.

Kasia låg i fosterställning på sängen, skärmens blå ljus lyste upp hennes fina ansikte. När han kom in höll hon kvar blicken på sin telefon.

"Hej..." sa han och stod kvar i utrymmet mellan dörrkarmen och sängens fotända.

"Hej."

Fortfarande ingen ögonkontakt.

"Vad gör du vaken?"

"Kan inte sova."

Klart att hon inte kunde. Det visste han. Men tystnaden och stelheten höll på att ta kål på honom.

"Hur... hur var din dag?"

"Kan vi prata om det i morgon? Jag är trött."

Det blå ljuset från skärmen flimrade och glimmade i hennes ögon medan hon fortsatte att scrolla från video till video på vilken plattform hon nu använde.

"Är du säker?"

"Ja."

"Okej..." Tomek tvekade, mitt i en halv vändning. "Jag... Sov du bättre i natt?"

"Inte direkt."

"Och... och följde du de råd Isabel gav dig?"

"Ja."

Tomek skulle ha vetat vad det var om han hade varit hemma för att prata om det. Han skulle ha vetat mycket mer om han inte hade missat de två senaste kvällarna.

Hon var medvetet kylig, och det var inte mer än han förtjänade. Han hade försummat henne, svikit henne. Och hon påminde honom om det med plågsam tydlighet.

"Jag går och lägger mig då", sa han. "Jag ska försöka stanna kvar på morgonen för att se dig i väg."

"Det är lugnt. Du behöver inte", sade hon utan känsla eller förväntan i rösten. Som om det hade försvunnit i samma stund som han lämnat henne ensam kvällen innan.

"Okej då, stjärnan. Vi ses i morgon. Du vet var du hittar mig om du behöver mig." Han drog igen dörren.

"Älskar dig, vännen."

Sedan stängde han dörren utan att få något svar.

KAPITEL
TJUGONIO

Till att börja med känner jag smärta, en skarp, bländande smärta som skjuter upp och ner längs ryggen.

Sedan ljudet. Ljudet av en bildörr som öppnas.

Sedan synen av en man som skyndar mot mig och frågar om jag är okej. Jag mår bra, säger jag till honom. Att han inte behöver oroa sig för mig. Att jag klarar mig själv. Att jag måste till min bror.

Michał väntar. Michał har väntat länge.

Jag kravlar mig upp på fötter, ignorerar smärtan, kämpar för att stå ordentligt. Mannen erbjuder mig stöd, men jag skakar av mig honom och skyndar vidare längs vägen. Jag tittar intensivt på honom när jag går, som om jag vill minnas hans ansikte, men det kan jag inte. Det är inget annat än svart, ett töcken.

Det är likadant i parken. Jag kan inte se Michałs ansikte. Och det beror inte på blodet. Det är för att han är lika suddig som mannen. Jag vet inte varför det är så, men så är det.

Och sedan klipper det.

Tillbaka i tiden. Jag går in i parken, ser gestalterna som tecknar sig i silhuett mot lekplatsens svarta fond. De svävar över Michałs kropp. Den ene håller en tegelsten. Den andre står vid Michałs huvud. Tittar ner. Det vita i hans tänder blänker i det svaga ljuset.

Men det är allt jag kan se. Resten är ett töcken, svart, dystert.

Jag skyndar mot dem, men de försvinner snart, och så klipper det.

Till klassrummet. Tillbaka i tiden igen.

Miss Cameron pratar med mig. Skriker åt mig. Står över mig, som Michałs mördare, medan jag sitter i stolen. Jag håller ett öga på klockan, ett öga på henne. Räknar ner minuterna tills jag får gå. Det är sent. Alldeles för sent. Jag borde ha varit i parken vid det här laget.

Och Miss Cameron skäller ut mig. Mitt beteende är förfärligt, säger hon. Det ska lära mig en läxa, säger hon. Vad nu det ska betyda. Jag lyssnar inte riktigt så jag vet inte.

Jag måste bara till Michał. Jag måste till min bror så att vi kan åka hem och äta middag.

Men ju längre hon håller kvar mig—

Och sedan klipper det.

Till baksätet i polisbilen. Pappa sitter bredvid mig. Poliser i framsätet. Regn piskar mot rutan. Högljutt. Strimmor flyger åt sneda håll när vi far genom gatorna. Jag minns inte att det regnade innan. Det måste ha kommit från ingenstans, eller börjat plötsligt medan jag tittade, väntade, gjorde absolut ingenting för att skydda min bror från hans död.

Och sedan klipper det. Till ansiktet på hans mördare.

Nathan Burrows.

Femtonåringen som dödade Michał för att det var en kul grej att göra.

Femtonåringen som hade suttit i ett kategori A-fängelse sedan dess.

Femtonåringen som hade förblivit tyst och hållit namnet på sin medhjälpare hemligt under de senaste trettio åren.

KAPITEL
TRETTIO

Drömmen hade varit annorlunda. Som en mardröm. Skakande. Hjärnan spelade honom ett spratt, och ju värre det blev, desto mindre visste han vad han skulle tro. Desto mer desorienterad kände han sig. Vad var verkligt och vad var falskt? Hur skulle han kunna skilja dem åt om hjärnan fortsatte hitta på?

Han hade vridit och vänt sig rastlöst efter att ha skrivit i sin dagbok klockan tre på natten. Han hade till och med övervägt att gå upp och åka till jobbet men påminde sig då samtalet, och avsaknaden av det, med Kasia. Och att han hade en del att gottgöra.

När han till slut rullade ur sängen klockan sju, gjorde han sig en kaffe och rostat bröd och sjönk ner i soffan och tittade tanklöst på nyhetsuppläsaren som rapporterade morgonens händelser. Sedan var det meteorologens tur att hålla honom uppdaterad. En kraftig, vinterkall vind som kom in från väster och sänkte temperaturerna under nollstrecket. Risk för regn, snöblandat regn och kanske lite snö.

Samma varje år då. Grått, blött och eländigt.

En stund senare kom Kasia ut ur sitt rum, iklädd morgonrock, med huvan neddragen över ögonen. På fötterna hade hon ett par tofflor och hon hasade bort till badrummet.

"God morgon", ropade han, ivern i rösten avslöjade hur han kände sig, just som hon stängde dörren om sig.

Ljudet av rinnande vatten sipprade genom dörren, och medan hon duschade gjorde Tomek en skiva rostat bröd och en kopp te åt henne. Det stod redo när hon dök upp igen, fortfarande i morgonrocken, med den påtagliga skillnaden att en handduk var lindad runt huvudet.

"Tror du att skolan skulle låta dig gå in så där?" frågade han mjukt.

"Det vore något."

"Jag gissar att Miss Holloway skulle ha ett och annat att säga om det." Han räckte henne drycken och frukosten. Hon tog emot den och satte sig vid bordet. "Gå inte ut med håret alltför blött. Du blir förkyld."

"Det är lugnt", sa hon och bet i rostat bröd så att smulor spreds på tallriken.

Klart det. Tomek hade varit lika nonchalant inför vädret i den åldern. Faktum är att han nog hade varit värre, övertygad om att han var cool och överlägsen när han gick hemifrån i bara en tunn hoodie och ett par jeans mitt i vintern. När det i själva verket hade varit ett rop på hjälp och uppmärksamhet.

Det kände Tomek igen hos Kasia nu.

Hon sa så mycket utan att säga någonting alls.

"Du, om kvällen häromdagen", började han.

"Det är lugnt", sa hon. "Du behöver inte be om ursäkt. Jag är van vid det nu."

"Och det ska du inte vara. Jag borde vara hemma mer än jag är, det fattar jag. Jag ska... jag ska prata med Nick om att gå tidigare, lämna över... en del av ansvaret."

Kasia kände tvekan i hans röst. "Du behöver inte göra det. Jag sa ju, det är lugnt. Du kan dra iväg och göra det du behöver. Jag går kanske över till Sylvias i stället för att komma hem vissa kvällar."

Den här gången var det Tomeks tur att märka tvekan i *hennes* röst. Hon behövde honom hemma. Hon skulle bara gå över till Sylvias som en sista utväg.

"Förhoppningsvis behöver du inte göra det", svarade han. "Men så länge du säger till var du är så har vi inget problem."

Ett problem, som om hon inte fick gå hem till sin kompis.

Det här gick åt skogen, värre än väntat. Han sa inte direkt fel saker. Men han sa inte rätt saker heller. Han hade trott att han skulle kunna be om ursäkt, att hon skulle vara okej med det, och så var samtalet över. Den lätta vägen. Men så funkar inte en tonårings hjärna. Just nu, om hon var något som han, kände hon nog att det var hon som var problemet, att hon hade gjort fel, att han kom hem sent för att slippa henne, för att smita från ansvaret som pappa så fort hon behövde hjälp. Att han hade försummat henne på grund av *henne*. Att allt var hennes fel, att hon förtjänade det. Att det var hon mot världen.

Åtminstone, det gällde bara om hon var det minsta lik honom. Och om DNA-testet de hade gjort var något att gå efter, fanns det 99,9 % chans att hon var *precis* som han.

Det enda problemet då var vad han skulle göra åt det, för han hade inte en jävla aning. Just nu kände han att han hade föräldrakunskaper som en amöba, och allt förnuft och alla försök att luta sig mot sin, om än begränsade, erfarenhet hade flugit ut genom fönstret.

Till slut lovade han att han skulle skärpa sig, att han skulle komma hem tidigt när jobbet tillät och att han tills vidare skulle pausa sin relation med Abigail.

"Det behöver du inte, ärligt talat", svarade hon. "Jag tycker det är fint att du träffar folk. Du skulle må bra av att ha någon i ditt liv."

"Jag har någon i mitt liv."

Så fort han pekade på henne, himlade hon med ögonen och suckade djupt, med stönen från en tonåring som just blivit tillsagd att göra något hon inte ville.

"Det var inte så jag menade. Någon du kan känna en koppling till. Någon du kan skratta med. Gör du något av det där med henne?"

Tomek lät tankarna gå tillbaka till sin dejt med Abigail – *dejter*, i plural nu. Han tänkte på kopplingen de delade. Oavsett om den hade varit svag eller inte (även om hon kanske inte höll med) fanns den där. Liksom skrattet.

"Jag tror det", svarade han.

"Bra. Låt mig då inte stå i vägen för det. Jag vill att du ska vara lycklig."

"Och jag vill att du ska vara lycklig också."

Vilket inte hade varit fallet de senaste veckorna.

"Hur sov du i natt?" frågade han.

"Bra."

"Inga mardrömmar?"

"Nej", svarade hon. "Du då? Några mardrömmar?"

"Nej", svarade han. "Sov som en stock."

Men båda visste att den andra ljög.

KAPITEL
TRETTIOETT

Det första Tomek gjorde när han kom till jobbet var att göra sig en kopp kaffe.

Precis samtidigt som Victoria. Igen.

"Har du jobbat på det där nya smeknamnet åt mig?" frågade hon när han klev in i köket, en aning lekfull i tonen.

"Fan också! Inte än. Jag jobbar fortfarande på det. Men vänta, sa du inte att jag först måste ta fast en mördare?"

"Har du inte gjort det heller?" Hennes ögonbryn åkte upp när hon slöt händerna om muggen för att få upp värmen.

"Touché, Victoria. Touché."

Han väntade tills hon hade gått innan han gjorde sin kopp. När han bar den till sitt skrivbord överfölls han av Anna, som kom farande mot honom från andra sidan rummet så kraftigt att han spillde kaffe över hand och ärm.

"Jesus, Maria, jävla helvete!"

"*Kurwa mać*!" sa hon. "*Bardzo przepraszam!*"

Tomek var för upptagen med att hitta någonstans att ställa muggen och torka handen ren från den skållheta vätskan för att höra henne.

"Jag är så ledsen," fortsatte hon.

"Det är lugnt. Det är bara en liten tredjegradig brännskada. Inget att oroa sig för. Hur kan jag stå till tjänst?"

"Det är någon här som vill träffa dig."

Tomek gjorde en paus, samlade sig innan han tappade besinningen.

"Kunde du inte ha sagt det från andra sidan kontoret eller ringt ett snabbt samtal, eller?"

"*No tak*, men—"

"Herregud alltså, det gör ont."

Innan han hann protestera föste Anna in honom i köket och satte hans hand under kallt vatten. Trettio sekunder senare var handen domnad, men det dunkade fortfarande.

"Är det någon viktig? Drottningen?"

"Hon är död, Tomek."

"Förlåt. Just det. Jag glömmer bort det hela tiden."

"Nej, inte någon sådan. Men någon som frågar efter just dig."

"Det är väl inte ännu en trettonårig flicka, eller?"

Anna fnissade, men det dog ut så snart Tomek försökte dra bort handen från kranen. Hon var kusligt stark för sin storlek och kunde på ett ögonblick dra tillbaka honom under strömmen av iskallt vatten.

"Lugnt, för helvete! Mina ben är sköra. Kramar du hårdare kanske du bryter dem."

"Sluta vara en sådan primadonna. Min fyraåring är tuffare än du."

"Det är bra för din fyraåring, men inte—"

Tomek försökte igen, men förgäves; hon drog tillbaka honom och grep honom ännu hårdare den här gången. Han valde att tiga. Läxan lärdes den hårda vägen.

"Vem är det som har kommit för att träffa mig?" frågade han.

"Någon som heter Terrence Toffolo."

Tomek grimaserade.

"Stackars sate. Föräldrarna måste ha hatat honom."

"Och jag gissar att han inte är så förtjust i dem heller," svarade Anna innan hon till slut lät honom gå.

Terrence Toffolo var lika pompös och trög som Tomek hade väntat sig att han skulle vara. Han var i femtioårsåldern och såg ut som om han just kommit från gården. Han bar en tweedskjutarjacka över en fleeceväst och en åtsittande blågrönrutig skjorta. På huvudet hade han en ljusgrön flat cap (smeknamnet Flat Cap Toff slog Tomek direkt när han såg den), och nertill hade han ett par mörkblå jeans med ett brunt läderbälte. Det enda som saknades för att fullborda utstyrseln var hans jaktgevär.

Uttrycket i Terrence Toffolos ansikte, om nu inte namn och klädsel räckte, gav intrycket att han tyckte hans status var högre än den faktiskt var; att han hade bättre saker för sig.

Ironiskt, med tanke på att det var han som hade kommit för att prata med Tomek.

"Herr Toffolo," började han och lutade sig tillbaka i stolen. "Tack för att du kom in och pratade med oss. Såvitt jag förstår bad du specifikt om att få träffa mig. Men, förlåt, jag tror inte att vi har träffats förut?"

"Inte vad jag kan minnas. Och jag brukar vara bra på att komma ihåg ansikten."

"Försök att träffa lika många människor som jag..." sa Tomek lättsamt, men lättheten nådde inte fram till Terrences dystra, eländiga min. "Jag har också förstått att du kände herr Herbert Tucker..."

"Ja."

"Och det är därför du är här?"

"Ja."

Herregud, det här gick plågsamt långsamt. Och de hade inte ens börjat än.

Tomek anade att han skulle bli sittande länge.

"Okej. Toppen." Han kände hur Terrence sög musten ur rösten på honom som en igel. "Och kan du tänka dig att förklara varför du har kommit hit?"

"Jag har något jag måste berätta för dig."

"Toppen. Låt höra."

Länge sa mannen ingenting. Han bara stirrade på Tomek. Och Tomek undrade om Terrence hade lagt av, om motorn i hans drivlina hade slutat snurra.

"Det finns inget enkelt sätt för mig att säga det här..."

För helvete. Säg det bara.

"Har du någonsin hört mitt namn förut?"

Tomek skakade på huvudet. "Jag är sämre på namn än på ansikten."

Fråga bara någon av kvinnorna jag har varit med.

"Borde jag känna till det?"

"Det beror på vilka du känner. Jag var en inflytelserik person... en gång i tiden."

Tomek undertryckte impulsen att säga: Bra för dig.

"Jag arbetade med Herbert Tucker när han först blev politiker. Jag var en av hans mentorer. Vi hade också jobbat med ett par projekt innan dess, men min bakgrund var alltid i politiken."

Tomek nickade eftertänksamt medan han lyssnade.

Mentor. Politik. Affärer. Memoaren. Ekon av Keith Fergusons ord spelade i Tomeks huvud.

"Jag har kommit hit för att rentvå mitt namn," fortsatte Terrence. "Jag vill att du ska veta att jag inte hade något att göra med Herberts mord."

Det var precis vad någon som faktiskt hade med mordet att göra skulle säga.

"Okej..."

"Jag är här för att rentvå mitt namn. Det finns sådant du redan vet om mig, och sådant du kommer att få veta. Jag vill hellre att du hör det från mig."

Det här var väldigt märkligt, väldigt förvirrande. Huruvida det var avsiktligt återstod att se för Tomek.

"Jag är också här för att rentvå Alina Zandeckas namn."

Okej, nu kom de någonstans.

"Vad har du för relation till Alina?" frågade Tomek.

Innan han svarade harklade sig Terrence och förde handen mot munnen, långsamt, beräknande. "Skulle jag kunna få lite vatten, tack?"

Den jäveln. Klart som fan att han ville ha vatten. Han hade Tomek i sin handflata och tänkte hålla honom där så länge det bara gick.

Några minuter senare kom Tomek tillbaka med en plastflaska. En halvlitersflaska så att den lille jäveln inte skulle klaga på att han ville ha mer var trettionde sekund.

"Varsågod, gå vidare," sa Tomek milt. "Alina Zandecka... hur känner du henne?"

"Jag träffade henne först i klubben."

"The Southend Seven."

"Ja."

"Hur lärde du känna Alina där?"

"Hon... hon togs in en kväll. Hon skulle dansa för oss, men sedan fick vi veta att hon och hennes vänner var villiga att göra mer... Herbert, jag ska tillägga att det var Herbert som först erbjöd dem pengar i utbyte mot sexuella tjänster. Det satte en standard för vad som förväntades och vad som skulle komma."

"Så du låg med Alina?"

"Inte till en början, nej. Det var vid vårt tredje möte. Vid det laget hade vi var och en blivit tilldelade en tjej. De kom över två, tre gånger i veckan, och vi låg med dem. Men jag hade alltid haft ett öga på Alina. Hon var mild, artig, elegant. Hon hade något som ingen av de andra tjejerna hade – ambition och driv. Hon hade migrerat till landet och sökte ett bättre liv för sig själv. Sedan, efter flera veckor, låg hon och jag med varandra. Hemma hos mig. Och vi började långsamt bli kära."

"Hur var det med hennes relation till Herbert?"

"Den fortsatte. Av och till. Mer av än till."

"Och sedan blev hon gravid, eller hur?" frågade Tomek.

En aning chock syntes i mannens ansikte. "Ja. Herbert trodde att det var hans..."

"Men det var ditt..."

"Ja."

"Och du lät honom tro att det var hans i alla dessa år?"

"Ja."

"Ni fortsatte att pressa honom i utbyte mot tystnad?"

"Ja."

"Varför? Du var politiker, affärsman, rimligen förmögen. Varför behövde du pengarna? Eller är tweeden och flat capen bara en fasad?"

För en man som påstod sig ha kommit för att rentvå sitt namn tyckte Tomek inte att han verkade ha förstått hur mycket det behövde rentvås från början.

"Strax innan allt hände med Alina och Herbert, innan han hotade henne till att göra abort, hade jag förlorat mitt jobb."

"Varför?"

"Ser du, det jag inte har sagt är att jag under den här perioden tog mycket kokain."

Tomek blev inte förvånad av att höra det. Men han undrade vad mer mannen inte berättade.

"Så, vadå? Tucker fick reda på att du tog droger och sparkade ut dig ur teamet?"

För första gången sprack det robotlika yttret, och Terrences ansikte förvrängdes.

"Vi höll alla på med det då. Kokain nästan varje dag. Det hjälpte oss att fungera. Efter ett tag visste vi knappt att vi tog det längre. Men jag... jag blev beroende. Jag blev beroende hårt. Och sedan blev det gradvis värre. Jag kunde inte fungera utan det. Jag kunde inte sova, jag kunde inte prata. Jag fördes till sjukhus flera gånger. Jag var ett vrak. Och Herbert, efter att ha hittat mig i klubben, kvävandes av min egen saliv, tvingade ut mig. Han sa att det skulle bli i samförstånd, att det skulle bli ett snabbt och tyst utträde, men han ville ha bort mig från teamet. Han kunde inte ha någon som jag där, som skadade hans trovärdighet, och med risken att min historia skulle brisera hängande över honom ville han inte ha något av det. Jag försökte kämpa emot – både beroendet och beslutet – men det gick inte. Herbert ville vara högsta hönset. Han ville vara alfa."

"Så han ville inte ha barnet, och han ville inte ha dödvikt?"

Om Tomeks ordval hade förolämpat Terrence visade han det inte. Kanske var det ett ord han hade använt om sig själv förr.

"Vilket innebar att du och Keith Ferguson var kullens minstingar?"

Terrence frågade hur Tomek kände till den andre politikern. Tomek svarade och förklarade sedan att mannen var död.

"Självmord."

Terrence sänkte huvudet i ett kort ögonblick av allvar och sorg.

När han hade låtit mannen sörja en minut fortsatte Tomek. "Så han gjorde sig av med dig så fort han visste att du skulle bli ett problem. Var det därför du och Alina pressade honom, Terrence?"

"*Han* var villig att betala *oss*."

"Bekräftar du att du också fick din del?"

Nicken var subtil men märkbar. "I fyra år har vi båda fått pengarna. Tio tusen pund i månaden."

Det var mer än dubbelt så mycket som Tomeks lön. Mycket mer.

Och att tänka sig att allt det kunde ha varit hans om han bara hade legat med en medelålders politiker eller tagit kopiösa mängder kokain och annan klass A-narkotika.

Kanske i ett annat liv.

"Tack för att du berättar allt det här," sa Tomek. "Men jag förstår inte hur något av det rentvår ditt namn."

"Vad menar du?"

"Allt du har gjort är att berätta att du tog mycket droger, låg med prostituerade och sedan tog emot tystnadspengar från en före detta kollega.

Inget av det här klär dig i ära, Terrence, och du har inte sagt var du var natten då han dog."

"Jag var hemma. Med Alina. Vi delar lägenhet."

"Så jag förmodar att det var du i telefon i går kväll?"

Terrence skruvade på sig obekvämt i stolen.

"Jag... jag..."

"Var det du som sa åt henne att gå till pressen?"

"Jag..." stammade Terrence.

För någon som var så bra på att prata, och förlänga samtal när det passade honom, hade han svårt att svara på en enkel ja- eller nejfråga.

"Utsatte Herbert Alina för ett sexuellt övergrepp, Terrence?"

"Du måste förstå—"

"Tvingade du henne att säga det, Terrence?"

"Nej, jag... Det hände verkligen! Hon behövde bara övertygas, det var allt."

"Varför sa du inte åt henne att komma till polisen, som du gör nu? Är det för att du visste att vi skulle ta reda på sanningen?"

"Inte alls. Jag—"

"Vad hände? Pappa stängde av pengakranen så ni tänkte ta ut en sista utbetalning från pressen? Och ni visste att ni skulle få den eftersom en död man inte kan försvara sig?"

"Nej! Det var inte alls så det gick till!"

"Blev du arg när han gjorde sig av med dig? Är det det här – hämnd? Fyra år på att vä—"

Terrence slog sin stora, klumpiga hand i bordet. Ljudet var nära att spränga Tomeks trumhinnor och fick honom att hoppa till, även om han hoppades att det inte syntes.

"Nu hittar du på saker. Du konstruerar sådant som inte är sant."

"Jag försöker komma till botten med en mordutredning."

"Precis, och det är det jag försöker hjälpa dig med."

"Genom att anmäla dig själv?"

En lång tystnad kilade sig in mellan dem medan Terrence samlade sig. Han borstade av sig och rättade till kepsen, även om den fortfarande satt snett när han släppte den. Tomek sneglade ner på vattenflaskan som stod på bordet på samma ställe där han hade lämnat den. Jäveln hade inte ens druckit av den.

"Jag har information som du kan vilja veta," svarade Terrence lugnt, starkare nu, med mer beslutsamhet i rösten och hållningen.

"Bra," sa Tomek, lätt skeptisk. "Var snäll och var snabb."

"Jag har namn. Från The Southend Seven."

"Okej."

"Vill du höra dem?"

Inte det här igen.

"Ja tack. Gärna snabbt, om du inte har något emot det."

Blicken i Terrences ansikte antydde att han insåg att han inte längre hade makten i samtalet, att den låg helt hos Tomek, och han verkade ha accepterat det.

"Jag vet inte vem du letar efter, eller vem du försöker tala med, men om någon dödade Herbert Tucker så är det en av de här männen..."

KAPITEL
TRETTIOTVÅ

"**D**et här är djupt oroande. Djupt oroande, verkligen." Nick hade stirrat i över fem minuter på den nästan oläsliga listan med namn som Tomek hade klottrat ned på en papperslapp. Sedan räckte han över den till Victoria, som tog lika lång tid på sig att ta in den.

"Jag tror att vi måste hantera det här väldigt försiktigt", började Nick med en suck. "Faktiskt vet jag inte ens hur vi ska hantera det."

"Jag har några idéer", sa Tomek och kunde inte hålla tillbaka leendet.

"Det är jag säker på."

Namnen på listan var verkligen oroande, ja. Män med betydelse och inflytande i det lokala samhället hade gjort dåliga saker. Män i toppen av näringskedjan. Och om de föll gick det inte att veta hur mycket förödelse det kunde orsaka i botten.

Åtminstone var det Nicks oro.

Tomek brydde sig däremot inte. Han var bara upprymd över utsikten att få ställa några väldigt mäktiga män framför sig och ta reda på vad de visste. Och om de hade tur, kanske en eller två av dem bakom lås och bom. Där de hörde hemma.

Efter mötet med Terrence hade Tomek dragit in Martin för att ta upp en utförlig vittnesutsaga, vilket innebar att mannen måste upprepa allt officiellt, en uppgift som Tomek var tacksam över att kunna skicka nedåt i hierarkin. Tills vidare skulle Terrence Toffolo åka hem, stanna i landet och vara anträffbar om polisen behövde tala med honom. Han var fortfarande högst misstänkt, om inte för annat så för sina usla klädval, men just nu hade teamet större fiskar att fånga.

Snarare hajar.

"Är det dåligt att jag inte känner igen ett enda av de här namnen?" frågade Victoria och sträckte sig efter sin telefon.

"Det beror på vem du frågar", svarade Tomek. "Om du frågar dem så lär deras egon ta stryk, men om du frågar Dave på gatan kan jag inte tänka mig att han vet heller. Det är väl så de har kunnat gå lite under radarn. Men som tröst kan jag säga att jag var tvungen att googla dem själv."

Victoria lade försiktigt ner listan med namn på bordet, som om hon var rädd att hon skulle riva den mitt itu om hon gjorde det hårdare.

"Vad fan ska vi göra?" Nick drog handflatan över hjässan som om han gnuggade den för tur. "Jag... jag känner de här människorna. Jag har arbetat nära dem. Särskilt... särskilt honom."

Nick pekade på det första namnet på listan.

Brendan Door.

Police, Fire and Crime Commissioner för Essex. En av de högst rankade polischeferna i Southendområdet. Anklagad för att festa, ta droger, ligga med prostituerade. Och möjligen ha dödat en man.

Liksom de andra männen på listan.

Anthony Arnold, en av Crown Prosecution Services bästa åklagare, var ansvarig för att få dussintals brottslingar bakom lås och bom, från knarklangare till mördare.

Gregory Chaplin, Southends borgmästare.

James Colehill, ordförande i Southend United FC.

Richard Stafford, en man som hade stått på narkotikagruppens efterlysningslista så länge Tomek kunde minnas för att han drev en av stadens största narkotikaverksamheter, men som alltid hade lyckats undkomma gripande.

Och det sista namnet på listan oroade Tomek mest.

John Mullen, chefredaktör för *Southend Echo*, tidningen som Abigail skrev för.

Nu blev det begripligt varför hon hade blivit ombedd att dölja historierna om Herbert Tuckers pikanta affär och drogvanor.

"Det här får inte läcka ut", lade Nick till. "Jag menar det. Ingenting lämnar den här byggnaden. Inget prat med familjen. Inget prat med era nära och kära. Inte ens era barn. Och... Tomek, jag tittar på dig, inte ens pojkvänner eller flickvänner."

Kanske inte.

Tomek bet sig i underläppen. "Varför blir just jag utpekad för det här?"

"För att du har den största truten av dem alla. Antalet gånger jag har fått täcka upp för dig och skydda ditt lilla fåniga arsle talar sitt tydliga språk. Behöver jag påminna dig?"

Tomek fnös och sa ingenting.

Det var sant, ja, att han ofta sa en massa saker utan att inse det. Det var också sant, ja, att han en gång hade råkat låta några saker slippa ut under en mordutredning, vilket hade gjort att mördaren kunde undkomma gripande längre än vad som borde ha varit möjligt. Men hade han menat det? Nej. Misstag var en del av livet, och han tyckte inte att han skulle klandras för det så här långt efteråt.

"Det löste sig ju till slut", lade Tomek till, men varken Victoria eller Nick valde att svara; Victoria var för upptagen med att läsa på om namnen på listan för att ens lyssna, och Nick hade hört allt förut.

"Åhh, *det är* därifrån jag känner igen honom", sa hon.

"Vilken?"

"Richard Stafford. Han stod på vår bevakningslista i Colchester. Vi ville ha honom för narkotika, människohandel och allt möjligt, men inget har någonsin gått att fälla honom för."

"Tja, nu vet vi varför. Med PFCC:n och åklagaren i fickan är det uppenbart. Korruptionen stinker."

"Sergeant!" skrek Nick.

"Vadå? Jag säger bara det uppenbara, chefen."

"Det behöver du inte när vi alla tänker samma jävla sak."

"Kom igen, chefen, du måste medge att en exklusiv klubb full av vita, medelålders män ur eliten skriker korruption", sa Victoria mjukt.

"Du kan hålla tyst du också." Nick svängde runt i stolen, reste sig ur den och började vanka, masserade huvudet medan han gick fram och tillbaka. "Vad gör vi? Vad gör vi?"

"Jag säger att vi går på dem från alla håll, chefen. Tala med alla de känner och ta reda på vad de gjorde natten då Tucker dog, och ta sedan in dem allihop på en gång. Samla bevisen först innan vi tar in dem oförberedda."

"Jag... jag gillar det. Men... vi måste vara väldigt försiktiga. Om någon av dem får nys om vad vi gör, då är det kört."

"Den risken blir enorm om vi snokar runt dem", tillade Victoria och lekte djävulens advokat. "Jag röstar för att vi tar in dem direkt, utan förvarning, överraskar dem med ett massgripande och förhör dem."

"Inte när vi inte har några bevis att åtala dem med. Vi kommer att skrämma dem, och om de hade något med Tuckers mord att göra kommer de att städa upp sina spår för att se till att vi aldrig hittar det. Nej, det vi behöver göra är att hitta motiv för var och en av dem. Tucker hade många fiender. Två av dem, James Colehill och Terrence Toffolo, har redan trätt fram mot honom. Det skulle inte förvåna mig om resten hade skäl att... göra sig av med Herbert Tucker. Sedan, när vi har all bevisning vi behöver, tar vi in dem samtidigt. Ingen möjlighet för dem att slå larm och rädda sitt eget skinn på det sättet. Vi gör det snyggt och målinriktat. Ja... det är så vi gör. Vi ska... Ja..."

Nick stannade mitt i rummet och lät handen falla mot midjan. Hjässan var röd där han hade gnuggat för hårt.

"Kan jag lämna åt er två att samordna? Ah, fan!"

"Vadå?"

"Jag kom just på att jag har ett möte med PFCC:n om ett par timmar."

"Åh..."

Tomek visste inte vad Nick väntade sig att han skulle säga.

"Hellre du än jag, chefen."

Men det var det definitivt inte.

KAPITEL
TRETTIOTRE

Tomek visste inte var idén hade kommit ifrån, men strax efter att de hade börjat insåg han att det nog inte var ett av hans bästa förslag. Att spela minigolf mitt i vintern hade sina uppenbara nackdelar: kylan, domnade fingrar, vinden som blåste bollen över den gröna ytan. Men till hans försvar fanns det en sak som vägde upp allt det negativa: att det var helt folktomt, och att de hade en hel 18-håls pirattemabana för sig själva. De kunde ta hur lång tid de ville och lägga hur mycket tid som helst på varje hål utan horder av familjer och unga par som hängde dem i nacken.

Tomek hade aldrig varit intresserad av golf. Det var för långsamt, för sävligt för honom. Och han tyckte inte att det var mycket till åskådarsport heller. Fotboll och rugby, däremot, var hans val av sport. Både att titta på och att spela. Och han ville gärna tro att han var rätt bra. En dirigent, en ledare på planen. En bollbärare som inte var rädd att offra kroppen. Det hade gått ett tag sedan han senast klev ut på planen – han var med i polisens fotbolls- och rugbylag som bestod av personer från alla nivåer i hierarkin – och han var sugen på att komma ut igen. Kanske till och med bjuda in Kasia att komma och titta på när hennes käre gamle pappa gjorde bort sig genom att bråka med en annan vuxen man med ölmage och vikande hårfäste.

Vid närmare eftertanke behövde ingen se det.

"På den här ska du få bollen genom ett av de här hålen, och sen rullar den ner till nästa nivå", förklarade Tomek medan han lade Kasias boll på den gröna ytan. "Om du har tur hamnar den nära hålet. Och har du ännu mer tur kan det bli hål i ett."

"Ja", grymtade Kasia när hon klev fram till utslaget för deras fjärde hål den kvällen. Hon släppte ner bollen på utslaget och, utan att titta, svingade hon bakåt och skickade iväg den genom den smala rännan. Bollen var inte i närheten av målet, studsade mot väggen och hamnade nästan tillbaka vid hennes fötter.

"Åh ..." mumlade hon.

Hon hade inte kunnat se mindre entusiastisk ut om hon så försökt, men Tomek var fast besluten att fullfölja. Han kände att han behövde muntra upp henne, få ut henne ur huset, göra något annat än att sitta inne och scrolla på telefonen eller titta på skit-tv.

Det här var hans sätt att be om ursäkt. Genom att göra något han hoppades att hon skulle gilla.

"Otur", sa han och lade ner sin egen boll. Han gjorde sig redo, stod med fötterna i axelbredd, böjda knän, röven ut, rak rygg. Han tittade nerför rännan, drog en osynlig rak linje in i hålet. Sen tittade han ner på fötterna och insåg att allt var meningslöst. Att han inte hade en jävla aning om vad han gjorde och att det var bättre att slå och hoppas.

Mirakulöst nog slank bollen genom hålet till vänster och landade strategiskt på den nedre nivån. Tomek jublade och pumpade näven i luften. Sen räckte han upp handen för en high five, men Kasia gav honom bara en bister blick.

"Måste vi göra det här?" frågade hon.

"Vad skulle du hellre vilja göra i stället?"

"Vad som helst?"

"*Vad som helst?*" upprepade Tomek.

"Ja."

"*Bokstavligen* vad som helst?"

"Ja!"

"Skulle du hellre ta ett dopp i havet just nu?"

Kasia vände sig mot mörkret över axeln. Långt bort kunde de små ljuspunkterna i Kent skymtas.

"Nej ..." sa hon tveksamt.

"Tänkte väl det. Så vi gör klart det här och sen kan vi ta McDonald's på vägen hem."

Det verkade muntra upp henne.

"Men bara om du slår mig!"

Under de nästa fem omgångarna (eller var det hål? Tomek kom aldrig ihåg) blev hon mer engagerad och mer fokuserad. Mer som den gamla Kasia han kände. I slutet var ställningen rätt jämn, fem–fyra till Kasias fördel. Han skulle ljuga om han sa att han inte hade bjudit henne på några poäng. En del av honom ville låta henne vinna för hennes självförtroende, moral och psykiska mående. Medan en annan del av honom ville ha en fuskdag, en ursäkt att äta onyttig och flottig mat. På det hela taget skulle det bli en win-win för henne.

När de tog sig till det tionde hålet, in i andra halvan av spelet, blåste en vindby över stranden och fick Tomek ur balans. Tidigare under dagen hade ett kraftigt regn fallit, och i sin kamp för att hålla sig upprätt satte han foten på en fejkad sten. Plastmaterialet var halt, och under hans hela tyngd gav hans fot vika och skickade honom rullande ända över ända ner i ett litet vatteninslag. Piratbanan var full av sådana, och det som Tomek föll i råkade vara det värsta av dem alla: en stor damm med ett sex fot brett vattenfall som lät iskallt vatten störta ner över honom.

Det dröjde några sekunder innan han lyckades ta sig upp och krångla sig ur den isande dammen. Under tiden vek sig Kasia dubbel, med händerna i marken, och skrattade åt honom.

Han kunde knappast klandra henne; han hade gjort samma sak.

Tomek var genomblöt, och inom några sekunder hade kylan trängt igenom lagren och bitit sig fast i rygg och lår.

"Det verkar som att det var du som tog simturen i stället", fnös hon.

Tomek öppnade munnen för att svara, men han lät henne få den.

Hon var definitivt en Bowen i den kommentaren, även om hon hade Coleman som efternamn.

"Jag tror att vi nog borde sticka härifrån", sa han, tänderna skallrade medan han försökte få upp värmen.

"Men jag ledde ju!"

Det spelade ingen roll. Inte när han frös så här. Han ignorerade henne, snappade åt sig hennes klubba och boll och skyndade sedan mot slutet av banan, där han lämnade in utrustningen. Med Kasia tätt efter sprang han, så fort hans domnade ben tillät, mot bilen.

Tio minuter senare var de i värmen. Han hade klätt av sig till ett enda lager, och kroppen värmdes av Chicken Selects som just nu tog sig igenom systemet. Samtidigt högg Kasia in på en sharebox med nuggets som hon inte hade någon som helst avsikt att dela med sig av. Värmen inne på McDonald's var på för fullt, och efter några minuter kände han hur han tinade upp. Det gav också en psykologisk värme att veta att han använde någon annans el i stället för sin egen.

"Hur är maten?" frågade han.

"Bra!" svarade Kasia, medan bitar av tuggad kyckling rörde sig runt i munnen. "Jättebra."

Tonåringar var så enkla. Sätt en prålig snabbmatslåda framför dem så blev de mjuka som smör. Han förstod inte varför han inte hade tänkt på det tidigare.

"Hur är din?" frågade hon.

"Också jättebra."

Kaffet, däremot, var det inte.

Medan de fortsatte att njuta av sin måltid lät Tomek blicken vandra genom restaurangen. Klockan var strax efter åtta och det var fortfarande knökfullt. Tonåringar, ungar, familjer, par. En ny generation som växte upp på det här.

"Pappa ..."

Kasias röst drog honom bort från gästerna.

"Om i går kväll ..." fortsatte hon.

"Ja?"

"Jag ... jag gjorde väl dig inte upprörd?"

Tomek tänkte tillbaka.

"Vilken del?"

"När du sa att du älskade mig?"

"Åh."

"Ja."

"*Den* biten."

Kasia sänkte blicken och stirrade djupt in i sin chicken nugget.

"Menade du ... menade du det?"

Tomek skrattade till och svalde sin tugga. "Självklart. Jag skulle inte ha sagt det annars."

Hennes ansikte blänkte svagt.

"Förlåt att jag inte sa detsamma."

"Det är ... det är okej."

Tomek skulle ljuga om han sa att han inte blev sårad. Men vad kunde han förvänta sig? Hon hade bara känt honom i ett halvår. De var fortfarande främlingar. Det vore naivt att tro att hon skulle säga det tillbaka.

"Du behöver inte be om ursäkt", fortsatte han.

"Det är bara ... jag är inte van att säga det."

"Du, och om du aldrig säger det, så är det okej för mig."

"Verkligen?"

"Verkligen."

Fast det var det ju inte. Men det kunde han aldrig säga till henne, eller hur?

KAPITEL
TRETTIOFYRA

D e närmaste dagarna flöt förbi i ett töcken medan Tomek och teamet inledde sina diskreta och lågmälda efterforskningar i livet hos de sju männen på Terrence Toffolos lista. Tillsammans hade de arbetat oavbrutet för att förstå var och ens bakgrund, pratat med deras tidigare kontakter, gått igenom deras politiska och professionella historik, övervakat deras telefon- och bilhistorik där det varit lämpligt och möjligt, och hållit sig inom lagens ramar i varje steg. Det sista de ville var att en fällande dom skulle rivas upp eftersom bevisen hade inhämtats olagligt. Särskilt när en av dem som utreddes var åklagare.

Under den tiden hade teamet gjort väldigt små framsteg. Informationen om var och en var förvånansvärt knapp, och på grund av utredningens natur kunde de bara förhöra personer i utkanten av männens liv. Totalt hade de fått in över femtio vittnesmål, och inget av dem kunde redogöra för männens vistelseort den natt då Herbert Tucker dog. Det många däremot kunde bekräfta var att varje man någon gång i sitt politiska eller professionella liv hade råkat i luven på Herbert Tucker.

Det ledde dem inte i någon särskild riktning, mer än att det fanns en möjlighet att de alla var inblandade på något sätt.

Männen på listan var mäktiga och inflytelserika, medlemmar av det lokala samhället och i auktoritetspositioner. Därför var det svårt att få fram uppgifter. Men svårast av alla var John Mullen, chefredaktör för *Southend Echo*. Mannen ägnade hela sitt liv åt att skriva om andra, men aldrig om sig själv. Han var som ett svart hål; allt sögs in, men inget kom någonsin ut igen, vilket var anledningen till att Tomek, efter några dagars hemlig utredning, insåg att de skulle behöva hjälp. Och vem var bättre att fråga än Abigail? Hon jobbade med honom och kände Mullen bättre än Tomek troligen någonsin skulle göra. Det enda problemet var att han måste göra något för henne i gengäld.

"Är du säker på att du gav henne rätt adress?" frågade Tomek.

"Ja."

"Och rätt tid?"

"Ja."

"Och rätt datum?"

"Ja. Hur dum tror du att jag är?" frågade Abigail.

"Vill du att jag ska svara på det, eller...?"

"Det var retoriskt, din idiot."

Abigail riktade uppmärksamheten mot den rykande koppen kaffe som Morgana hade ställt framför henne bara ögonblick tidigare, deras andra sedan de hade börjat vänta. Vänta på ett av nyckelvittnena som hade trätt fram och påstått att Herbert Tucker hade sexuellt överfallit henne.

Abigail ville inte dela kvinnans namn med honom, utan kallade henne bara Kvinna X. Hon ville inte heller dela någon annan information om den mystiska kvinnan, som redan hade uteblivit från ett möte dagen innan.

"Har hon hört av sig?" frågade Tomek. Han höll snabbt på att tappa tålamodet, och även om det inte tekniskt var Abis fel, var hon den enda framför honom.

Abi grep sin telefon från bordet och petade på skärmen. Ingenting. Inga sms, inga WhatsApp-meddelanden, inget. Bara några dussin Twitter-aviseringar.

"Ge det tio minuter till," bad hon.

"Jag har saker att göra. Jag kan egentligen inte avvara tio minuter."

"Och du tror att jag kan?"

"Det är inte du som utreder ett mord."

"Nej, men du ber mig utreda min chef."

Tomek svepte snabbt med blicken genom rummet och försäkrade sig om att ingen hade hört hennes lilla utbrott. Det hade de inte, så han vände tillbaka uppmärksamheten mot henne.

"Du får säga åt honom att lätta på trycket," sa han.

"Med vad?"

"På oss. Han har varit obeveklig."

"Det är hans jobb."

Tomek var tveksam. Kanske var den verkliga orsaken till att John Mullen ständigt hade trakasserat Nick och teamet de senaste dagarna att han ville vara nära händelsernas centrum. Han ville veta vad som pågick samtidigt som alla andra.

"Hade du ens pratat med honom om Herbert Tucker innan allt det här började?" frågade Tomek. Abigail skakade på huvudet och tuggade på pennans topp. "Inte i någon större detalj. Tidigare sa han bara åt oss att strunta i ett par saker. Skjuta det i bakgrunden. För det mesta sa han att han själv skulle utreda det i stället."

"Som vad?"

"Du vet, när folk kom med anklagelser mot honom eller när han bytte politisk hållning i någon fråga."

"Och följde han någonsin upp dem han sa att han skulle?"

Hon ryckte på axlarna. "Jag hörde aldrig något om det. Jag var alltid för upptagen med mitt eget."

"Så vad har ändrats?" frågade Tomek. "Varför låter han dig titta på de här anklagelserna om sexuella övergrepp?"

Abigail slutade tugga på pennan. "Det gör han inte..." svarade hon. "Han känner inte till dem. Kvinnorna hörde av sig till mig separat."

"Varför har du hållit det hemligt?"

"För i samma stund som Herbert Tucker dog kände jag bara stanken av korruption. Jag visste att något var i görningen och jag ville behålla det för mig själv."

"Så att du skulle få exklusiviteten och all ära som följde med?"

Ännu en axelryckning, den här gången mer nonchalant. "Jag har också drömmar och karriärmål, vet du. Jag tänkte vänta tills all information var klar, artikeln skriven, vittnesmålen förberedda, och sedan visa det för honom. Han hade inte kunnat säga nej."

"Nej, men han hade kanske kunnat sparka dig."

Hon började tugga på pennan igen. "Om det var fallet, skulle vi veta vilken sida han står på."

Tomek måste ge henne det. Hon hade spelat systemet och utnyttjat det på sitt eget sätt. Det hade han inte väntat sig av henne, och han var lite imponerad.

Precis när han skulle titta på klockan, funderandes över var vittnet kunde vara, plingade hans telefon till. Ett sms. Från Sean.

Sorry, kompis – måste hoppa av matchen i helgen. Du kan använda min biljett om du behöver någon att gå med. Abigail, kanske? Säg bara till.

Det var inte Abigails namn som dök upp först. Det var Kasias. En trevlig far-och-dottereftermiddag för att komma varandra närmare. Visst, det var ännu en grej han ville göra, och de kanske skulle behöva ställa in hennes karateträning på morgonen, men det skulle bli en bra eftermiddag ändå. Och han var säker på att han kunde göra det mer lockande genom att erbjuda henne ännu en portion hämtmat som morot.

"Vem var det?" frågade Abigail och lutade sig lite. "Din andra flickvän?"

Tomek gav henne en konstig blick, stängde snabbt av telefonen och lade den med skärmen nedåt.

"Vem var det?" frågade hon, med en växande oro i rösten.

"Sean," svarade han. "Säger att jag behöver vara tillbaka om ungefär en halvtimme."

Det var inte en ren lögn; det skulle faktiskt vara ett möte om en halvtimme, det var bara det att Nick hade varit den som ordnat det och gång på gång påmint honom om att han inte fick komma sent.

Som tur var för Nick såg det inte ut att hända. Kvinna X dök inte upp, och med lite tur skulle Tomek vara tillbaka på kontoret på nolltid.

Men just som han gjorde sig redo att gå, stack Abigails huvud upp som en surikat, med blicken fastnaglad vid restaurangens fönster som om hon just hade fått syn på ett rovdjur.

"Är det där...?" frågade Abigail.

Tomek sneglade mot fönstret. På andra sidan stod en gestalt. En kvinna i en tjock kappa, med halsduken uppdragen till hakan, ansiktsdragen förvrängda av regnet på ena sidan och kondensen på den andra.

"Är det hon?" frågade Tomek.

"Jag vet inte. Jag..."

När Tomek tittade igen var kvinnan borta. Hon sprang åt höger.

Tomek satte efter henne och sicksackade mellan borden och grupperna av gäster som kom och gick från kaféet. När han kom ut i det fria landade hans fot i en vattenpöl. Den iskalla vätskan skvätte över skorna och uppför benet, men han brydde sig knappt, för där borta i fjärran var kvinnan.

Hon svängde runt ett hörn.

När han just skulle springa efter henne kom Abigail farande ut ur restaurangen och kolliderade med honom. Hennes plötsliga tackling fick honom att stappla framåt och ännu en kaskad vatten sköljde över hans ben och skor.

"För helvete," väste han medan han skakade på benen.

På den tid det tog honom att samla sig hade Abigail lämnat honom stående på betongen och var redan på väg i full fart mot gränden där den mystiska gestalten hade försvunnit in. När Tomek till slut hann ikapp henne var det för sent.

Små puffar av ånga stod framför deras ansikten när de hämtade andan. Tomek blev förvånad över att han flåsade tyngre än hon.

"Blev du slut av det där?" frågade Abigail.

"Jag åt en rejäl lunch, okej!" sa han och satte händerna i sidan. "Åt vilket håll stack hon?"

"Jag vet inte."

Då insåg Tomek att de stod vid en parkering som mynnade ut mot en Aldi-butik. Trots tiden på dygnet och vädret var stormarknadens parkering proppfull, och deras chans att hitta henne var minimal.

"Nå, hon dök åtminstone upp," sa Abigail.

"Nej, det gjorde hon inte."

"Jo, det gjorde hon. Det räknas."

Tomek skakade på huvudet, vinkade hej då och gick sedan mot sin bil. Han flåsade fortfarande när han sjönk ner i förarsätet.

KAPITEL
TRETTIOFEM

M ötet hade kallats till prick klockan sju. Middagstid för många, om inte alla. För att mota de kurrande magarna och de allt kortare stubinerna som följde med det hade Chey beställt ett gäng curryrätter och ris i olika smaker från sina föräldrars indiska restaurang. Men nästan så fort det kommit och ställts fram på bordet åkte det tillbaka i sina förpackningar igen. Det fanns ingen tid för mat, inte när Nick höll i möten.

Hans beslut att hålla inne med maten till efter mötet hade gjort alla frustrerade och ivriga att bli klara så fort som möjligt. Inklusive Tomek, vars humör hängde på blodsockret och hur många kalorier som just då simmade runt i systemet.

Nick stod längst fram i rummet när mötet började. Bredvid honom stod fyra whiteboardtavlor. Var och en av de sju personernas namn och ansikten hade fått en plats på tavlorna. Två ansikten per tavla, utom på en – Gregory Chaplin, Southends borgmästare. Listan med information under hans namn var längst och motiverade extra utrymme.

Tomek var ivrig att dra igång mötet. Inte bara för utsikten till mat efteråt utan för att han var nyfiken på vad varje utredare hade lyckats gräva fram.

"Först vill jag börja med Terrence Toffolo", sa Nick, kroppen lutad åt ena sidan. Under dagarna sedan Tomek senast sett honom i mötesrummet, där han inte satt bakom sitt skrivbord, verkade magen ha expanderat några tum jämfört med före dotterns incident. "Med tanke på att Toffolo är den som drog igång allt det här och var snabb att fria sig från skuld vill jag se om han är så fläckfri som han utger sig för att vara."

Terrence Toffolo hade gått till DC Martin Brown. Efter att ha tagit mannens vittnesmål (vilket Tomek senare fått veta hade varit en tre timmar lång procedur) hade Martin varit mer än nöjd med att i smyg granska mannens liv. Han såg det som någon sorts hämnd för all tid han slösat bort i förhörsrummet.

"Terrence Toffolo", började Martin och läste från ett papper framför sig. "Fyrtionio år gammal. Född i Dagenham, östra London. Flyttade till Southend när han var tretton. Tog examen med högsta betyg i statsvetenskap från University of East Anglia. Hans far hade varit i politiken hela sitt liv. En kontorsråtta, skulle man kunna säga. Det blev aldrig mycket av honom, mer av en tjänsteman i den politiska karriärens ögon, men pappan trummade in hos honom att man ska hjälpa andra. Och jag tror att Terrence såg det som en utmaning att bli bättre än sin far någonsin var. Så han stötte på Herbert Tucker, och resten kan vi: drogerna, prostitutionen. Vad gäller natten då Herbert Tucker dog har jag inte lyckats hitta något. Enligt grannarna håller han och Alina Zandecka sig mest för sig själva. De visar sig bara när de behöver något från matbutiken, och tyvärr raderar off-licensen vid macken sin film efter fyrtioåtta timmar. Det var för sent när jag kom dit."

"Så ingen kan styrka hans rörelser den natten?" frågade Nick.

"Nej, chefen."

"Motiv?"

"Jag skulle säga att att han petades från Herberts team räcker. Eller att pengarna hölls inne för honom och Alina."

"Något mer?"

Martin skakade på huvudet.

Nick suckade, som Nick brukade, och pekade sedan på nästa namn på listan. Anthony Arnold, Crown Prosecution Services toppåklagare. Ansvaret att redogöra för honom föll på Sean. Den vänlige jätten harklade sig också innan han började.

"Jag pratade med Anthony Arnolds sekreterare och bad att få gå igenom listan över hans tidigare mål. Det fanns bara så mycket som Google och *Southend Echo* kunde berätta för mig, men jag blev artigt informerad om att mycket av hans arbete omfattas av sekretess. Av den lilla information jag kunde hitta *via* Google och *Southend Echo* har dock ingen av de tilltalade i

Anthony Arnolds mål haft något med Herbert Tucker att göra. Förutom en man."

Sean gjorde en dramatisk paus, men när effekten uteblev fortsatte han.

"Ryan Maston greps och åtalades för förtal av Herbert Tucker för ungefär tio år sedan. Han skrev några kontroversiella saker om vår parlamentsledamot på en blogg och Tucker fick nys om det, så han gick till åtal. Jag har läst grejerna och utifrån det vi redan lärt oss om Mr Tucker verkar det inte alls vara särskilt kontroversiellt."

"Vad stod det?" frågade Victoria.

"Inget mer än det vi redan vet. Att han var en kokainstinn politiker med en svaghet för prostituerade och lättfotade kvinnor; Ryan Mastons ord, inte mina."

"Och det sa han för tio år sedan?" frågade Tomek.

Sean nickade.

"Hmm. Kanske be honom tala om veckans lottorader."

"Inte en chans att det händer. Han är död. Dog i en hjärtinfarkt för två år sedan."

"Var det det minsta misstänkt?" frågade Nick och gav sig in i samtalet.

"Inte vad jag har kunnat utläsa, chefen."

"Bra. Snyggt jobbat. Vad gäller motiv? Hittills ser jag inget."

Sean tvekade och gned sig i örsnibben med sina jättelika fingrar. "Så långt jag kan se verkar det stämma", svarade han. "Av vad jag har kunnat samla in gick åklagarsidan hårdare åt förtalsmålet än i vissa andra av Anthony Arnolds mål, vilket tyder på att Herbert kallade in en tjänst. Om de inte har blivit osams över något relaterat till Ryan Maston mer än tio år senare ser jag inget annat motiv där."

"Vilken typ av mål har Anthony Arnold gått mjukt åt?" frågade Tomek, nyfiken.

"Narkotikamål, mest. Folk som vi själva har tagit och gripit. Antingen har han lyckats få dem frikända eller så har han på något sätt fixat en otroligt låg påföljd genom att inte fullgöra sina skyldigheter som åklagare."

"Intressant ..."

En bild började ta form i Tomeks huvud. Samma bild verkade även formas i Nicks huvud när han gav ordet till Oscar, som hade utrett Richard Stafford.

"Mannen är en gåta", sa Oscar. "Egentligen är han värre än så. Jag har inte ens ett ord för honom. Han har inga sociala medier, ingen webbplats och han verkar inte ha någon mobiltelefon. Han verkar inte ha något annat än ett par riktigt jävla stora rottweilers utanför sitt hem i Hockley. Det är nästan som om han inte existerar, och om ryktena stämmer är det precis vad länets största knarklangare vill att man ska tro. Jag pratade med några av grabbarna i Colchester och de delade med sig av det de hade, men de rådde oss bestämt att under inga omständigheter lägga oss i Mr Stafford, ifall det stör deras pågående narkotikautredningar mot honom."

"Så du har ingenting?"

Kaptenen tuggade på underläppen innan han svarade, som om han laddade för en stor avslöjning. "Jo, faktiskt. Jag har *något*. Men om det har någon nytta återstår att se."

"Fortsätt", snäste Nick. "Ur med det."

"Richard Stafford och Anthony Arnold har vid åtskilliga tillfällen setts tillsammans."

"På dejt? I parken, hand i hand?"

"På Boyce Hill golfbana."

Varför var det alltid golf? undrade Tomek. Vart man än tittade träffades skurkarna antingen på en artonhålsbana eller mitt i en sunkig gångtunnel. Det verkade inte finnas mycket däremellan. Var det för att det var för överklassen och de tänkte att polisen var för fattig för att få tillträde till banan? Eller behövde de vackra vyer, ett femjärn och en strålande dag medan de diskuterade sin olagliga verksamhet?

Bilden i Tomeks huvud klarnade.

Näste man till rakning var Gregory Chaplin, Southends borgmästare.

"Gregory skiljer sig lite från de andra som nämnts hittills", började Anna efter att Nick gett henne en stund att dricka vatten, "i den bemärkelsen att allt om honom finns ute på nätet. Han är på många sätt en öppen bok. Han har en egen Wikipedia-sida, även om jag inte vet om han skapat den själv eller om någon annan gjort det åt honom. Men utifrån det jag grävt fram är borgmästaren fläckfri. Nästan för fläckfri. Och för det mesta verkar han vara högt respekterad i lokalsamhället. Jag har pratat med några som jobbat nära honom tidigare och alla sa samma sak – att han var trevlig, vänlig och en fröjd att arbeta med. Många av dem hade inget ont att säga om honom."

"Och de som hade det då?" frågade Victoria.

"Bara att han var lite kontrollerande och ibland tappade humöret, men till hans försvar sa de att han arbetade i en pressad miljö. Om något blev de förvånade över att han inte gjorde det oftare."

Tomek kastade en snabb blick på Nick, som fångade den och svarade med en självgod blick som sa: "Jag har samma ursäkt – det här är en pressad miljö, och ingen kan jävlar i mig säga något annat." Tomek visste att kommissarien skulle leva gott på den ursäkten ett bra tag framöver. Tills han hittade en annan att återanvända.

Nick gick vidare till det femte namnet på väggen.

James Colehill, som Chey höll i.

Den unge konstapeln ägnade de följande fem minuterna åt att förklara för teamet allt som Tomek redan visste. I slutet av det var han i högsta grad en av gruppens huvudmisstänkta.

Före Tomeks tur att diskutera John Mullen var det Nadia, som hade fått uppdraget att utreda Brendan Door, Police, Fire and Crime Commissioner för Southend. Och innan hon ens hade börjat skruvade Nick obekvämt på sig i stolen. Det var ingen hemlighet att han och PFCC:n hade den mest direkta relationen av alla i teamet och namnen på listan. Nick och Brendan låg på liknande nivåer och var ansvariga för att polisen patrullerade Southends gator. De satte strategierna, budgetarna och hierarkin. Allt som teamet och den större poliskåren gjorde gick tillbaka på dem. Och att Brendan eventuellt hade blivit en misstänkt i en mordutredning var oroande för alla inblandade. Särskilt för Nick.

"Jag avskyr att säga det", började hon, "men överallt jag tittade hittade jag PFCC:n. Affärsmöten, firanden, prisceremonier, de var alltid tillsammans, såg kompisaktiga ut, nästan ..." Hon kunde inte avsluta meningen, men alla uppfattade vad hon menade. "Jag är inte helt säker på hur deras professionella relation fungerade, men Brendan och Herbert såg ut att ha tillbringat varje arbetsdag med varandra."

Nadia vände sig mot Nick för ett svar.

Han sänkte långsamt huvudet. "De brukade träffas ofta för att diskutera strategi."

Nadia nickade och fortsatte. "Jag har haft svårt att hitta information om Brendan, om jag ska vara ärlig. Jag visste inte var jag skulle leta."

Tomek tyckte att hennes ärlighet var uppfriskande. Det var inte ofta någon erkände att de gjort fel eller misslyckats, och det var skönt att se.

När Nick hade hört nog förde han samtalet vidare till Tomek.

Och ämnet John Mullen.

"Var börjar jag?" inledde han och pratade högt för effekt, även om det gick alla andra förbi. De var hungriga, trötta och brydde sig inte nämnvärt. "För att vara någon som är så van att skriva om andra finns det väldigt lite information om Mr Mullen. Han har varit chefredaktör för *Southend Echo* i lite drygt tjugo år och kan branschen, verksamheten och terrängen mycket väl. Men när det gäller Herbert Tucker är det väldigt lite som är känt, om man ska döma av mängden innehåll som produceras om honom. Min källa säger att Mullen själv ofta tar hand om allt som är känsligt eller problematiskt om Herbert Tucker. Och nio gånger av tio trycks inget av det. Det försvinner ut i etern, blir bortglömt."

"Det verkar inte vara fallet nu", kontrade Nick och suckade tungt med armarna i kors över bröstet. "Jag får ungefär två telefonsamtal om dagen från den där jäveln som vill veta det senaste om hans död."

"Jag vet. Misstänkt, eller hur?" Hans teatrala handrörelser gjorde inte mycket för stämningen hos kollegorna. De var nästan lika döda som Herbert Tucker. "Jag pratade med min kontakt om just det, och de sa att det är första gången de märkt av press från deras håll. Min teori är att han är orolig och vill hållas uppdaterad om allt. Han kan skydda någon." Tomek drog fingret genom skägget och började dra i ett hårstrå som stört honom i några timmar. "Har du läst något som publicerats i *Echo*, chefen?"

"Inte mycket. Jag har inte tid. Varför?"

Han ryckte på axlarna. "Jag är nyfiken på om det saknas fakta av det du har lämnat vidare. Om det finns något i uppgifterna som du uttryckligen sagt till honom och som han ändå har utelämnat i sina texter, då börjar de röda flaggorna vaja."

"Röda flaggor?" kommenterade Chey. "Titta på dig med ditt ungdomssnack."

Tomek skrattade till. "Bra där. Har du fått bort all den där sanden ur skorna än?"

Inget svar kom. I stället sjönk Chey tillbaka i stolen.

Tomek vände tillbaka uppmärksamheten mot Nick. "Det vore intressant att se, när vi har gjort alla förhören, om något av namnen på den där listan nämns i tryck de närmaste dagarna också, chefen. Jag satsar mina bonsaiträd på att det inte blir något."

"Dina bonsaiträd?" sa Chey och valde att ge sig in igen. "Det är rätt mycket!"

Tomek ryckte på axlarna som för att säga att han står för snacket.

"Vad tycker din källa?" frågade Nadia. "Jag måste erkänna, hon låter väldigt bra."

"Det hjälper när man ligger med henne", svarade Rachel.

"Oavsett om han ligger med henne eller inte har hon varit till stor hjälp för att förstå vad som sker bakom kulisserna", sa Nick.

Tomek blev förvånad över att han tog honom i försvar; han hade ju varit emot att Tomek kontaktade Abigail från början.

"Så länge hon går att lita på ..." lade Nick till, med höjd ögonbryn.

"Självklart", svarade Tomek, med en märkbar tvekan i rösten.

"Utmärkt." Nick petade på whiteboarden. "Då har vi täckt alla. Det verkar som om alla på den här listan har något att dölja. De kan alla ha skäl att döda Herbert Tucker, men vi måste också ta reda på vad de gjorde natten då han dog. Och när vi har pratat med dem alla får vi betydligt större flexibilitet i vilka vi talar med och vad vi kan göra."

Nu behövde de lämna teorin och diskutera det praktiska: hur de skulle utreda sju män samtidigt utan att någon av dem fick nys om vad som pågick. Eller värre, hittade sätt att sopa igen spåren.

KAPITEL
TRETTIOSEX

Therrklubben Southend Seven låg runt hörnet från tågstationen Southend Victoria, på en tyst och avskild gata. Entrén var anspråkslös, oansenlig för ett otränat öga: en stor röd dörr som inte skulle ha sett malplacerad ut som ingång till någon fabrik. Tomek gick fram och grep tag om mässingshandtaget. När han tryckte kände han hur musklerna tog i under tyngden. Väl inne sköljde en sjaskig, skum känsla över honom. Det kändes fel att vara där, som att det var ett smutsigt ställe. Förutom att, om man skulle döma av städningen, var det inte smutsigt alls.

Ett svartvitt mosaikgolv glittrade under fötterna. Rakt framför honom stod en ornamenterad klädhängare och ett paraplyställ i gjutjärn, inget av dem användes. Till höger fanns en spegel, större än dörren han just kommit in genom, med snider runt kanterna. Inte ett dammkorn någonstans. Av sina omedelbara iakttagelser att döma blev Tomek imponerad. Stället var renare än han hade väntat sig. Men å andra sidan, med den klientel som frekventerade det och vad de höll på med, förvånade det honom inte att de lade så här mycket krut på städningen. Det kliade i fingrarna att dra en uv-lampa över byggnaden, bara för att se vilka fingeravtryck och fläckar han skulle hitta.

Till vänster satt en dörr med en liten fönsterruta. På andra sidan stod en ung man i skjorta och slips. Välklädd, professionell. I tidiga tjugoårsåldern, ungefär som Chey. Uppflugen bakom en receptionspult, där han försiktigt rättade till håret. När han fick syn på Tomek, någon han aldrig sett kliva in i klubben förut, spärrades ögonen upp och han fick panik. Stackars grabb, tänkte Tomek. Han hade förmodligen tystnadsplikt, tvingats skriva på flera sekretessavtal, uppmanats att säga till vänner och familj att han jobbade i en mataffär någonstans. Säkert till och med fått en uniform för att backa upp det.

"God morgon, herrn", sa den unge mannen mjukt när Tomek hade klivit in genom dörren. "Hur kan jag hjälpa er i dag?"

"Jag är här för att träffa någon."

"Har ni... har ni ett medlemskap hos oss?"

Tomek klappade igenom fickorna. "Det borde jag... Någonstans... Man hittar aldrig det man behöver när man behöver det, va!"

Spänningen i mannens ansikte slog om till rädsla.

"Oroa dig inte", sa Tomek. "Jag har ingen pistol här."

Ett pinsamt skratt slank ur den unge mannens mun.

"Ah! Här är den. Var det den här du letade efter?" frågade Tomek när han tog fram sin polislegitimation ur fickan och höll den framför mannens ansikte.

Till en början visste receptionisten inte vad han tittade på, så han lutade sig fram för att granska kortet noga. När insikten sjönk in spärrades ögonen upp ännu mer.

"Jag har på goda grunder informerats om att borgmästaren kan vara här..."

Den unge mannens mun öppnades och stängdes som på en strandad fisk, flämtande efter luft.

"Ni kan inte gå in där bak utan medlemskap!"

Han klev i vägen för Tomek, men det bet inte på detektiven.

"Det här *är* mitt medlemskap, kompis. Det öppnar många dörrar. Precis som den här."

Receptionisten sprang efter Tomek genom ännu en uppsättning dörrar, men saktade snart in när han insåg att han var maktlös att hålla kvar honom. Tomek hade just kommit in i medlemmarnas stora sal, fylld av praktfulla trämöbler, förgyllda ramar med berömda landskapsmålningar, utsmyckade dekorationer och en rik röd heltäckningsmatta som inte skulle ha varit Tomeks första val. Två stora soffor upptog rummets mitt, med flera fåtöljer på ömse sidor. I mitten stod ett handgjort soffbord i mahogny, med ett urval prydnadsföremål ovanpå. I ett hörn stod en flygel med en sammetsklädd pall, och intill fanns en liten barhörna. Optik med olika spritsorter hängde på väggen, och rad efter rad av glas dinglade ovanför baren. I var och en av rummets fyra väggar fanns en liten dörr som ledde bort till något privat.

Tomek stannade och granskade var och en.

"Var är han?"

Receptionisten svarade inte från dörröppningen, utan mumlade osammanhängande.

"Måste jag kolla varenda en? Eller tänker du tala om..."

"Jag..."

Tomek suckade och lyssnade.

Mjuka, tysta mumlanden ekade från dörren till vänster om Tomek.

Han lämnade den unge mannen bakom sig, gick rakt fram och brakade in utan förvarning. Där, sittande mitt i rummet i en dyr fåtölj, var borgmästaren, med byxorna nere vid anklarna och en kvinna på alla fyra, med ansiktet ner i hans knä.

"Vad i helvete är det som pågår!" vrålade Gregory Chaplin medan han knuffade undan kvinnan. "Vad i helvete gör du här? Ingen får komma in här om inte jag säger det!"

Tomek stod blick stilla med armarna i kors över bröstet. När Gregory Chaplin fumlade efter byxorna fick Tomek se mer än han ville. Under tiden höll kvinnan som gett honom avsugningen på att knäppa sin blus. I deras iver hade knapparna åkt upp, så att BH:n och klyftan syntes.

"Hoppas att jag inte stör", anmärkte Tomek, med blicken stadigt fäst vid mannen i fåtöljen. "Jag försökte ringa i förväg, men mottagningen här inne *suger* verkligen."

Kommentaren gick inte Gregory förbi; han frustade och kastade sig upp ur fåtöljen.

"Vem i helvete är du och vad i helvete gör du här? Du har inget medlemskap hos oss." Innan Tomek hann svara kikade Gregory runt honom och pekade på receptionisten som hängde i dörrkarmen. "Och du – varför släppte du igenom honom? Du vet att ingen får störa mig."

"Han... han..." började den unge killen, men fick inte fram mer.

"Jag har visst ett medlemskap", sa Tomek. "Som jag just förklarade för din anställde ger det mig tillträde till många ställen."

När han såg Tomeks polislegitimation försvann färgen ur Gregory Chaplins ansikte, och kråksparkarna vid ögonen blev djupare.

"Fan."

"Jo, för fan."

"Det är inte vad det ser ut som. Allt är frivilligt. Jag tvingade henne inte till något och jag har inte betalat henne. Inga lagar är brutna."

Tomek tvekade och vände sig mot kvinnan. "Stämmer det?" Hon nickade långsamt utan att kunna möta Tomeks blick. Nu var hon påklädd och stod med armarna bakom ryggen. Tomek tog några ögonblick för att granska hennes drag närmare.

"Känner jag igen dig?" frågade han.

"Jag... jag tror inte det."

"Har vi setts förut? Jag känner igen ditt ansikte." Han viftade med fingret mot henne. "Från kommunhuset", fortsatte han. "Du var på kontoret när jag kom för att prata med hans sekreterare häromdagen. Med vattenfontänen. Och kärnvapenkoderna."

"Jag..." sa hon och sänkte huvudet allvarligt, vilket i princip bekräftade hans misstankar. "Snälla, du får inte säga det till någon. Jag förlorar jobbet."

"Jag hoppas innerligt att det inte var så här du höll det hemligt från början..."

På det hade hon inget svar. Tomek tog hennes uppgifter och sa åt henne att gå. Och att om hon försökte något fult visste han var han skulle hitta henne.

När hon hade lämnat rummet instruerade Tomek den unge mannen att följa henne ut ur byggnaden och stänga dörren efter sig, så att bara de två blev kvar.

Gregory Chaplin bar fortfarande sin borgmästardräkt, med kedjorna hängande runt halsen, och bulan i byxorna var fortfarande tydlig. Tomek vinkade åt honom att sätta sig.

"Vad gäller det här?" frågade Gregory. "Jag har inte gjort något fel."

Tomek ignorerade mannen och började ströva av och an i rummet, kände sig som en Bondskurk.

Väggarna var täckta av fotografier genom tiderna. Mest svartvita foton av tidigare medlemmar, namnkunniga personer som vid något tillfälle i livet besökt klubben. Men först när Tomek var på andra sidan rummet fastnade blicken på något som skilde sig från resten.

Ett digitalt fotografi, taget bara för några år sedan. En bild med en man som nu var död i mitten av ramen. På den hade Herbert Tucker på sig ett par svarta byxor, fläckiga och sönderrivna. Överkroppen var klädd i en nött tröja som var sprucken över bröstet. Runt halsen och händerna fanns svarta smutsränder. Håret var smutsigt och tovigt, och pannan var täckt av lera. Under det, fast i näsborrarna, satt rester av vitt pulver som han hade glömt att dra. Men inget av det bekymrade Tomek. Det var snarare mannens mun som störde honom. Den var röd, svullen och täckt av läppstift.

Bilder blixtrade förbi i Tomeks huvud av den döde mannen som låg mellan badhytterna, klädd på samma sätt. Nästan en exakt kopia av hur Herbert Tucker hade gjorts att se ut.

"Vad pågår här?" frågade Tomek och pekade på bilden.

"*Den*? Öh... du... du borde inte ha sett den."

"Jag borde inte ha sett det jag såg för några ögonblick sedan heller, men ändå står vi här. Så berätta nu, vad är det som pågår på fotot?"

Gregory Chaplin babblade osammanhängande, fortfarande uppskruvad efter att ha blivit ertappad på bar gärning.

"Det där fotot togs för länge sen."

"Jag bryr mig inte om när det togs. Jag vill veta vad som händer på det, och varför det för helvete hänger på väggen mitt i ett sexrum."

Tomek lutade sig närmare för att granska bakgrunden på fotot och lät sedan blicken svepa över omgivningen.

"Fotot togs här", sa han. "Är det här någon sorts helgedom-slash-sexhåla?"

"Det är inte vad du tror." En rand av svett hade nu bildats i Gregory Chaplins hårfäste, och en fläck började synas kring kragen på borgmästarklädseln.

"Då får du förklara vad det är, för jag är rejält förvirrad."

"Det var bara en av våra kvällar!"

Våra kvällar. Tomek visste allt om dem.

"Det var en vardag", fortsatte Gregory. "Jag minns inte vilken. Det var maskerad... Herbert tyckte det skulle vara roligt att komma utklädd till hemlös..."

Kom utklädd till en av dem han hade lovat att hjälpa.

Tomek kände plötsligt ett sting av sorg för Aaron Howell-Jones och hans bror.

Gregory fortsatte. "Han var sjabbig, men det var vi allihop. Den kvällen... den kvällen... vi..."

"Tog kokain och låg med prostituerade?"

Ännu större chock syntes i Gregorys ansikte, om det nu ens var möjligt.

"Hur vet du om—?"

"Oroa dig inte", avbröt Tomek. "Jag vet allt om era små sex- och drogkalas. Hela teamet vet också. Jag kan tänka mig att det bara är en tidsfråga innan pressen får nys om det, och då vet hela stan."

"Mullen..." viskade Gregory. Om han försökte säga det tyst och dölja det för Tomeks öron gjorde han ett uselt jobb, för Tomek hörde varenda stavelse. Namnet bekräftade i stort sett Tomeks misstankar: att de sju gubbarnas kabal arbetade ihop och lutade sig mot varandra för att hålla sina smutsiga små hemligheter borta från offentligheten.

"Vem tog fotot?" frågade Tomek.

"En kvinna."

"Vad hette hon?"

Ett namn dök genast upp i hans huvud, men han väntade på bekräftelse.

"Någon östeuropeisk kvinna. Jag minns inte." Gregory tittade bort och knäppte med fingrarna, som om det skulle sätta fart på tankarna. "Ali... Allen... Alina! Alina nånting."

Bingo.

"Och vem mer vet om den här bilden?"

"Det är den enda kopian. Alina raderade den efter att ha skickat den till oss."

Med tanke på vad han lärt sig om Alina Zandecka den senaste veckan betvivlade han det starkt.

"Du har fortfarande inte sagt vad du gör här", sa Gregory Chaplin, med en aning stadga tillbaka i rösten. "Du gör dig skyldig till olaga intrång."

"Nej, det gör jag inte. Men när du nu är så bekymrad över varför jag är här, så låt mig förklara. Var var du natten till den femtonde januari?"

"Vilken natt var det?"

"En kall."

"Va?"

"Det var natten då Herbert Tucker, en av dina närmaste kollegor, dog."

"Åh..."

"Var var du?"

"Blir jag på allvar förhörd i samband med hans mord?"

Tomek sträckte sig efter fotografiet och tog ner det från väggen.

"Våra utredningar pågår", sa han långsamt. "Det här är en del av våra rutinfrågor. Du arbetade med honom i många år, eller hur?"

"Ja." Nu hade en del av stadgan försvunnit igen ur rösten. "Vi arbetade nära varandra. Men jag gillar inte vad du antyder."

"Jag antyder ingenting."

"Jo, det gör du. Du antyder att jag hade något med hans död att göra."

Tomek höjde handen i skenbar kapitulation. "Du, det var du som sa det precis."

Gregory grymtade och viftade ilsket med nävarna, som ett bortskämt barn som just fått ett nej. Tomek njöt av att få en vuxen man att krypa på det här sättet, innan kvinnan som sög hans penis hann göra det.

"Svara på frågan", sa Tomek. "Var var du natten då han dog?"

"Jag var på kontoret", frustade Gregory.

"Vilket kontor?"

"Mitt."

"Här? Eller i kommunhuset samtidigt som Herbert och hans kollegor?"

Gregory hade snubblat på orden, och båda männen visste det.

"Här. Jag var här, okej?"

"Med ännu en dambekant?"

Gregory sänkte huvudet skamset. "Kanske. Men jag betalade henne inte. Allt är frivilligt. De vill vara här."

Tomek kunde inte komma på någon som skulle vilja ligga med en fet, svettig medelålders man. Men så sneglade han på sig själv i en av speglarna och mindes att han själv inte var så långt därifrån.

"Jag behöver namn och kontaktuppgifter till kvinnan du tillbringade kvällen med."

"Jag tror inte att jag—"

"Du kan, och du ska."

"Men..." Gregory hejdade sig. Han visste att han inte hade något val.

"Vilken tid avslutade ni er kärleksnatt?"

Borgmästaren dröjde med svaret. "Det var runt midnatt. Kanske tidigare. Och sedan åkte jag hem."

"Till din fru?"

"Ja, till min *fru*."

Tomek la händerna bakom ländryggen. "Hur gick den konversationen?"

"Den gjorde inte det. Hon vet inte."

Tomek pressade ihop läpparna och väste mellan tänderna. "Det kan vara värt att berätta för henne innan hon får höra det från annat håll."

"Är det ett hot?" frågade Gregory och gick tätt inpå Tomek.

"Inte alls. Men du verkar kunna mycket om hot, Mr Chaplin. Var det det som hände Herbert? Hotade han dig men du hann före, eller var det tvärtom? Du kom med hotet och såg till att det blev verkstad?"

"Absolut inte! Du går långt över gränsen nu. Du har ingen rätt att anklaga mig för sådana befängda saker. Och om du inte har fler frågor tänker jag gå nu!"

Utan ett ord rafsade Gregory åt sig kläderna och resten av sina saker och gjorde sig redo att gå. När han tog i dörrhandtaget ropade Tomek honom tillbaka och pekade på en liten blisterkarta i aluminium som låg på fåtöljens armstöd. I den låg små blå piller.

"Jag tror du glömmer något", påpekade Tomek. "Men jag skulle inte rekommendera att du tar fler. Vi vill väl inte att samtalet med din fru ska bli ännu *hårdare* nu, eller hur?"

KAPITEL
TRETTIOSJU

Borta på stationen, när Tomek kom tillbaka, hade alla de andra medlemmarna i Southend Seven, inklusive Richard Stafford, redan blivit uppsökta och förhörda. Och det ansågs som en framgång, en samordnad attack som Nordkorea skulle ha varit stolt över. Nyheten om den komprometterande situation han hade hittat Gregory Chaplin i hade spridit sig snabbt, och strax efter att han kommit tillbaka hade alla i teamet skrattat och skämtat om det i allt av trettio sekunder, innan Nick satte stopp och beordrade alla in i insatsrummet för en genomgång. En chans att samla ihop allt medan det fortfarande var färskt i minnet.

Tyvärr var det enda som fortfarande var färskt i Tomeks huvud den outplånliga bilden av Gregory Chaplins erigerade penis. Han rös vid tanken när han klev in i det stora insatsrummet.

"Kom igen då," sa Nick och vallade in alla bakom sig från dörren. "Skynda för fan."

De sista att komma in var Chey och Rachel, som hade fått den briljanta idén att koka te åt sig själva inför mötet.

"Råkade ni ta med mer mat från din restaurang?" frågade Tomek den unge konstapeln.

"Det finns fortfarande lite kvar i kylen sen igår kväll."

"Bingo!" sa Tomek. "Jag älskar lite kallt ris dagen efter."

"Nej!" skrek Nadia, och var nära att ramla ur stolen när hon vred sig om mot honom. "Är du galen? Kallt ris? Man kan inte äta ris kallt efter att det har kokats!"

"Varför inte?"

"För att det tar livet av dig. Det är bakterier överallt. Du måste värma upp det *ordentligt* innan du kan äta det igen."

"Är inte det där en myt?" frågade han uppriktigt.

"Jag ska ge dig en jävla myt," sa Nadia, nu mer behärskat. "Hur kunde du inte veta det?"

Tomek ryckte på axlarna. "Jag har alltid gjort det. Har inte dödat mig än."

"Under inga omständigheter ska du äta kallt ris när det väl har kokats." Hon skakade på huvudet och blåste tungt genom läpparna. "Du är fyrtio jävla år gammal, Tomek. Jag kan inte fatta att jag måste lära dig sånt där som om jag var din förälder."

Tomek nickade mot bebisen som växte i hennes mage. "Bra övning för dig."

"Just det, för det är den första lektionen jag ska lära henne."

Nadia vände sig tillbaka i stolen och väntade på att Nick skulle starta mötet. Chefsinspektören dröjde kvar längst fram i rummet och stirrade ogillande på Tomek.

"Du fortsätter att förvåna mig, det gör du," sa han.

Tomek bugade skämtsamt. "Jag är här hela veckan. Utom lördag. Ledig på lördag. West Ham."

Men Nick hade slutat lyssna och flyttade blicken till namnen på whiteboardtavlorna. Under den kommande timmen gick teamet igenom den information de hade lyckats få fram från sina respektive misstänkta.

Kort sagt, ingen pratade. Ingen erkände något. Ingen hade haft något att göra med mordet på Herbert Tucker. De var alla hemma, sov djupt, nedbäddade i sängen. Om det verkligen var fallet, så pekade det i högsta grad ut två personer som medhjälpare.

"Förutom att jag såg långt mer än jag hade räknat med," började Tomek, "hittade jag också det här."

Han höll upp bilden som han hade tagit från sexrummet och pekade på Herbert Tuckers röda mun.

"Känner ni igen något? Likheten är kuslig. Det här togs för några år sedan av vår vän Alina Zandecka, under en kväll av njutning och underhållning hos Southend Seven. Det här, enligt Gregory Chaplin, är den enda kopian."

"Inte en chans," sa Martin.

"Precis vad jag tänkte. Jag tror också att den som mördade Herbert Tucker har sett det här fotot."

"Det snävar verkligen in kretsen," sa Nick. "Bra jobbat." Sedan vände han snabbt uppmärksamheten mot Chey, som var sist ut.

Konstapeln svällde av förtjusning.

"Det här vill ni höra!" sa han och kunde inte hålla tillbaka sin entusiasm. "Medan resten av er pratade med betongväggar sjöng Mr Colehill borta på fotbollsklubben som en kanariefågel. Eller pissade som en åttioåring, som jag brukar säga."

"Överraskad att du ens vet vad ordet betyder," kontrade Tomek.

"Du är halvvägs dit, farfar! Fast din panna hinner nog först!"

Tomek valde att låta kommentaren passera. "Vänta bara tills du är i fyrtioårsåldern. Du kommer ha njursten innan jag får problem med blåsan."

Det verkade tysta honom, sedan vände han sig mot Nick. "Som jag sa..."

"Sjöng som en kanariefågel..." avslutade chefsinspektören åt honom.

"Ja. Till skillnad från hur Tomek beskrev honom häromdagen var han pratglad. Och prata, det gjorde han. Han berättade faktiskt ett par ögonöppnande saker. Enligt James Colehill hade Herbert Tucker större drogproblem än vi först blev ledda att tro."

"På vilket sätt?"

"Han använde dem inte bara, han försåg andra med dem också."

"*Vad?*"

"Åh ja! Det blir bättre. Tydligen drev de fyra sin egen lilla drogring—"

"Vilka?" frågade Nick.

"Herbert, PFCC:n, borgmästaren och Richard Stafford."

Ett kort ögonblicks tystnad, tung av chock, fyllde rummet.

"Förklara," befallde Nick.

"Som jag förstått det var Richard den som stod för drogerna; självklart, med tanke på hans bakgrund. Samtidigt sa Gregory Chaplin och Herbert Tucker allt rätt utåt när det gällde, som att de skulle ta i med hårdhandskarna mot droger och skärpta straff för dem som ertappades med innehav och med langning. Men bakom stängda dörrar skickade de vidare instruktioner till PFCC:n."

"Vilken typ av instruktioner?"

"Att han skulle skära ner budgetarna för yttre polisarbetet, flytta fokus bort från insatser mot droger och bemanning i de områden där det var vanligast, till något helt annat, som bostadsinbrott eller biltillgrepp. De ville att gatorna skulle svämma över av skiten, pressa så mycket pengar ur pundarna och användarna som möjligt, vänta tills problemet löpte amok, och om de behövde en snabb PR-kupp, skulle de fixa problemet igen." Chey förde handen upp och ner som en sinuskurva. "Toppar och dalar. Toppar och dalar. Samtidigt stoppade de friskt i egen ficka."

Nick öppnade munnen för att säga något, men Chey avbröt honom och fortsatte.

"När jag gick igenom Herberts kontoutdrag såg jag till och med månadsvisa inbetalningar, antagligen arvoden, till Brendan Door, Gregory Chaplin och Richard Stafford."

Alla blickar vändes mot Nick som, i viss mån, hade en del att redogöra för. Polisarbetet i Southend var hans domän; han skulle vid något tillfälle ha godkänt budgetarna och kommit överens om strategi med Brendan.

"Jävlar," väste han.

Jävlar, verkligen, tänkte Tomek. Samma känsla stod skriven i kollegornas ansikten.

"Jag... det här såg jag aldrig komma..." sa han och sänkte huvudet. "Jag..."

Ingen sa något. Ingen visste vad de skulle säga. En främmande känsla för Tomek.

"Kan vi bevisa något av det här?" frågade Nick.

"Vi kan ifrågasätta betalningarna, ja. Men som med mycket sånt här är det osannolikt att det finns spår om vi inte hittar något på Tuckers laptop – mejl, meddelanden, den typen av saker."

Det enda problemet var att it-forensikerna fortfarande granskade politikerns hårddisk. Och det skulle dröja ytterligare en vecka eller så innan de hade gått igenom allt.

"Okej," sa Nick, försjunken i sina tankar. "Men vad är motivet i allt det här? Om Herbert Tucker betalade månatliga arvoden till PFCC:n, hur leder det till hans död?"

Chey tystnade, funderade. "För att betalningarna upphörde, ungefär samtidigt som de också upphörde till Alina Zandecka och Terrence Toffolo."

"Så han stängde av pengakranen, och då hämnades någon?"

"Verkar så, chefen."

Tomek satt tålmodigt och lyssnade, vände och vred på informationen i huvudet. Innan han hann fokusera ordentligt harklade sig Chey.

"Det finns mer..." sa han teatraliskt.

"Mer?"

"Japp. Vilken vill ni ha först?"

"I den ordning du hörde det," svarade Nick, trots att alla i rummet hade öppnat munnen för att säga sitt.

"Nåväl." Chey harklade sig. "För det första, enligt James Colehill, har vår Police, Fire and Crime Commissioner, mr Brendan Door, legat med Herberts fru, Nora, under lång tid. Och för det andra sägs det att Richard Stafford vet något om Herbert Tucker som ingen annan vet. Något som han tydligen tänker ta med sig i graven..."

KAPITEL
TRETTIOÅTTA

L ördag. Tomeks lediga dag. Den första på vad som kändes som
lång tid.

Det var också matchdag. Hans första på vad som kändes som ännu
längre tid.

Men för Kasia var det den första i hela hennes liv.

Och under de kommande tjugofyra timmarna hade han lovat att inte
tänka på Herbert Tucker, Alina Zandecka, Gregory Chaplin eller tjejen
som hade legat med ansiktet ner i hans knä (fast henne hade han inte nämnt
när han gav sitt löfte). Kasia hade hans odelade uppmärksamhet hela dagen,
och det tänkte han inte förstöra. Att gå på en West Ham-match, hans
favoritlag, var en speciell dag för honom. En dag för att knyta band.

Om hon förstod vidden av det kunde han inte säga säkert. Men han
hoppades att hon åtminstone skulle ha haft roligt när dagen var slut.

När de gick in på arenan köpte Tomek ett matchprogram och en vinröd
och himmelsblå halsduk i ett stånd åt Kasia.

"Nu matchar vi", sa han och höll upp hennes mot sin.

"Måste jag ha på mig den här?"

"Om du vill ha middag i kväll, ja."

Motvilligt tog hon halsduken från honom och virade den runt halsen
och såg till att stoppa in så mycket som möjligt av den i kappan. Sedan, när
de började gå mot sina platser, räckte han henne matchprogrammet.

"Där står vilka alla deras spelare är", sa han.

"Jag vet vilka de är", svarade hon. "Jag kollade upp dem på nätet."

Det påminde honom. Han tog fram mobilen och öppnade William Hills spelapp. Precis när han skulle ladda appen dök en avisering upp längst upp på skärmen. Ett meddelande. Från Abigail.

Har inte hört av dig på ett tag. Är allt okej? Tänkte om vi kunde ...

Tomek var svårt frestad att peta på aviseringen med sitt knubbiga finger och läsa resten av meddelandet, och kanske knappa in ett svar, men så påmindes han om Kasia och löftet till sin dotter. När aviseringen hade försvunnit öppnade han spelappen, hittade West Ham-matchen och lade tio pund på att de skulle vinna. Inte fantastiska odds på 18/10, men de var favoriter. Och åtminstone skulle han nästan dubbla sina pengar.

Nej. Han *skulle* nästan dubbla sina pengar. Det var han säker på. West Ham mot Manchester United – hemmalaget i fin form, det andra med problem på och utanför planen, och ett av dem var nederlagstippat. I hans huvud kunde det bara finnas en vinnare, och det var hans älskade Hammers.

De kom till sina platser och slog sig ner trots kylan. De var en halvtimme tidiga och redan började arenan fyllas. En enorm uppslutning till en stor match. Tomek kände hur stämningen på arenan började gunga.

"Vem tror du gör mål för oss?" frågade Tomek henne medan han lade klart sitt första spel.

Kasia bläddrade i matchprogrammet innan hon svarade.

Till slut sa hon: "Bowen", och pekade entusiastiskt på ytterns namn.

"Undrar varför ..."

"Är vi släkt med honom?"

Tomek ryckte på axlarna. "Inte vad jag vet. Vi kan vara det."

"Mr Hendricks säger att vi alla är släkt på något sätt."

"Varför säger han det?"

"Tydligen menar någon snubbe att det finns en genetisk isopunkt som betyder att vi alla härstammar från två personer långt tillbaka i historien."

"Just det", nickade Tomek. "Jag antar att vi alla är släkt på något sätt."

"Har vi någon känd i vår släkt?" frågade Kasia.

Hon var förvånansvärt pratsam för en kall januarieftermiddag, i en obekant miljö och en ovan upplevelse, men det hade han inget emot. Kanske var det hennes sätt att låta honom veta att hon hade det bra.

"Jag tror att den mest kända vi haft i släkten var en gammelfaster – *min* gammelfaster. Jag vet inte vad hon blir till dig."

"Vad gjorde hon?"

"Hon var kriminell. Hon rånade en juvelerarbutik en gång, hemma i Polen."

"Oj."

"Ja. Hon dog några år innan du föddes, tror jag."

"Är det ärftligt?"

"Vadå? Att bli skjuten i huvudet? Jag tror att du klarar dig."

Kasia spärrade upp ögonen. "Hon blev skjuten i huvudet! Varför?"

"Hämnd. Så som jag förstått det var hon inte någon särskilt trevlig kvinna, och hon hade gjort någon förbannad några år tidigare och sedan kom de för att avsluta jobbet."

"Wow."

"Ja. Så var försiktig med vem du gör förbannad i livet."

Med den där oroväckande visdomen snurrande i huvudet sjönk Kasia ner i sin stol och sa ingenting. Men tystnaden blev kortvarig, och några minuter senare klev lagen ut på planen och matchen drog i gång. Sedan, under de nästa nittio minuterna plus tilläggstid, flög alla tankar på kriminella gammelgammelfastrar och kulor i huvudet ut genom fönstret, medan de såg West Ham hålla fast vid en 1–0-seger, där Jarrod Bowen gjorde matchens enda mål. Efter slutsignalen ljöd ramsan "Bowen's on fire, your defence is terrified" till musiken från Galas "Freed From Desire" över arenan. Tomek kom på sig själv med att stämma in, skandera högt och ryckas med i alltihop.

"Så pinsamt", sa Kasia när de började lämna sina platser.

"Vadå? Jag är het, eller hur?"

"Det var inte du som gjorde målet."

"Nej. Jag menar mer i största allmänhet. I livet."

Hennes min sa att hon ville säga "Vad fan pratar du om, pappa?" men i stället valde hon den barnvänliga varianten.

"Du är så konstig ibland."

"Allt ingår i att vara förälder. Det står i regelboken: Skäm ut ditt barn så mycket som möjligt."

"Jaa ... visst ..."

"Dessutom vann jag mina spel, eller hur? *Nu* är jag het."

"En del av de där pengarna borde vara mina."

Sant.

"Det får bekosta din hämtmat i kväll, varsågod."

Strax efter att de lämnat sina platser sveptes de snabbt med i havet av fans som ivrade efter att lämna arenan och ta sig hem så fort som möjligt.

Precis när de kom ner för den lilla trappan som ledde ut i huvudstråket sa Kasia att hon behövde gå på toaletten, så Tomek väntade på henne på andra sidan. Medan han stod där och lutade sig mot väggen tog han upp mobilen och sneglade på aviseringarna. Under matchen hade han fått ytterligare två meddelanden från Abigail. Båda sa samma sak.

Hoppas att jag inte har gjort något som upprört dig ...
Vill inte att du ska tro att jag är klängig eller påträngande ...
Tomek tyckte inte det. Det hade han upplevt förut, i extrem form, och det här var inte alls likt det. På sitt sätt var det lite rörande. Att hon var seriös och mån om relationen och om att lära känna honom. Nu var det bara hans tur att göra detsamma. Bara han fick ordning på sina prioriteringar.

På tal om prioriteringar. Var var hon?

Det hade gått minst fem minuter och det syntes fortfarande inget av Kasia. Han stoppade ner mobilen i fickan och började vada genom folkmassan, kämpade sig förbi muskler och valkar på medelålders män med alkoholstinkande andedräkt som skrek honom rakt i ansiktet. Plötsligt kände han inte euforin och segeryran lika starkt som för några minuter sedan.

Som tur var blev den milda paniken kortvarig, för där, ut ur toaletten, sida vid sida med en annan tjej, kom Kasia. Tomek kände igen tjejen som följde med henne men kunde inte placera ansiktet.

"Pappa, kommer du ihåg Yasmin?" frågade Kasia.

Yasmin. Yasmin. Tomek lät namnet gå några varv i huvudet. Sedan, när hon såg upp på honom och hennes vuxnare drag kom fram, kände han igen henne. Yasmin. Tjejen från stranden före jul. Hon som var där den kvällen då Nicks dotter blev överfallen.

"Yasmin. Ja, klart jag minns dig. Hur är det? Är du här själv eller med någon?"

"Jag är här med mina föräldrar." Hon vände sig om och pekade på en gestalt på andra sidan folkmassan. "Min mamma väntar på mig."

Kasia vinkade snabbt och lite stelt hej då. När hon vände sig mot honom var hennes kinder röda.

"Vilket sammanträffande det var!" sa Tomek.

"Hennes mamma och pappa har säsongskort."

"Jag antar att om du har en kompis som kommer så blir du mer sugen på att gå på hemmamatcherna nu, va? Och inte bara för att din käre gamle pappa bad dig."

Kasia sa inget när de anslöt till floden av människor och tog sig ut från arenan.

När de klev på tunnelbanan sa Tomek: "Middag i kväll då. Har du bestämt vad du vill ha?"

"Kinesiskt. Jag är verkligen sugen på kinesiskt."

Självklart. Det var hennes favorit. Och oftast det dyraste. Tur att herr William Hill stod för notan.

KAPITEL
TRETTIONIO

B atterisyra fräser i min brors ögon. Regnet piskar mot hans ansikte, bubblar när det kolliderar med syran.

Eller så är det inte så. Jag vet inte.

Men det jag vet är att det finns två mördare. Två mördare som står över min bror när jag kliver in på fältet där jag ska möta Michał.

Två mördare som flydde från platsen. Men inte innan jag fick en skymt av en av dem.

I den här stirrar jag rakt på Nathan, mördaren som greps för Michałs mord, medan den andra är suddig, fast i bakgrunden. Jag vill sträcka ut handen och dra fram honom i ljuset men ingenting händer. Han rör sig inte.

Men Nathan...

Den där lilla fittan stirrar mig rakt i ögonen; ansiktet fullt av hot och ondska, hatet ligger i hans blick.

Han har en svart träningsoverall. Adidas, tror jag. De tre ränderna. Han har en luva men han har den inte uppe. Inte för att han behöver den, för det regnar egentligen inte. Regnet finns egentligen inte. Jag vet att det inte gör det, men av någon anledning fortsätter det att dyka upp.

Men Nathan verkar inte bry sig oavsett vilket.

Nathan är femton. Fyra år äldre än jag, två år äldre än Michał. En av de äldsta i skolan. Han har smala axlar och en ännu smalare, gängligare kropp. Han vill tro att han är en av de hårda ungarna, från något betongområde. Han vill tro att han äger skolan varje gång han kliver in, men *det gör han inte. Hans tjocka, rufsiga svarta lugg piskar och svajar i vinden, och munnen öppnas till ett snett leende som blottar hans vidriga tänder – tänder som förmodligen inte har borstats på veckor. Händerna och jackan är neddränkta i blod, och när han drar undan en hårslinga från ansiktet, smetar han lite på kinden.*

Michals blod. Min brors blod.

De har slaktat honom. Dödat honom. Fullständigt massakrerat honom.

Och jag kommer aldrig att förlåta dem. Jag kommer aldrig att förlåta dem för vad de har gjort.

Jag önskar att vi hade dödsstraff. Jag önskar att de hade kunnat dömas till döden. Hängas för sina brott. Få en giftinjektion eller den elektriska stolen.

Dödade, utplånade från planeten. På samma sätt som de hade gjort mot Michal.

Men i stället har de fått en ny chans.

Nathan fick trettio år.

Den andre... Charlie, *ja, var fan han än är, hoppas jag att han lider, som han förtjänar.*

Han förtjänar batterisyran i ögonen.

Tegelstenarna i ansiktet.

Jorden i munnen.

Knivhuggen i magen och bröstet.

Stympningen av hans penis.

Han förtjänar alltihop. Varenda uns av smärta han hade tillfogat Michal, förtjänar han tiofalt tillbaka.

KAPITEL
FYRTIO

Tidningen *Southend Echo* hade ett litet kontor på andra våningen i hjärtat av Basildon, i en trist, grå byggnad som inte hade ändrats på något sätt sedan den ursprungliga uppfördes på åttiotalet. Det fanns inga fönster från golv till tak, inga moderna paneler, inget som antydde att den hade byggts före sin tid. Den var deprimerande att se på utifrån, och Tomek hoppades att insidan var en nyans ljusare.

Han hade fel.

Insidan var lika dyster och grå som utsidan och påminde honom om hans klassrum från nittiotalet. I receptionen möttes de av en medelålders kvinna som såg ut som att hon borde ha arbetat på ett bibliotek snarare än på en tidningsredaktion. Tomek och Rachel presenterade sig och förklarade att de var där för att träffa John Mullen, och—

"Har ni en bokad tid?"

"Nej", svarade Tomek med ett spydigt leende. "Vi behöver ingen."

"Jag är rädd att ni måste ha det. Herr Mullen är en väldigt upptagen man."

"Det är vi också", svarade Rachel med samma självrättfärdiga triumf som ett barn som just fått rätt.

Innan receptionisten hann svara frågade Tomek: "Jobbar Abigail i dag?"

"Vad har det med—?"

"Gör hon det?" pressade Tomek.

"Ja, hon—"

"Utmärkt. Jag ska prata med henne. Jag har ett möte med henne."

Tomek vände sig bort från kvinnan, gick genom dörren som var märkt *Southend Echo* med feta bokstäver och fortsatte sedan nerför en lång korridor med en lila heltäckningsmatta som var minst trettio år gammal, möjligen äldre.

"Jag antar att det har sina privilegier att ligga med en av tidningens skribenter", konstaterade Tomek.

"Utöver de uppenbara."

"Anar jag en gnutta svartsjuka, kriminalassistent Hamilton?"

"Bara för att jag är gay betyder det inte att jag tycker att varenda kvinna där ute är attraktiv. Lika lite som du skulle tycka att varenda man är det om du var gay. Men ja, jag tycker att du slår *rejält* över din viktklass med den där."

Tomek höjde ett ögonbryn. "Var inte rädd för att säga vad du tycker nästa gång, okej? Jag är en stor pojke, jag klarar det."

"Var försiktig med vad du önskar dig, sergeanten", svarade hon med ett fräckt leende.

Till slut kom de fram till slutet av korridoren och ut i en liten öppen yta där sex personer satt hopkrupna över sina skrivbord, en vägg av datorskärmar och kablar hindrade dem från att se varandra. Ljudet av febrilt knappande var öronbedövande. I andra änden av rummet fanns ett litet kontor med John Mullens namn på i samma typsnitt som de hade passerat på vägen in.

Tomek ignorerade medarbetarna, och Abigail, som satt med ryggen mot honom längst bort vid raden, och gick rakt mot John Mullens kontor.

Han hann bara ta några steg innan hon fångade honom i ögonvrån och svängde runt på stolen, ansiktet fullt av överraskning och förtjusning.

"Tomek! Vad gör du—?"

"Förlåt", sa han och avbröt henne på studs. "Jag pratar med dig sen. Först måste jag ta tag i något."

Efter Cheys avslöjande hade ett samtal med John Mullen blivit högsta prioritet. Detsamma gällde Brendan Door, PFCC, men Nick hade sagt att han skulle ta den bollen. Och detsamma gällde även Richard Stafford. Det enda problemet var att teamet hade svårt att hitta den misstänkte narkotikasmugglaren. Enligt uppgifter hade han flugit till sin villa i soliga Spanien och de kunde inte utlämna honom eftersom det inte fanns några åtalspunkter utan tillräckliga bevis.

Just nu.

John Mullen däremot var ett lätt byte. Och Nick hade bett att Tomek skulle tala direkt med honom. En sergeant, någon med auktoritet. Det hade varit svårt att inte tänka på Sean när han fick veta det, men ögonblicket av medkänsla varade bara några sekunder innan han tog på sig polisrollen igen och gav sig av med Rachel.

Tomek knackade på dörren till John Mullens kontor och väntade. Den fyrtionioårige mannen öppnade dörren några sekunder senare.

"Vilka är ni?" fräste han, tonen drypande av indignation.

"Vänner", svarade Tomek och höll upp sin polisbricka framför mannens ansikte. "Vi menar dig inget ont."

Inte fysiskt, i alla fall.

Motvilligt insåg John Mullen att han hade lite att säga till om och klev åt sidan. Rachel gick in först, följd av Tomek. Det fanns inga stolar i rummet förutom den som hörde till redaktören, vilket gjorde att Tomek och Rachel blev tvungna att stå, något som Tomek inte hade något emot. Mer pondus för honom, ett mer skrämmande uppträdande; en närvaro som kanske kunde locka fram en särskild liten bit information eller klokskap.

En stund senare började Tomek. "Vi ville prata med dig angående Herbert Tucker, och—"

"Jag har redan berättat allt jag vet för er häromdagen."

"Tyvärr har vi skäl att tro annat."

John Mullen flätade ihop fingrarna och fick ett tankfullt uttryck.

"Det har kommit till vår kännedom att du under en tid har hållit vissa saker om Herbert Tucker borta från pressen."

"Hur då?"

"Ett vittne."

"Vem pratade?" sa Mullen snabbt, och hejdade sig lika snabbt.

"Ingen pratade, herr Mullen", ljög Tomek. "Våra högt ärade kollegor lyckades bända ur dem information."

"Tro inte att det där kommer funka på mig."

Rachel och Tomek sneglade på varandra. "Så gulligt", sa Tomek till henne. "Det säger de allihop."

"Det gör de, sergeanten. Du har rätt."

Tomek tog ett steg fram.

"Det är faktiskt inte därför vi är här, John. Vi är här för att diskutera några andra saker."

Vecken i pannan blev djupare när oron steg.

"Vi undrade om du kunde ge oss lite mer information om hans dotters missbruk."

Johns pupiller smalnade, huvudet lutade åt sidan.

"Vad vill ni veta om det?"

"Hur mycket du fick betalt för att hålla det hemligt."

"Jag fick inget betalt."

"Jaså? Hur förklarar du då det här?" Rachel ställde sig framför honom och räckte John ett A4-dokument. Längst upp fanns en enda rad med celler. I den första stod Johns namn, sedan hans personliga bankuppgifter, clearingnummer och kontonummer, datum för transaktionen och till sist beloppet.

"Vill du förklara det här?"

"Det var... jag var... Det var ett konsultarvode."

"Fyrtio tusen pund är mycket pengar för konsulttjänster. Vad anlitade han dig för?"

"Hans politiska ställningstaganden", svarade John och log som om han var stolt över att ha kommit på det i stunden. "Han behövde veta hur hans åsikter och tal skulle se ut ur ett PR-perspektiv."

"Så du gav honom råd?" frågade Tomek.

"Ja."

"Sa du någonsin åt honom vad han skulle säga?"

"Ibland."

"Är det tillåtet? Det låter lite som manipulation i mina öron. Låter också som att den här mannen inte hade en egen tanke i huvudet."

"Jag..."

"Störde det dig överhuvudtaget?"

John skakade långsamt på huvudet. "Det var så han var. Vi hade alla lärt oss att acceptera det."

"Vi?"

Tomek njöt av det här. Mannen snubblade över orden. I den här takten kunde han mycket väl erkänna mordet innan samtalet var över.

"Bara... bara vi här. På tidningen."

"Ingenting att göra med Gregory Chaplin, Richard Stafford, Brendan Door, Anthony Arnold, James Colehill eller Terrence Toffolo?"

John sa ingenting på ett tag, utan satt bara obekvämt och vred och vände på namnen i huvudet. Ett tic började i hans högra öga.

"Jag känner inte till något av de namnen."

"Jaså? Inte ens borgmästarens? Det verkar märkligt. Var inte ni två tillsammans i helgen?"

"Åh. Just det. Jo. Jag känner dem i professionell bemärkelse."

"Men inte privat?"

"Det skulle jag inte säga, nej."

"Så du vet ingenting om herrklubben Southend Seven på Richmond Avenue?"

Johns ansikte blev en nyans blekare.

"Eller fotot som hängde på väggen i ett av rummen?"

Ännu en nyans.

När Tomek drog fram en utskriven kopia av fotot ur fickan och visade det för mannen, försvann all färg från hans ansikte.

"Var du där när det här fotot togs?"

"Jag... öh..." John harklade sig, grep en plastmugg med vatten från skrivbordet och drack. Mannen höll på att förhala, det syntes tydligt, men det spelade ingen roll om han drog ut på det i tio minuter eller tio timmar; det som betydde något var vad som kom ut ur hans mun härnäst. Alla fem – advokaten, borgmästaren, PFCC:n, John och narkotikasmugglaren – höll tyst och såg till att hålla igen munnen. De visade sig vara svåra nötter att knäcka. Men någon av dem skulle börja prata till slut. Och Tomek ville vara där när det hände.

"Jag vet ingenting om den bilden", svarade John. "Är jag gripen?"

"Inte om du inte vill att vi ska gripa dig?"

"Då tänker jag inte säga något mer."

Tomek lämnade bilden på bordet och stoppade händerna i fickorna.

"Vi har fortfarande några frågor vi vill ställa, så det tänker vi göra."

John fnös.

"Hur ofta går du till Southend Seven?"

Mannen sa ingenting utan satt där med sammanpressade läppar, som för att understryka sin poäng.

"Varje vecka? Varje dag?"

Ingenting.

"Vet din fru att du går dit?"

Spänningen i hans läppar lättade något.

"Vet hon vad du har för dig? Vet hon vem som tog fotot?"

Lösare, lösare.

"Vet hon om drogerna?"

Lösare, tillbaka till normalt nu.

"Vet hon var du var natten då Herbert Tucker dog? Kan hon styrka det, eller behöver vi ta den här diskussionen i en mer formell miljö? Eller behöver hon att vi berättar vad du ägnar dig åt?"

"Okej! Håll käften, för fan. Sluta prata. Nej, hon vet inte, okej? Och jag vore tacksam om ni höll det så."

"Det enda sättet hon skulle få veta på är om det läckte ut i pressen, men med tanke på att du äger den här tidningen och att du inte behöver betala för din egen tystnad, antar jag att du klarar dig. Men om du åker dit för Tuckers mord, kan jag tänka mig att alla de där hemligheterna, och gud vet vad mer, börjar sippra ut."

"Jag hade inget med Herberts död att göra. Jag var förkrossad när jag fick veta det. Ärligt talat."

Det var precis vad någon som inte var ärlig skulle säga.

"Vet du vem som gjorde det?" frågade Rachel.

Mannen skakade ivrigt på huvudet. "Jag önskar att jag gjorde det. Men det gör jag inte. Förlåt."

"Kan du berätta något alls?"

"Jag har redan berättat allt jag vet för er häromdagen."

"Det där är en lögn, visst är det, John, och det vet du?"

"Va— va—? Jag förstår inte."

"Herberts dotter knarkade och du höll det borta från offentligheten, eller hur?" fortsatte Rachel. "Hur mycket betalade han dig för det? Var det ännu ett av dina konsultarvoden? Ytterligare fyrtio tusen pund in på kontot för att hålla tyst?"

"Jag säger ingenting", sa han. Men genom att säga det hade han så gott som bekräftat sin skuld. Han hade tagit emot mutor i utbyte mot tystnad.

Vilket hade varit ett återkommande tema för nästan alla de hade pratat med. Allt hade kokat ner till pengar. Och med en man med så mycket inflytande och makt var det ingen brist på utbud.

Inte heller var det någon brist på efterfrågan.

KAPITEL
FYRTIOETT

På väg ut från John Mullens kontor drog Tomek Abigail åt sidan och förklarade att, trots vad hon fått för sig, hade han inte ignorerat henne, och att han hade en dotter som han behövde ta hand om. Kasia var hans prioritet, och Abigail visade stor förståelse i frågan och bad sedan om ursäkt för att ha verkat kontrollerande och kvävande. Mot slutet av samtalet luftade Tomek idén att de kunde ses följande helg, kanske på en av de kommande hemmamatcherna.

"Skojar du? Jag har hållit på West Ham hela livet. Jag skulle *älska* att följa med!"

Det var en dejt. I kalendern. Något att se fram emot.

Tyvärr gällde inte samma sak för hans eftermiddag. Så fort han var klar med John Mullen var nästa person på listan att tala med Brendan Door, polis-, brand- och brottskommissionären i Southend. Med sig hade han Nick.

Kommissarien var synbart nervös. Han gick av och an, skiftade tyngd från ena foten till den andra när han inte gick av och an, och kliade sig i nacken nästan oavbrutet medan de väntade på att Brendans sekreterare skulle släppa in dem.

"Är det lugnt, chefen?" frågade Tomek.

"Ja," svarade Nick skakigt. "Det är bara... det är svårt, du vet."

"Försök att inte tänka på det."

I vanliga fall skulle Nick, på ett sådant uttalande, ha suckat, gett Tomek en bister blick och slängt ur sig någon svordomspepprad kommentar om att han minsann inte hade tänkt på det själv, men nu kom ingenting. Inte ens en antydan till utandning. Som om hans chef var trasig.

Några ögonblick senare öppnades dörren till Brendans kontor och ut steg en stor, överviktig man med vikande hårfäste som såg ut som om mycket pengar hade lagts på att förbättra det, men bara marginellt. Ögonen var djupt liggande, och han hade ett par tjocka glasögon upptryckta i pannan. Han bar en dyr, mörkblå kostym som hängde för långt ner över axlarna och en slips vars knut lämnade den översta skjortknappen blottad med god marginal. Helheten såg ut att vara inköpt med framtiden i åtanke, som om hans mamma hade köpt den åt honom i hopp om att han en dag skulle växa i den.

"Jag ser att du har tagit med dig förstärkning den här gången, Nick," sa Brendan med djup, sträv röst.

"Du behöver inte göra det här lika svårt som förra gången."

"Gå ut ur mitt kontor så har vi inget problem."

Tomek kände att ett bråk var på väg. Han kände hur adrenalinet började bubbla inuti.

Länge sa ingen något medan Nick och Tomek väntade på att Brendan skulle spricka. Och efter några sekunder gjorde han det till slut. Tyrannen till man vände dem ryggen och skyndade in på sitt kontor. Nick var tätt efter honom och fångade dörren innan den slog igen i ansiktet på honom.

"Du vet, allt det här beteendet antyder bara att du har något att dölja," kommenterade Nick. "Det inger mig inte direkt förtroende."

"Vilka bevis har du mot mig?" frågade mannen medan han slog sig ner på skrivbordsstolen.

"Inga som fäller dig. Bara några märkliga betalningar som du behöver förklara, men ing—"

"Så jag är skyldig genom samröre, är det så?"

"Och mer därtill," sa Tomek, oförmögen att hålla sig. Där var den där stora käften igen.

"Ursäkta?" skällde Brendan. "Vem fan är du?"

"DS Tomek Bowen, herr Door."

"Nåväl, DS Bowen, håll käften för helvete och låt de två högst rankade männen i den här avdelningen reda ut det här."

Adrenalinet steg.

"Med all respekt, herr Door, just nu är du misstänkt i en mordutredning. Din trovärdighet, din rang och din status har flugit ut genom fönstret. I mina ögon gör det dig lika låg som några av dem vi griper dagligen."

"Jag är inte som råttorna där ute. Jag har ett fint hem och en fin bil. Jag är en mäktig, inflytelserik man."

"Och du tycker att det ger dig rätt att förstöra liv och döda någon?"

Brendan reagerade inte. Åtminstone inte direkt. Men när han väl gjorde det flög han upp ur stolen och stormade fram mot Tomek. Han tvärstannade några centimeter ifrån honom, med knuten näve höjd, och andades tungt genom näsan.

"Gör det," bönade Tomek och låste blicken i kommissionärens. "Snälla. Jag ber dig. När vi väl tar dig för misshandel, vem vet vad mer vi kan hitta?"

Dilemmat spelade i Brendans ansikte. Tappa det, eller låta bli. Tappa det, eller låta bli. Till slut sänkte han näven och sa: "Nick, är den här lilla skitungen alltid sån?"

"Tyvärr, ja. Men det är delvis det som gör honom till en av de bästa snutar jag har känt. Så jag tänker be dig att backa bort från honom och svara på våra frågor."

Motvilligt backade mannen bort från Tomek, med blicken låst, och klev in i utrymmet mellan dem och skrivbordet.

"*Gowniaki*," viskade Tomek.

Översättning: Liten skitunge.

Om kommissionären förstod det, syntes det inte i hans redan rasande min.

"Så," började Nick när stämningen hade jämnat ut sig något. "Herbert Tucker. Hur länge har du känt honom och arbetat med honom?"

"Femton år."

"Arbetat med honom eller känt honom?"

"Både och."

"Bra. Och i vilken roll arbetade ni två tillsammans?"

"Jag sprang först på honom när han startade sitt fastighetsbolag. Han hade just byggt en liten by av hus i Rawreth, men han klagade på att folk bröt sig in och vandaliserade hemmen. Så han kom till mig när jag var ansvarig för trygghet och brottsförebyggande arbete i kommunen, i hopp om att jag skulle kunna göra något åt det."

"Och gjorde du det?"

Brendan ryckte på axlarna. "Jag tog ett snack med en polissergeant i området då och bad honom skicka några fler uniformerade patruller dit då och då, bara för att verka avskräckande."

"Så du hamnade snabbt i hans ficka?"

"Inte alls."

"Vad är det då med pengarna?" Nicks röst förblev lugn, vilket var en överraskning med tanke på att minsta lilla störning brukade få honom att tippa över kanten.

"Vilka pengar?"

"Spela inte dum. Du är en intelligent man. Du vet hur vi arbetar. Du vet att vi kan ta reda på saker hur lätt som helst. Vi har sett betalningarna. Vi behöver bara att du bekräftar vad de är för."

"Om ni redan har hittat dem, borde ni redan veta."

Nick sa ingenting.

"Och om det är så, vad väntar ni på då?" Brendan sträckte fram händerna, handlederna ihoptryckta. "Gripa mig. Kör på. Gripa mig."

Varken Tomek eller Nick rörde sig. De satt fast, oförmögna att göra något. Allt de hade som antydde att Brendan Door hade fått betalningar från Herbert Tucker för att öka narkotikahandeln i staden var ett vittnesmål. Det fanns inga hårda bevis, inget konkret som visade att han hade gjort något olagligt och omoraliskt. Och det visste Brendan.

"Nehej? Ni vill inte gripa mig? I så fall kan ni gå."

När Brendan vände dem ryggen sa Tomek: "Namnet Richard Stafford betyder ingenting för dig, eller hur?"

Brendan stannade halvvägs i vändningen, mungiporna drog sig till ett snett leende. "Självklart gör det det. Han är en hemsk man som har gjort hemska saker."

"Du råkar inte veta något om fotot som hänger på väggen på Southend Seven, va?" frågade Tomek. "Det där där du är i bakgrunden, stående bredvid en man som heter Richard Stafford?"

Brendan dröjde ett ögonblick medan han frammanade bilden av fotografiet i sitt sinne. Tomek hade ljugit; ingen av männen var i bakgrunden, men det struntade han i. De nästa orden som kom ur Brendan Doors mun skulle på något sätt avgöra hans skuld.

"Bra försök," svarade mannen. "Ingen av oss är med på fotot."

Tomek kunde inte dölja flinet. "Men du vet vilket foto jag syftar på, och du vet vilken klubb jag syftar på, och du vet vem jag syftar på."

"Jag..."

"Vill du förklara hur du känner till det? Förstår du, vi vet mycket om klubben, och vi vet mycket om din relation till Richard Stafford också."

"Om det verkligen var så, så hade ni gripit mig vid det här laget."

Tomek kunde inte tro sina öron. Polis-, brand- och brottskommissionären hade just medgett, medvetet eller ej, att han var aktivt inblandad i en kriminell relation med en narkotikasmugglare.

"Men som jag sa tidigare, ni har inga fysiska bevis för någonting. Allt är bara hörsägen. Allt är skitsnack."

Nick öppnade munnen för att tala, men Tomek hann före.

"Klubben," började han, "berätta mer."

"Som jag sa förut, det verkar som att ni redan vet allt som finns att veta."

"Inte riktigt. Var det där Herbert fick reda på din affär med hans fru, eller hände det någon annanstans?"

Brendan tittade ner i golvet och upp igen. "Mitt privatliv har inget med Herbert Tuckers död att göra."

"Det har det när du låg med hans fru. Fick han reda på det och hotade att stoppa betalningarna? Eller hotade han att gå till John och Echo? Men du kunde inte riskera att få ditt rykte skadat, så ni två gjorde er av med honom på något sätt?"

Brendan fnös. "Mitt rykte var aldrig i fara att skadas."

"Jaså. För du är för mäktig och inflytelserik för att något sådant någonsin skulle nå offentligheten, eller hur? Så kanske du dödade honom av girighet? Du var inte nöjd med att Tucker ströp investeringsfonden och ville ha någon sorts hämnd?"

"Tror du verkligen att jag är så småsint? Jag har egna pengar, jag behöver inte hans."

"Så du medger att Herbert Tucker skickade dig månadsvisa utbetalningar för något han inte borde ha gjort?"

"Nej. Det är det sista jag säger. Ni kan fortsätta försöka snärja mig med mina egna ord, men det kommer inte att funka. Jag har varit i det här spelet väldigt länge, längre än din chef här, och jag kan varenda trick i boken."

Utan att säga något vände Nick Brendan ryggen och började gå ut ur rummet. Tomek kände sig tvungen att följa efter. När Nick nådde dörren lade han handen på handtaget och sa till Brendan: "Jag har aldrig känt mig mer besviken och äcklad av hela polis- och politiska systemet än jag har gjort de senaste dagarna. Och du är en av anledningarna. Jag hoppas, oavsett vad den här utredningen landar i, att du gör det anständiga och avgår. Du är en jävla fläck på den här staden, Brendan. Och jag ser fram emot att aldrig behöva arbeta med dig igen."

KAPITEL
FYRTIOTVÅ

Tomek hade känt en plötslig våg av eufori och hade velat ge kriminalkommissarien en high five i samma stund som de lämnade byggnaden, men Nick hade genast stoppat honom. Han hade sagt att a) det fanns ingen anledning att bli uppspelt, och b) det fanns en inneboende risk att Brendan Door stod och glodde på dem genom fönstret, som ett övergivet barn som ser sina föräldrar gå sin väg.

Inget av det, enligt Tomek, stämde.

För det första fanns det all anledning att vara uppspelt. De hade kommit Brendan Doors under skinnet, hittat en spricka i hans fasad och kilat sig fast därinne. Det kanske inte kändes så, men Tomek var säker på att det snart skulle spricka upp helt och hållet. Och för det andra, vem brydde sig om han tittade? Det skulle bara irritera honom ännu mer.

Tyvärr såg Nick ingen bäring i Tomeks motargument, och även efter att de kommit in på stationen vägrade kriminalkommissarien fortfarande en high five. För att mota bort pinsamheten gick Tomek fram till närmaste person vid ett skrivbord och höll upp handen framför ansiktet på honom.

"Vad fan ska jag göra med det där?" frågade Chey. "Vad är det du visar mig?"

"Ge mig en high five, ditt pucko."

"Det finns bara ett fåtal tillfällen då jag följer en vuxen mans order att slå till något, och det här är inte ett av dem."

Tomek undrade vilka andra tillfällen Chey kunde syfta på. Sedan insåg han att han faktiskt inte ville veta. Alls.

"Tryck bara din handflata mot min."

"Det här är inte någon sorts fetisch du har, va?"

"Det är en high five, din jävla odåga."

Cheys ögon vidgades, som om han just hade fått förmågan att höra.

"Betyder det här att jag är din nya bästis, sergeanten?"

Till slut slog konstapeln till Tomeks handflata. Ljudet ekade i rummet och den svidande känslan dröjde sig kvar på huden.

"Absolut jävla inte", svarade Tomek. "Inte med de skumma fetischer du är inne på."

Innan Chey hann svara knackade en poliskonstapel i tidiga tjugoårsåldern på dörren och klev försiktigt in.

"Ursäkta", sa hon nervöst.

"Är allt okej?" frågade Tomek.

"Jag... jag undrade..." sa hon och harklade sig för att börja om. "Det är någon där nere som säger sig ha något ni kanske vill se."

Nu så, tänkte Tomek. Troligen ännu en tokstolle som tror att han sett gärningsmannen döda Herbert Tucker och som först har krupit fram ur skuggorna efter att han fått höra att en hittelön var utlovad.

"Vad vill personen?"

"Tydligen hittade han något på stranden den dag Tucker mördades. Han har kommit för att lämna in det."

———

Tomek förflyttades genast tillbaka till parkeringen där Herbert Tucker hade blivit bortförd och senare till raderna mellan badhytterna där kroppen hade hittats. Stanken från Albert Patterson var överväldigande. Så stark att Tomek var övertygad om att mannen utsöndrade den genom porerna.

"Tack för att ni tog er tid att komma in till stationen i dag", började Tomek.

Efter att ha hört vad Albert Patterson ville hade Tomek tagit på sig att tala med mannen. Men han började snabbt önska att han inte hade gjort det. Eller åtminstone att det fanns ett plastfönster mellan dem. Eller en näsklämma. Något som kunde mota stanken av piss och svett.

"Jag förstår att ni har något ni ville dela med er av, något ni tror kan vara till nytta för vår utredning."

Albert Patterson var i mitten av sjuttioårsåldern, och det syntes. Kroppen var bräcklig, huden hängde på ramen, och det var uppenbart att han hade svårt att ta hand om sig själv. Men så fort han fick fram det lilla föremålet ur fickan (en process som i sig tog längre tid än normalt) så vaknade han till liv, som om någon dragit upp hans urverk igen och erbjudit honom en ny chans.

I handen höll han en liten vigselring i guld, infattad med diamanter. Tomek kunde inte mycket om sådant – tanken på äktenskap och långvarigt åtagande korsade sällan hans sinne – men av glansen, tyngden i den andres hand och diamanterna som gnistrade i ljuset förstod han att det hade varit ett dyrt köp.

"Det är massivt guld och diamanterna är nästan en kvarts karat var", sa Albert Patterson.

"Är det bra?" frågade Tomek och försökte dölja naiviteten i rösten, men misslyckades.

"Det är dyrt, det är vad det är." Den gamle mannen talade med en äkta Essexdialekt, nästan cockney, som om han hade vuxit upp närmare London än Southend. "Vackert är det. Jag hade bara kunnat drömma om att äga en sån här tills jag hittade den. Den gamle ägaren till den här var en förmögen man."

"Vet ni vem som brukade äga den?" frågade Tomek, som om svaret var självklart.

"Nej. Ingen aning."

"Var hittade ni den?" frågade Tomek.

"Thorpe Bay. Vid badhytterna."

"Okej. Och varför har ni tagit hit den?"

"Tänkte att den kunde hjälpa er att hitta den som gjorde det där mordet."

"Så ni tror att den kan ha tillhört den som dog?"

"Kanske. Kan inte komma ihåg namnet bara. Där kan ni nog hjälpa till. Det finns initialer ingraverade på insidan av ringen."

Det blev snabbt tydligt för Tomek att mannen behövde mer hjälp än att klä och tvätta sig. Han behövde professionell omsorg, någon som kunde ta hand om honom.

"Får jag se ringen?"

Så fort Tomek sträckte fram handen drog Albert undan sin och tryckte ringen mot bröstet.

"*Min skatt,*" väste Albert.

Tomek skrattade besvärat. "Jag tänker inte stjäla den."

"Har du tvättat händerna?"

"Va?"

"Har du tvättat händerna? Du får inte röra den med smutsiga fingrar. Smutsiga fingrar är inte tillåtna."

Tomek sneglade ner på sina händer. Han visste att det han skulle säga var fel, men han gjorde det ändå. "Absolut, de är rena. Jag använde handsprit på vägen in. Såg du inte det?"

Albert kliade sig under hakan, vände sig mot dörren och stirrade olycksbådande på den. "Nej, det gjorde jag väl inte. Nå, i så fall..."

Långsamt, varsamt, som om han vore Gollum förkroppsligad räckte Albert Patterson över ringen till Tomek, som lade den försiktigt i handflatan – den som var fri från Cheys handbakterier. Inskriften på insidan av ringen var pytteliten, knappt läsbar. Tomek höll upp den mot ljuset och granskade den noga.

H & N.

Herbert och Nora.

Bingo.

"Ringen tillhör den döde som hittades på stranden", bekräftade Tomek. "Hur hittade ni den?"

Albert Patterson verkade få liv igen. "Med min metalldetektor. Jag går längs strandpromenaden nästan varje dag på jakt efter något."

"Coolt."

"Jag har bara haft tur en enda gång. Och det var när jag var sex år gammal. Ett mynt. Romerskt, över två tusen år gammalt. Värdet på det tog min familj ur fattigdomen. Tror du att mannen som ägde den här kommer att ge mig en belöning?"

Tomek tittade ner på ringen och kände ett tvång att sluta fingrarna om den.

"Tyvärr inte", sa han. "Mannen som ägde den här är död. Ni måste ha sett honom när ni hittade den. Han låg på stranden, mellan badhytterna..." Albert letade i minnet. "Jag trodde det var en hemlös."

Han var inte ensam om det.

"Om jag inte får någon belöning vill jag gärna ha tillbaka den, tack." Tomek kramade ringen hårdare i greppet. "Tyvärr går inte det, herr Patterson", svarade han. "Det här är nu bevis i en mordutredning. Jag måste ta den."

"Men den som hittar, behåller..." Alberts blick föll och uttrycket i ansiktet såg ut som om han just hade glömt sitt eget namn. "Det där är min egendom nu. Den var min när jag hittade den."

"Ja. Och ni har just lämnat in den."

Albert slog i bordet med fingertopparna. Ljudet och krusningen genom bordet var svag, men Tomek anade ilskan och vreden bakom mannens ögon. En handling som kanske hade drabbat andra människor förr.

"Jag kräver ersättning!"

"Tyvärr kan jag inte ordna det, herr Patterson."

Och så började gråten. Mjuk, försiktig först. Sedan tog den fart när Albert började hyperventilera.

"Snälla. Jag har ingenting. Det är... det är bara mitt andra fynd någonsin. Jag... jag behöver den."

Tomek sträckte sin fria hand över bordet och lade den över Alberts. Han såg mannen i ögonen. "Jag är ledsen", sa han. "Men mina händer är bakbundna. Jag önskar att jag kunde ge den till er, men det kan finnas DNA-spår på den."

"Snälla..."

"Jag kan inte lova något, men jag kan tala med familjen och se om de är villiga att avstå den i slutet av utredningen, förutsatt att den släpps. Men det kan ta tid. Det kan röra sig om månader, år."

Och då kunde han ha glömt det helt och hållet.

Tomek väntade tålmodigt på att mannen skulle svara.

All färg hade lämnat hans ansikte, huden verkade ha sjunkit ännu lägre från kinderna och läpparna hade särats och blottade en uppsättning dåligt skötta tänder.

"Det vore underbart", sa han med ett mjukt leende. "Du är en riktig gentleman, tack. Det skulle betyda så mycket för mig. Det är skönt att veta att det fortfarande finns några anständiga människor där ute i världen."

Tomek kände sig fortfarande skyldig – som om han just hade rånat en man på dennes sista ägodel; en ägodel som inte ens var hans – när han återvände till stora utredningsrummet.

"Jag stör inte något, va?" frågade han.

Utan att ha insett det var han sen till ett möte. Hela teamet satt i stora utredningsrummet och tittade upp mot de två figurerna längst fram: Nick och Liam Porter, brottsplatsansvarig som hade lett arbetet med att säkra bevis från Herbert Tuckers kropp. Han var en ung man, i tidiga trettioårsåldern, men hade ändå klättrat snabbt uppför karriärstegen. Trots det var han jordnära, lättsam och en av de trevligare i just det team som Tomek hade haft nöjet att arbeta med.

"Precis i rättan tid, faktiskt", sa Liam och vinkade in honom ivrigt. "Några ögonblick senare och du hade missat det."

"Nu blir jag nyfiken", sa Tomek och drog ut stolen närmast dörren.

När han hade satt sig och alla blickar lämnat Tomek harklade sig Liam. "DNA-rapporten har kommit för Herbert Tucker. Hans kläder. Hans hår. Bilen. Och viktigast av allt, läppstiftet."

Tomek gled fram till stolkanten, på helspänn.

"Kort sagt har en stor del av DNA:t på honom sköljts bort av regn och väder. Vad gäller bilen hittade teamet hårstrån, klädfibrer och några fingeravtryck, men eftersom det är en familjebil och han kör alla i den kommer det ta ett tag att reda ut vad som tillhör vem."

"Har vi tagit några DNA-prov från familjen så att vi kan utesluta dem?" frågade Nick ut i rummet.

Alla blickar vändes mot Anna. Konstapeln lyfte blicken och skakade på huvudet.

"Bra. Det är prioriterat efter det här mötet."

Anna nickade instämmande.

"Det jag är mest uppspelt över att berätta, däremot, är något annat", sa Liam och knöt nävarna av förväntan.

"Nå, låt höra. Vad är det, Liam? Vi har en mordutredning att sköta."

"Jag vet. Förlåt. Ja. Du har rätt. Nå..." Han gjorde en dramatisk paus; Tomek var nära att falla av stolen. "Läppstiftet. Den kemiska analysen visade att det fanns två uppsättningar DNA på Herbert Tuckers hand. På samma ställe."

"Två personer kysste hans hand den natt han dog?" frågade Tomek, mållös.

Liam nickade. "Och båda med samma läppstift."

Han höll upp ett A4-ark. Dokumentet var delat i två med två linjediagram, vart och ett visade den kemiska sammansättningen för samma läppstift som hade hittats på Herbert Tuckers hand.

"Eftersom det är glansigt och vattenfast, och dessutom skyddades under täcket han hittades i, kunde teamet få ett prov av god kvalitet."

"Det var som fan", sa Tomek frånvarande.

Tankarna skenade, tillbaka några dagar. Till samtalet han hade haft med Sarah Jewell, Tuckers sekreterare och älskarinna.

Efter att vi hade... gjort det, sa han åt mig att kyssa honom på handen. Det var bara en av hans små fetischer, du vet.

Han köpte läppstiftet särskilt till mig. Han gav det till mig i present.

Dussintals frågor for genom huvudet.

Hade Tucker haft sex efter att ha legat med Sarah Jewell? Hade han legat med två kvinnor samma natt?

Eller visste hans mördare att han gillade att bli kysst på handen efter sex, och gjorde det för att förvilla och desorientera dem?

Om så var fallet fanns det bara tre namn som dök upp.

Sarah Jewell.

Alina Zandecka.

Och nu hans fru, Nora Tucker.

KAPITEL
FYRTIOTRE

Tomek lät klunken vatten glida varsamt ner i halsen och tog god tid på sig när han ställde glaset på bordet.

"Ditt vatten är fantastiskt."

"Tack," svarade Isabel. "Det är filtrerat direkt från kranen."

"Och där satt jag och tänkte att jag kände smaken av all metall och alla fluorider i det."

"Jag kan hitta dem åt dig om du vill?"

Det ville Tomek inte. Han ville inte heller sitta i samma rum som Isabel på sitt andra besök.

"Hade du det bra när du var bortrest?" frågade han och styrde bort samtalet från sig själv så mycket han kunde.

Det var lite drygt femtio minuter kvar på klockan.

"Det var trevligt, tack. Rätt behagligt med tanke på vädret."

"Vart åkte du?"

"Cornwall."

"Klassiker. Jag slår vad om att du är en av dem som har ett andra hus där nere, eller hur? Lägger du ut det på Airbnb och driver bort lokalborna?"

Isabel lät pennan falla mot bordet. "Nej. Men många av dem jag pratade med var djupt missnöjda med Airbnb. Många liknade det vid en sjukdom, en farsot."

Tomek fnös. "Det var starka ord."

"Vilka ord skulle du välja för att beskriva det?" Isabel talade varsamt, mjukt, och när han lyssnade på henne glömde han ibland att hon var hans terapeut som försökte låsa upp dörren till hans inre.

"Jag skulle säga... jag skulle säga att det är orättvist, och att det känns moraliskt fel, men jag skulle inte kalla de här människorna en cancer."

"Ingen sa cancer, Tomek. Brukar dina tankar dra iväg åt det extrema?"

Tomeks kropp spände sig när han kände hur hon stack in nyckeln.

"Nej..."

"Okej. Jag var bara nyfiken. Berätta om dina mardrömmar sedan vi pratade senast. Har du haft några?"

Kärnan i varför han var där.

"De har varit... annorlunda."

"Hur då?" frågade hon och plockade upp pennan igen.

"De är... En del av dem spelar mig spratt."

"Har du slutat se Kasia i dem?"

"Ja," sa han kort. Han hade inte insett det, men han kunde inte minnas när Kasia senast hade dykt upp i hans brors ställe.

"Det är bra. Uppmuntrande tecken på förbättring. Hur ofta har du haft dem den senaste veckan eller så? Nästan varje natt? Några stycken?"

"Några."

"Och kommer du på några gemensamma utlösande faktorer?"

Tomek kände hur han försvann in i samtalet, nyfiken på hur hans inre fungerade nu när hon hade gjort det möjligt för honom att se det själv. Och under de följande ögonblicken satt han tyst och försökte räkna ut vad han hade gjort de dagar då han hade haft sina mardrömmar.

"Jag vet inte," ljög han. "Det är bara..."

"Vad?" frågade Isabel mjukt, trevande.

"Jag vet inte om det betyder något, men..."

Varför? Varför erkänner du det här? Du har aldrig gjort så här inför någon förut...

"Fortsätt," uppmanade hon och lutade huvudet åt sidan.

"Härom månaden hände något. Något liknande det här. Det fanns en tjej jag dejtade. Katie hette hon. Fast det visade sig vara Charlotte, men det tar vi en annan gång, så fundera inte ens på att fråga mig något om henne. Vi var tillsammans i ett par veckor, och jag höll på att falla för henne. Faktum är att jag föll hårt. Allt gick fantastiskt. Hon förstod mig, jag förstod henne. Det var toppen. Jag sa L-ordet en morgon och hon sa det tillbaka. Allt gick bra..."

"Vad hände?"

Tomek viftade med fingret i luften. "Samtal för en annan dag, det sa jag ju precis."

"Förklara då för mig likheterna mellan då och nu. Vad var likadant?"

"Mardrömmarna," sa Tomek medan ett leende började smyga sig upp i ansiktet. "Mardrömmarna blev bättre. Natten då jag sa att jag älskade henne hade jag haft en mardröm. Den tydligaste jag någonsin haft. Så nära verkligheten den någonsin varit."

"Hur då?"

"Jag hörde namnet på min brors andra mördare. Den som kom undan. *Charlie.*"

Det var länge sedan Tomek senast hade uttalat det namnet högt, och när han gjorde det kände han en blandning av känslor. Ilska mot mannen för det han hade gjort. Frustration över att inte kunna se hans ansikte tydligare. Och lättnad, att namnet gick att uttala utan fara, att det inte skulle framkalla djävulen och skada honom på något sätt.

Att han kunde säga namnet hur mycket han ville.

Och att han borde göra det.

"Det är fantastiskt," svarade Isabel med ett tunt leende. "Har du gjort något med den informationen sedan du upptäckte det?"

Tomek skakade på huvudet och sänkte det. Som om han skämdes över sitt svar.

"Och hur fick den upptäckten dig att känna?"

"Det inspirerade mig att säga till tjejen som gav mig svaret att jag älskade henne."

"Hur menar du?"

"Så snart Katie kom in i mitt liv blev mardrömmarna bättre. De slutade inte. De blev bara bättre, tydligare. Mer avslöjades för mig i dem."

"Och samma sak händer nu?"

Tomek nickade. "Jag tror det. Jag tror att varje gång jag släpper in någon eller kommer nära någon, verkar hjärnan reda ut sig själv. Det måste vara endorfinerna."

Isabel hummade och nickade medan hon skrev ner några saker på sitt papper. "Det är väldigt intressant. Men som du säger det får du det att låta som något dåligt."

Tomek kliade sig i nacken. "Jag vill väl bara inte vara beroende av att någon annan kommer in i mitt liv för att jag ska hitta svaren. Tänk om jag gör slut med någon, eller om de dör, eller om något händer? Jag vill inte hoppa från relation till relation för att hitta svaren på min brors död."

Isabel avslutade sitt klotter, lade händerna på skrivbordet och flätade samman fingrarna.

"Jag tror att du har fått det helt om bakfoten," sa hon till honom, med strängare röst nu. "Jag tror inte att du behöver en romans eller en ny person i ditt liv för att hjälpa dig att låsa upp identiteten på din brors mördare. Det jag tror att du behöver är två saker." Hon höll upp ett finger. "Det första är att det här låter som att du törstar efter närhet. Närhet som har saknats så länge på grund av att du stått utanför din familj. Jag tror att du behöver läka sprickorna och de skadade relationerna med dina föräldrar och din bror. Den närhet du längtar efter, och den närhet du tror kommer från dina romantiska partners, är närhet du behöver från dem. Nu kan jag inte garantera att det, att du öppnar dig för dem, kommer att få dina mardrömmar att upphöra ordentligt, men nästa punkt är något som jag tror kommer att göra det i större utsträckning." Hon höll upp långfingret också, så att hon nu gav honom ett fredstecken. "Den andra saken som jag tror kommer att hjälpa dig att få mental klarhet kring din brors situation är något du har skjutit upp alldeles för länge. Trettio år, faktiskt. Sedan innan jag föddes. Under den tiden har du förlitat dig på ditt eget sinne för att ge dig de svar du längtar efter, när du hela tiden har haft svaren rakt framför dig: din brors mördare. Han som sitter i fängelse. Han vet allt som du inte vet. Min rekommendation är att du hittar modet att ta kontakt med honom och prata med honom. Han kan vara mer villig än du tror att utveckla det som har varit inlåst i ditt sinne i trettio år. Om du har någon att gå med, toppen. Om inte, och du känner dig mer bekväm med att gå själv, så gör det. Men jag tror att ett möte med honom för dig ett steg närmare sanningen. Din *brors* sanning."

KAPITEL
FYRTIOFYRA

D et hade inte varit någon mardröm i natt. Det hade inte varit någon sömn heller. I stället hade Tomek legat vaken, vridit och vänt på sig medan han funderade på Isabels ord. Om han skulle möta sin brors mördare ansikte mot ansikte. Om han hade den mentala styrkan att sitta mitt emot honom, trettio år senare, och fråga hur han hade dödat Michał, varför, och vilka andra han hade varit med.

Under lång tid hade Tomek tänkt ta med sig Abigail men hade sedan slagit det ur hågen. Hon kände knappt till situationen. Hon var ny i hans liv. Och om det Isabel hade sagt stämde, behövde han henne inte där ändå. Snarare måste det vara hans familj. Hans mamma, pappa, kanske till och med hans storebror.

Men han kunde inte se dem gå med på det. De hade aldrig förlåtit Nathan för vad han hade gjort mot deras familj, och han väntade sig inte att de skulle göra det inom den närmaste tiden heller. I stället skulle han få gå ensam, om han någonsin samlade mod nog att gå alls.

Han hade fortfarande inte bestämt sig. Och han tänkte fortfarande på det när han stirrade ner i växten vid Herbert Tuckers ytterdörr. Han ryckte till ur tankarna när han kände en knuff mot armen.

"*Ej, co tam?*" frågade Anna och knuffade honom på axeln, med bekymret skrivet i ansiktet.

"Förlåt. Tankarna var långt borta. Jag mår bra. Allt är fint. Inget att oroa sig för!"

Tomek höjde blicken och överblickade omgivningen. För ett ögonblick hade han glömt att de var där för att träffa Nora Tucker. Och innan han hann ta in mer av omgivningen öppnades ytterdörren och båda utredarna möttes av en perfekt manikyrerad Nora, klädd i leggings, en tunn hoodie och ett par vita sneakers. Sedan Tomek hade sett henne sist hade hennes läppar svällt, och linjerna liksom all elasticitet i pannan hade försvunnit. När hon log sprudlande mot Anna rörde sig mycket lite i hennes ansikte.

"Anna, gumman!" skrek Nora när hon drog in konstapeln i en kram. "Hur är det, hjärtat?"

"Bra," svarade Anna blygt.

Sedan var det Tomeks tur. Femtioåringen puttade undan Anna och sträckte ut armarna mot Tomek, och gav honom föga chans att undkomma hennes närmanden. Hennes armar var redan kring hans nacke och hennes bröst tryckte mot hans revben innan han hann undvika det. Långt längre än med Anna stannade Nora kvar där, pressad mot honom. När hon till slut släppte, såg hon honom i ögonen och gav honom ett flirtigt leende.

"Och DS Bowen," sa hon förföriskt. "Det var ett tag sedan, men jag glömmer aldrig ett namn. Eller ett vackert ansikte."

Ur ögonvrån såg han Anna himla med ögonen; det var inte första gången ett vittne flörtade med honom i hennes sällskap.

"Trevligt att se dig igen, Nora," sa Tomek och försökte hitta lite fattning, men i stället kom han på sig med att gäspa henne rakt i ansiktet. "Skulle vi kunna få komma in och prata med dig? Det finns några nya uppgifter vi vill diskutera."

Nora ställde mer än gärna upp. Hon hade redan varit på gymmet, och hennes yogapass var inte förrän på eftermiddagen, berättade hon, så hon hade gott om tid att slå ihjäl. Medan de väntade på förfriskningarna som Nora prompt ville göra åt dem, slog sig Tomek och Anna ner på schäslongen i vardagsrummet. När Tomek började betrakta möblerna han hade sett två gånger tidigare, puffade Anna honom på benet.

"Hon är gammal nog att vara din mamma!"

"Vad pratar du om? Nej, det är hon inte. Och för Guds skull, säg aldrig något sådant igen. Den bilden vill jag *inte* ha i huvudet."

"Svin."

Innan Tomek hann försvara sig kom Nora tillbaka med tre höga glas med en tjock, grön vätska på en träbricka. Hon ställde dem på soffbordet framför dem.

"Hoppas ni inte har något emot det, men jag ville ha er åsikt om något som min personliga tränare har satt mig på."

"Kallas det möjligen en kosdiet?" frågade Tomek, medan blicken försvann i det gröna.

"Det är en mix av proteinpulver, grönkål, honung, spenat, gurka, selleri, citron och ingefära. Den innehåller en fin blandning av vitaminerna A och C, kalcium och järn. Den är kanon för magen, hjälper dig gå ner en massa i vikt och får dig att må bra. Jag har bara druckit dem i några dagar men redan känner jag hur huden blir klarare och håret mjukare."

Är du säker på att det inte har att göra med all kosmetika och syntetisk skit du kletar i ansiktet? Tomek hade tappat räkningen på hur många nya ord han lärt sig sedan han fick en tonårsdotter. Kollagenmasker ditt. Salicylsyra datt. Det var en mardröm och ett minfält av förvirrande och meningslösa termer.

"Ska jag svepa den som en shot, eller ska jag ta det lugnt?" frågade Anna oskyldigt.

"Jag tror du kommer vilja få det överstökat," svarade Tomek.

Utan ett ord tog han glaset närmast sig och höll det under näsan. Stanken av grönsaker och nyttig mat, förvärrad av att den trycktes upp i ansiktet, fick honom att grimasera. Vätskan var seg och tjock, med små bubblor som flöt på ytan. Han höll för näsan, hällde i sig drycken och slöt ögonen. Så fort vätskan träffade tungan grimaserade han och ville spotta ut den igen, men mindes att han hade sällskap, och det här var inte något Bushtucker-prov. Till sin förvåning gick resten av drycken ner lättare efter första klunken. När han var klar ställde han glaset på bordet och torkade munnen med baksidan av ärmen.

"Nå?" frågade Nora ivrigt, lutade sig fram, med stora ögon.

"Jag tror sellerismaken kommer att hänga kvar resten av dagen," sa han med svag röst. "Men jag har smakat värre, om vi säger så."

"Åh, vad bra! Jag är överlycklig. Jag vet att tjejerna kommer att älska den!"

"Var är de, av ren nyfikenhet?" frågade Anna när hon satte ner glaset på bordet. Det perfekta svepskälet för att slippa dricka mer av den där vedervärdiga drycken.

"Whit är hos sin pojkvän och Eleanor är på övervåningen. Hon har inte kommit ner mycket sedan det som hände. Skolan har varit så bra med henne, hört av sig via mejl och telefonsamtal. De har till och med skickat lite läxor ifall hon behövde en distraktion."

Och för att se till att hon inte blev underkänd.

"Hur har de hanterat sin pappas död?" frågade Tomek och lade sedan till: "Ursäkta om det här upprepar sådant ni redan har gått igenom. Det är för min skull, jag har inte sett dig på ett tag."

Nora viftade bort hans ursäkt. "Inte alls. Jag förstår. Det är ditt jobb."

Det flirtiga leendet låg kvar. Tomek sög i sig det mer än gärna. För stunden. "Whit har tagit det lite bättre, som man kan vänta sig. Hon har åldern på sin sida, även om det inte betyder att hon inte har tagit det hårt. Men Eleanor har lidit mer, det är säkert. Hon är mycket yngre, och hon stod sin pappa mycket närmare."

Tomek nickade och lade handflatorna i knät. "Jag förstår. Och har det alltid varit så?"

Om Nora märkte antydan i hans fråga visade hon det inte. I stället lutade hon huvudet åt sidan som en förvirrad hund och sa: "Jag antar att Herbert och Whit gled isär naturligt när hon blev äldre. Det är så barn gör, eller hur? De växer upp och blir sina egna."

"Så det hade inget att göra med hennes drogvanor som Herbert hade bidragit till?"

Frågan slog undan benen på Nora. Hennes mun föll vidöppen och hon skakade på huvudet. Sedan lutade hon sig fram så att armbågarna vilade på knäna och en rejäl urringning pekade rakt mot honom under hennes sport-bh. Hon började leka med sina manikyrerade naglar.

"Jag... jag vet inte vad... Hur vet ni det?"

"Det är vårt jobb. Varför berättade du inte det för oss?"

"Jag... jag trodde inte att det var viktigt."

"Lika lite som du tyckte att din pågående affär med Brendan Door var viktig?"

Noras ögon vidgades så att hon såg ut som en förvånad fiskmås, och hennes huvud började pendla mellan Tomek och Anna.

"Det som pågår mellan Brendan och mig angår varken er eller utredningen," mumlade hon.

"Det är jag som avgör vad som är av intresse, tack. Hur länge har ni två träffats?"

"Tillräckligt länge."

"Vi har goda källor på att det har pågått i nästan ett år."

Tack vare James Colehill, deras sjungande kanariefågel.

"Om ni vet det, varför frågar ni mig då?"

"För att vi vill höra det från *din* egen mun. Och vi gillar inte att bli ljugna för. Det ser inte särskilt bra ut för dig om du gör det."

Nora sänkte huvudet, som om hon förstod hotet bakom Tomeks ord.

"Herbert hade aldrig något problem med det, om du nu måste veta. Hur skulle han kunna ha det med allt han hade gjort tidigare?" Hon gjorde en paus medan hon pillade på en av naglarna. "Vi älskade aldrig varandra. Kanske i början av relationen, men det rann ut i sanden ganska snabbt. Och sedan upptäckte jag att jag var gravid, så vi bestämde oss för att stanna ihop. Så har vi haft det sedan dess, för flickornas skull. Jag vet, jag vet, Whitney är gammal nog att bo själv, och Eleanor är inte långt efter. Men ärligt talat har jag alltid varit rädd för att de skulle flytta. Jag ville inte vara ensam med honom." Hon fick en klump i halsen och drog fingrarna upp och ner längs halsen. "Jag hade gott om tillfällen att lämna honom tidigare, men jag tog dem aldrig. Jag hade det för bekvämt. Jag behövde inte jobba, jag fick allt serverat. Och jag kunde ha hur många förhållanden vid sidan av som jag ville. Samma gällde honom. Han visste vad jag höll på med, och jag visste vad han höll på med."

"Visste du om hans oäkta barn?" frågade Tomek, nyfiken.

"Självklart gjorde jag det. Han hade en svaghet för östeuropéer. Det dök alltid upp något utländskt namn på hans telefon. Och *den där* slampan, Alina, visade sig här ett par gånger och försökte hitta Herbert. Självklart visste jag att han inte ville ha något med det att göra, och det inte jag heller. Jag höll mig så långt borta som möjligt, men hon fortsatte bara att dyka upp."

"Visste du att han betalade henne varje månad?"

Nora slutade pilla på naglarna och sänkte huvudet. "Det var min idé. Hon gjorde det ganska klart att hon inte tänkte försvinna, och så många gånger hon hotade att gå till pressen, Gud! Fast vi visste att om hon gick till John skulle vi vara okej; han skulle inte trycka något. Men jag insåg snabbt att det bästa sättet att hålla henne tyst var att betala henne."

Tomek lutade sig fram i stolen, med armarna i kors, trollbunden.

"Så du måste veta varför betalningarna upphörde då?" frågade han.

"Båda två."

"Båda två?" upprepade hon. "Vad menar du?"

"Betalningarna till Alina Zandecka och betalningarna till Brendan

Door. Av det vi har kommit fram till betalade din man en massa människor en massa pengar för en massa olika saker. Varför slutade de?"

"Han hade fått nog. Så enkelt var det. Han hade fått nog av att folk utpressade honom, och han hade också fått nog av sig själv för att han inte vågade syna deras bluffar."

Tomek visste inte vad han hade väntat sig att få höra. Hittills var det allt han hade hört. Att Herbert Tucker hade fått nog av att betala folk för deras tystnad eller deras stöd, och att han hade klippt dem. Så han förstod inte varför han kände sig besviken när han hörde det ur Noras mun.

"Varför betalade han pengar till Brendan Door?" frågade Anna listigt.

"På grund av vår affär. Herbert visste om den, men det betydde inte att han gillade det. Särskilt inte när det var med någon så nära honom professionellt och personligen. Han gillade inte tanken på att vi var tillsammans, och ibland försökte han göra slut på oss – du vet, dra in andra i våra liv, försöka få oss att titta åt andra håll. Men det funkade aldrig, och Brendan tröttnade. Så Brendan hotade att övertala John att låta honom publicera en artikel om Herberts affärer och också det oäkta barn han hade. Sådant var mycket värre om det kom ut för en parlamentsledamot än för Brendan. Brendan var inte så mycket i offentligheten, men en MP..." Hon visslade mellan tänderna. "Det var något helt annat."

Hittills var allt detta rimligt för Tomek. Förutom delen om utpressningen. En del av honom tänkte att hon kanske ljög; att hon visste precis vad pengarna var till för och att hon inte hade gjort någonting för att stoppa drogerna från att svämma över Southends gator och in i hennes dotters liv. Den andra delen av honom, den han trodde på, var att hon hade blivit matad med lögnen av båda männen; att de hade sagt till henne att det var för att hindra Brendan från att gå till pressen om deras affär. Och att det inte hade något att göra med att fylla Southends gator med droger.

"Du sa att Brendan kände till det oäkta barnet..." började Tomek.

"Ja."

"Vem mer visste?"

"Ett fåtal personer. Jag minns inte deras namn. Men jag vet att Herbert svor dem till tystnad."

Tomek svalde och fuktade läpparna inför nästa del av samtalet.

"Vad kan du berätta för oss om gentlemenklubben som din man brukade gå till?"

Innan hon svarade viftade Nora med handen framför ansiktet, som om hon fäktade bort orden ur synfältet. "Jag vill inte prata om det där stället. Jag hatar det. Jag har förbjudit att det ens nämns i det här huset. Jag visste precis vad för grejer Herbert sysslade med där inne. Han brukade berätta allt för mig, som om han *skroderade*, visade upp sig. Sakerna de höll på med... jag blev illamående."

"Du är medveten om att Brendan också brukar gå dit, eller hur?"

Nora drog djupt, långsamt efter andan, för att vinna tid. På uttrycket i hennes ansikte såg man att hon visste precis vad Tomek pratade om. Nu behövde hon bara erkänna det.

"Han förklarade det för mig, ja. Men han har inte varit där sedan vi började träffas."

Tomek gjorde en mental notering om att styrka det. Och så gled tankarna till bilden av hans enda besök. Hans olyckliga, illa tajmade besök. Han rös åt synen i sitt huvud.

"Om du måste skatta det på en skala från ett till tio," började Tomek, "hur mycket skulle du säga att du känner till om hur den där klubben fungerar bakom kulisserna?"

"Ett," sa hon utan att tveka. "Jag sa ju att jag inte ville veta om det då och jag vill det fortfarande inte. Varför frågar ni mig så mycket om det över huvud taget?"

Han stack handen i kavajfickan och gav henne ett varmt, avväpnande och definitivt *inte* flirtigt leende. Sedan tog han fram en kopia av fotot han hade hittat i det han hade börjat kalla "Rummet".

"Har du sett den här bilden förut?" frågade Tomek när han sköt över den på bordet och med nöd och näppe undvek glasen.

Nora tog dokumentet och granskade det noga, på samma sätt som så många andra hade gjort före henne.

"Ja, den här har jag sett förut."

Intressant. Det här skulle föreställa vara den enda kopian, och för någon som var så bestämd med att undvika gentlemenklubben som hon var, var han nyfiken på hur hon hade sett den.

"Skulle du kunna förklara var du har stött på den tidigare?"

"Den skickades till oss. Kom med posten för några veckor sedan. Stackars Whitney, det var hon som öppnade den."

"Var den adresserad till henne?" frågade Anna.

"Nej. Det stod inget namn på. Någon hade lämnat den för hand."

"Vet du vem?"

Nora började pilla med naglarna igen. "Det var den där litauiska slampan. Jag såg henne på hemmets övervakningskamera när hon lämnade den, tillsammans med den där pojkvännen."

"Terrence?"

"Ja. Han."

Nu föll bitarna på plats. Den ursprungliga ägaren av fotografiet hade fler än en kopia, till skillnad från vad man trott. Tomek nickade, vände sig mot Anna och gav henne en diskret nick. Det var dags för besökets sista fas.

"Nora," började Anna. "Som en del av vår utredning har vi pratat med Alina Zandecka och också hans sekreterare, Sarah Jewell–"

"Bah! Hon var den senaste, va? Dum liten flicka. Alltid desperat att ta sig fram genom att hamna i hans säng, det var hon."

Anna ignorerade kommentaren och fortsatte. "Båda kvinnorna har sagt att, efter samlag, fick Herbert dem att kyssa hans hand. Var det här något han någonsin förväntade sig av dig?"

"Åh, det? Ja. Det är fan konstigt, eller hur? Det är inte bara jag som tycker det, va?"

Tomek höjde händerna i kapitulation. "Folk gillar det de gillar. Jag är inte den som dömer."

"Det kan jag tro," svarade Nora och förförde honom med sitt leende.

"Bad han dig någonsin att göra det för honom?" upprepade Anna.

"Ja," svarade Nora. "När vi precis hade blivit tillsammans, i relationens tidiga skede. Han var ganska öppen och ärlig med det, faktiskt, och vi var i smekmånadsfasen, så jag hade inget problem med det. Jag gjorde det i början, men när smekmånadsfasen var över och jag insåg vad det var för sorts man han var, slutade jag snabbt och bad honom dra åt helvete. Han kunde bli dyrkad av andra kvinnor om han ville, men inte av mig."

"Bad han dig någonsin att göra det med ett särskilt läppstift?"

Nora lät blicken svepa genom rummet. "Jag har kvar det," sa hon och gick sedan bort till en byrå vid sidan av vardagsrummet. Hon började rota igenom innehållet i varje låda, händerna försvann i bråtet där i. "Jag har lite smink här nere, men jag tror att det är där uppe i mitt sminkbord. Märkligt nog har jag sparat det efter alla dessa år."

"Skulle vi kunna få det, tack?" bad Tomek. "Och vi kommer att behöva att du lämnar ett DNA-prov, tack."

Nora slog igen lådan.

"Varför? Ni tror väl inte att jag hade något att göra med hans mord?"

KAPITEL
FYRTIOFEM

Dörrklockan ringde, men ljudet var knappt hörbart. Det lät som om det kom långt inifrån lägenheten. De väntade, men det kom fortfarande inget svar.

Ingen hemma.

"Kanske har de gått till klubben", sa Rachel.

"Vilken?"

"Southend Seven..."

"Kan inte tänka mig att de är välkomna tillbaka där på ett tag. Och jag tvivlar på att de har sina medlemskort till hands. De är ganska nitiska med sånt där borta."

"Jag vill inte veta hur *du* tog dig in..."

Efter att ha hämtat DNA-provet från Nora Tucker hade Tomek ringt Rachel och bett henne möta honom i Alinas och Terrences lägenhet, medan Anna lämnade tillbaka provet till kriminalteknikerna. Det var strax efter klockan fem, lamporna var släckta och ingen var hemma. Om de inte hade behövt ta sin son till någon eftermiddagsaktivitet kunde Tomek inte låta bli att undra var de kunde vara. Kanske hade de förstått att utredningens nät drogs åt, fått panik och bestämt sig för att sticka. Det sista utredningen behövde var att de två drog från stan och aldrig kom tillbaka.

De hade ju pengar och inga band som höll dem kvar i området. De kunde åka när de ville, vart de ville.

"Jag har en idé", sa han.

"Inte en *slug plan*, Baldrick?"

Tomek stannade mitt i vändningen. "Det där var faktiskt ganska bra av dig", sa han sarkastiskt. "Du borde skriva ner den. Se till att använda den på någon annan."

Tomek småskrattade medan han vände henne ryggen och började gå nerför trappan som ledde ut ur byggnaden. Längst ner svängde Tomek vänster och gick in på Co-op som låg i anslutning till bensinstationen. På mackens gård var det fullt med förare som tankade sina bilar, medan passagerarna satt tålmodigt i framsätet och scrollade på sina mobiler. Insidan var, till hans förvåning, större än han hade väntat sig. Det var som att gå in på en Tesco Express eller en Sainsbury's Local. Hylla efter hylla med allt man behöver. Dryck, snacks, färdigrätter, hygienartiklar, tandkräm, djurmat, fryst mat. Inte konstigt att Alina och Terrence gjorde sin veckohandling där.

Efter några minuters otåligt köande, medan folk framför honom betalade för bensinen och köpte sina cigg, kom Tomek fram till kassan. Bakom den stod en medelålders asiatisk man i sina egna kläder. Samtidigt var resten av personalen i butiken iklädda uniformer.

"Du måste vara chefen", konstaterade Tomek.

"Ja, det är jag", svarade mannen artigt.

"Utmärkt. Jag behöver ställa några frågor."

Tomeks polislegitimation räckte för att avstyra mannens omedelbara invändningar. Tomek frågade sedan om det fanns någon mer avskild plats där de kunde prata, så ägaren tog med dem båda till kontoret där bak. Utrymmet var litet och trångt, i stort sett upptaget av ett skrivbord och en kontorsstol. På ena sidan stod en liten dator, på den andra en stor panel med övervakningsskärmar.

"Jag har väl inte gjort något fel?" frågade mannen och darrade. "Min familj har väl inte gjort något fel?"

"Nej", sa Tomek och gjorde sitt bästa för att få mannen att slappna av, men hans djupa röst och dominerande uppsyn gjorde föga nytta.

I stället var det Rachel som lugnade mannen efter att ha förklarat situationen.

"Vad heter du?" frågade Tomek.

"Rohit."

"Hej, Rohit. Jag heter Tomek och det här är Rachel. Vad kan du berätta om paret som bor ovanför er?"

"Alina och Terrence?"

"Ja."

"Åh. Vi ser dem hela tiden. Med lille Francis. De handlar alltid sin mat hos oss. Ibland ger jag dem rabatt på vissa varor."

"Varför?"

Rohit ryckte på axlarna. "För att de är trevliga människor. De ler alltid och pratar med oss när de kommer in."

"Pratar de någonsin med dig om sina privatliv?"

Rohit ryckte halvhjärtat på axlarna. "Inte så ofta. Mest om lille Francis."

"När såg du dem senast?"

"Inte för så länge sedan." Butiksägaren vände sig mot väggen med liveövervakning bakom sig. "För ett par timmar sedan faktiskt. Terrence kikade in med sin vita hoodie."

"Vad skulle han ha?"

"En ny tandborste."

"Såg du vart han gick efter det?"

"Nej, tyvärr. Men det finns här." Rohit pekade mot raden av övervakningsskärmar, och innan vare sig Tomek eller Rachel hann säga något började han spola tillbaka. Han hittade det han sökte efter några ögonblick. "Där är han. Han skulle bara ha en tandborste."

Tomek iakttog den pixliga bilden av mannen, med huvan uppdragen långt ner över ögonen, kepsen instoppad därunder så att ansiktet skymdes.

"Ser han alltid ut som att han ska råna stället?"

"Åh ja. Vi skämtade om det en gång. Första gången han hade den på sig, faktiskt."

Tomek log snett och vände sig mot Rachel. Han visste inte varför, men något hade börjat röra sig i huvudet. En tankeprocess, en reflektion.

"Alinas stalker..." sa han, mest för sig själv.

"Vad är det med honom?"

Tomek pekade mot skärmen. "Stämmer inte *det där* med beskrivningen hon gav oss?"

Rachel hejdade sig och lutade sig närmare skärmen medan hon höll i en stol för stöd.

"Tror du att hon fejkade att hon blev förföljd?"

"Tja, jag har lärt mig att inte lita på ett enda ord som kommer ur hennes mun. Och vem är bättre att beskriva än mannen som ingen skulle få veta att hon var med? Hon kunde inte komma på en egen beskrivning, så hon gav oss den här."

"Och om vi hade hittat honom utan att veta att de var tillsammans? Tror du att hon hade kastat honom under bussen så där?"

Tomek ryckte på axlarna. "Så länge hon lyckas komma undan helt utan konsekvenser tror jag inte att hon bryr sig om vad som händer med någon annan."

Något att fundera på. Om Alina Zandecka verkligen fejkade en stalker, vad hade hon då att vinna på Herbert? Hon hade påstått att stalkern var utsänd av honom för att avskräcka henne från att gå till pressen. Om hon inte själv hade varit den som hotade honom med just den berättelsen: att Herbert Tucker, den inflytelserike och framstående lokalpolitikern, hade ett kärleksbarn med en prostituerad, sedan hade köpt hennes tystnad och hotat henne med en stalker för att tvinga henne att göra som han ville.

Det skulle utan tvekan ha sålt löpsedlar och gett henne en liten förmögenhet.

Det var inte otänkbart, men heller inte helt trovärdigt.

Men det fanns en sak som inte stämde för Tomek. Mannens klädsel. När Terrence hade kommit in till stationen på morgonen hade han sett ut som om han just kommit från gården, och ändå stod han här i vardagskläder. Då slog det honom att klädseln under vittnesmålet hade varit iscensatt, att de hade klätt ut honom till någon han inte var. Kanske hade Alina insett att hon råkat avslöja hans signalement för Tomek och Rachel, så de hade tvingats låta honom ha på sig något helt annat för att leda dem på villovägar.

Tomek lade tanken i bakhuvudet. Sedan vände han sig mot Rohit.

"Har du någonsin sett något konstigt eller misstänkt i lägenheten där uppe?"

"Jag... Vi har inte så mycket med dem att göra", förklarade Rohit. "Det är en annan hyresvärd som har lägenheten, förstår ni, och—"

"Något konstigt spring? Några personer som hängt utanför?"

"Droger?" frågade Rohit. "Tror ni att de säljer droger därinne?"

"Det får du berätta för oss", insisterade Rachel. "Det är du som har ögonen på stället dygnet runt. Vi skulle verkligen behöva lite hjälp."

Rohit vände bort blicken och blev plötsligt väldigt skamsen.

"Det var en kvinna", började han, oförmögen att möta deras hårda blickar. "Snygg. Hon var väldigt snygg. Fint hår. Snygga ben. Fina kläder. Fina..."

Rohit hade svårt att säga nästa del. I stället kupade han händerna och höjde dem mot bröstet, med ena ögat på Rachel.

"Det är okej", sa hon. "Du kan säga det. Jag ber dig säga det i stället för att gestikulera."

"Bröst!" sa Rohit med ivern hos en tonåring som just rört ett par för första gången. "Hon hade fina bröst. Väldigt attraktiv."

"När?"

"För ett par veckor sedan. Hon väntade utanför deras lägenhet i evigheter. Sedan kom hon in och frågade om hon hade kommit rätt."

"Minns du hur hon såg ut?"

Rohit tystnade och vände sig långsamt mot övervakningsskärmarna. "Jag har sparat materialet här."

"Sparat?" frågade Rachel. "Jag trodde att ert material raderades efter fyrtioåtta timmar?"

Rohit skrattade besvärat. Den lilla snuskhummern var just avslöjad. "Jag sparade det", förklarade han. "Utifall att."

"Utifall du skulle behöva det när du blev kall om nätterna?"

Mer besvärat fniss. "Vill ni se den?"

Uppenbarligen inte lika mycket som du.

Inom några sekunder hade butiksägaren lagt upp en video på skärmen som otvetydigt var Nora Tucker. Tomek kände igen henne direkt. Benen, håret och, Rohit hade rätt, brösten. Hon bar nästan samma outfit som Tomek hade sett henne i bara några timmar tidigare, och hon stod på parkeringen med en stor väska under armen.

"Vad är det där?" frågade Tomek.

Inget svar. Rohit snabbspolade videon, som senare visade Nora gå in i lägenheten och sedan lämna den bara några minuter senare.

"Hon stannade inte länge", konstaterade Rachel.

Men Tomek lyssnade inte. Ytterligare en sådan där liten idé började ta form i hans huvud.

"När var det här?" frågade han, och fann sedan svaret själv. "November den—"

"Är inte det samma tid som pengarna togs ut från Herbert Tuckers konto?"

Det var det.

"Det var avsett för Alina", sa Tomek och tänkte högt. "Nora var kuriren som gav henne det samma dag. Men vad var det till för?"

"Tystnadspengar?"

"Eller för att döda honom."

En plötslig tystnad lade sig i rummet. Utanför hördes musiken i butiken. Tomek och Rachel stod stilla och stirrade ut i tomma intet. Samtidigt såg Rohit, som inte hade en aning om vad som pågick, livrädd ut över att befinna sig i sällskap med två personer som talade om att döda och pengar i samma mening.

När han insåg att han inte hade sagt något på ett tag tackade Tomek mannen för att han visat dem och sa att de skulle behöva en kopia av materialet som bevis. När mannen hade laddat ner det på ett USB-minne åt dem tryckte han på en knapp och växlade tillbaka till liveströmmen. När Tomek tog emot USB-minnet av mannen, fångade något hans blick.

En man i en vit hoodie.

En kvinna i svart kappa.

En liten pojke som höll dem båda i händerna.

De var hemma.

KAPITEL
FYRTIOSEX

"God kväll."

Alla tre drog efter andan.

"Kriminalare..." sa Terrence, med försiktighet i rösten. "God kväll."

"Har ni något emot att vi kommer in?"

Dörren stod på glänt, så de kunde egentligen inte säga nej.

"Självklart. Jag sätter på vattenkokaren."

"Det behövs inte," förklarade Tomek.

Rädsla fladdrade över båda de vuxnas ansikten när de ledde sin son in i lägenheten. Tomek lät dem mer än gärna sitta och koka på den tanken en stund.

Väl inne i lägenheten skickade Alina in pojken på hans rum, där utsikten att få spela på sin iPad och titta på tv lockade mer än vad de vuxna skulle prata om. Så snart dörren slog igen bakom honom visade Tomek Alina och Terrence in i köket.

"Jag gillar din hoodie," sa Tomek torrt.

"Va—? Åh... den här?" Terrence tittade förvånat ner på sin tröja, som om han hade glömt att han bar den. "Den här gamla trasan? Haft den i åratal."

"Ser väldigt lik ut den du beskrev för oss häromdagen, Alina, eller hur?"

"Den som jag...?" upprepade hon och spelade dum.

"Ja. Du vet. Förföljaren du berättade om. Utsänd av Herbert innan han dog. Sa du inte att han hade en hoodie och en keps precis som den där?"

"Jag... öh..." mumlade hon.

"Jag skulle säga att du hittade på. Det fanns ingen förföljare. Du ljög för oss. Varför?"

"För att jag... för att ni inte visste hurdan han var. Det var precis en sån sak han skulle ha kunnat göra."

"Men det gjorde han inte," snäste Tomek och korsade armarna. "Varför låtsades du ha en förföljare?"

Alina vände sig mot sin partner och suckade så djupt att Nick skulle ha blivit imponerad. "Herbert hotade hela tiden att dra in pengarna. Han sa att det inte skulle bli några fler betalningar. Så jag bestämde mig för att slå tillbaka, sa till honom att jag skulle gå till pressen och påstå att han hade hyrt in en torped för att förfölja mig och döda mig. Jag tog till och med foton på Terrence på gatan som "bevis"." Hon gjorde citattecken i luften med fingrarna. "Jag hade aldrig tänkt fullfölja det."

"Och Herbert synade din bluff?" frågade Rachel.

"Jag antar det."

"Så det ljög du om," började Tomek. "Vad mer har du ljugit om?"

"Jag förstår inte. Jag har inte—"

"Känner du igen det här?" Tomek tog fram bilden på Herbert Tucker i klubben och körde upp den i deras ansikten. "Jag har fått pålitliga uppgifter om att det bara finns ett exemplar av den här, och att det stod stolt framme på herrklubben i Southend. Men så är det inte, eller hur, Alina?"

"Jag förstår inte vad du menar..." Hennes röst sprack av rädsla och ångest.

"Sluta ljuga, snälla. Det är tröttsamt. Förklara allt och gör det nu." Tomek var besviken över att det inte fanns något bord att slå handen i för att understryka sitt förakt för henne.

"Jag... ja, jag tog den bilden. Och nej, det är inte det enda exemplaret." Hon såg Tomek i ögonen som om hon väntade på ett klartecken att fortsätta. "Jag sparade ett par kopior som hållhake. Ifall att."

"Varför skickade du den till Herberts fru?"

Hon suckade djupt. "För att hon hade hotat oss. När Herbert drog in pengarna skrattade hon åt oss och sa vilket vidrigt släkte vi är. Så jag skickade henne fotot som bevis på hur vidrig hennes *man* var, inte vi. Jag skickade det till deras hemadress och sa att jag skulle skicka det till pressen om jag inte fick våra pengar. Men jag menade inte *Southend Echo*. Jag menade större – *The Sun, The Daily Mail*. De skulle ha betalat mycket mer för en exklusiv om sånt där."

"Så då kom hon över med slutbetalningen personligen?"

"Hur kan ni...?" började hon, men insåg sedan att frågan var meningslös; att de visste allt. "Nora tog ut en stor summa pengar från Herberts konto utan att han visste om det och kom sedan över med dem till oss. Det var den sista betalningen vi har fått."

"Det var alltså inte en handpenning för att mörda hennes man?" frågade Rachel och kilade in frågan i samtalet som ett barn som försöker pressa in en fyrkantig kloss i ett runt hål.

"Mörda honom? Vad pratar ni om?"

"Herberts fru betalade er inte för att mörda honom?" upprepade Rachel.

"Självklart gjorde hon inte det!" avbröt Terrence, och hans djupa röst fick porslinet att skallra. "Vi hade ingenting med Herbs mord att göra, det lovar jag er."

"Det får vi se," svarade Tomek tyst, vände sig sedan mot Rachel och höll fram handen.

"Vad ska det betyda?" skällde Terrence. "Vad pratar ni om? Vi hade ingenting med Herberts mord att göra!"

Tomek ignorerade dem medan han tog ett provrör från Rachel och började ta på sig ett par blå kriminaltekniska handskar.

"Vad gör du?" fortsatte Terrence. "Vad ska du ha det där till?"

"Alina, kan du öppna munnen åt mig, tack."

Alina knep instinktivt ihop läpparna.

"Jag behöver bara ta ett snabbt DNA-prov på dig."

Terrence ställde sig framför henne, och hans mage som ett stenblock gjorde ett bra jobb med att skydda henne från Tomek.

"Du kan inte göra så här! Du har ingen rätt! Låt mig ringa Brendan, han—"

Tomek stelnade till och blängde medan dumbommen hejdade sig mitt i meningen.

"Vad ska Brendan göra?" frågade Tomek.

Terrence teg plötsligt och flyttade sig åt sidan.

"Fortsätt, tack. Jag vill höra vad du skulle säga."

"Inget. Inget. Jag skulle inte säga något. Glöm att jag nämnde hans namn."

"Har du utnyttjat hans inflytande och makt för att få dig friad från några särskilda åtal tidigare?" frågade Rachel.

Inget svar.

"Vi vet att han kan vara väldigt övertygande."

Fortfarande inget.

"Säg det," befallde Tomek. "Annars har vi en fin madrass som väntar på dig på stationen."

Terrence skakade på huvudet och började be om ursäkt i parti och minut. "Han hjälpte mig genom mitt missbruk. Han hjälpte till att hålla polisen borta från mitt hus då. Det var allt. Jag står i stor tacksamhetsskuld till honom."

Det kan du skriva upp.

"Öppna munnen, tack, Alina," sa Tomek och viftade med bomullspinnen framför hennes ansikte. "Det är över innan du hinner blinka."

Motvilligt öppnade Alina munnen och Tomek drog pinnen på insidan av hennes kinder, och tog god tid på sig. Av ren trots. När han var klar lade han tillbaka den i röret, räckte över beviset till Rachel och tog sedan av sig handskarna, som han lade på köksbänken för värdparet att ta hand om.

"Vad ska ni ha det till?" frågade Alina med svag röst, som om hon just hade hämtat sig efter att ha blivit misshandlad.

"Rutinkontroll," ljög Tomek. Sedan tillade han: "Av ren nyfikenhet, betyder Claire's Sumptuous Strawberry något för dig?"

"Det är namnet på ett läppstiftsmärke."

"Just det. Och har det någon annan särskild betydelse för dig?"

"Det är..." Hon vände sig mot Terrence och tillbaka till Tomek. "Det är läppstiftet som Herbert tvingade mig att ha på varje gång vi hade sex."

KAPITEL
FYRTIOSJU

Trettio minuter blev till trettioen. Trettioen blev trettiotvå.

"Det här var ju bra," sa Tomek. "Tror inte hon dyker upp, polare."

Han höjde handen och vinkade in ägaren. Morgana's var knökfullt i kväll. Precis som varje kväll. Och dag. Och varje timme det var öppet. Hur många gånger Tomek än besökte kaféet, fortsatte det förbrylla honom hur mycket folk där var.

Ett ögonblick senare kom Morgana skyndande med penna och block i handen, och det där läroboksleendet fastklistrat i ansiktet.

"Vad får det vara?"

"En fralla med korv och ägg, tack," sa Tomek.

"Samma för mig, tack," svarade Abigail och suckade.

"Titta på oss, lika som bär."

"Det är nästan som att vi båda är människor och gillar samma sorts mat."

"Någon är lite bitter," svarade Tomek.

"Och jag har all rätt att vara det. Det här är tredje gången hon bangar ur. Jag vet inte hur många fler chanser jag kan ge henne."

Tomek ryckte på axlarna, plockade upp servetten från bordet och började fingra på den. "Jag menar, du kan alltid ge mig hennes namn och uppgifter, så kan jag skicka över Anna för att prata med henne."

"Nej! Är du dum eller? Det är det sista vi vill göra. Då kommer hon definitivt inte."

Att behandla Kvinna X som ett skrämt rådjur, trodde Tomek inte skulle få henne att krypa ur sitt hål snabbare, men han valde att inte påminna henne om det.

När trettiotvå minuter blev till trettiofem syntes hon fortfarande inte till. Däremot stod det mat på bordet. Ljuvligheter, som Tomek brukade kalla det. Nattamat. En förrätt före huvudrätten hemma hos Kasia. Tallriken framför honom var rejält tilltagen. Två ägg, två skivor rostat bröd och minst sex skivor bacon, med en sidoservering bönor i en liten skål som han inte hade bett om. Det vattnades i munnen vid åsynen.

Han vände sig mot Abigail, som dreglade över sin mat lika mycket som han.

"Är det här en dejt?" frågade han.

"Nej."

"Det känns så."

"Det är det inte."

"Men den har ju alla kännetecken. En restaurang. En måltid. Vi två – ensamma."

"Det räknas inte."

"Den förra gjorde det."

"Ja, men inte i kväll."

"Kan *jag* räkna den ändå?"

"Nej. Det funkar inte om bara en av oss tycker att det är en riktig dejt. Det är som att du säger att du flög ett plan när allt du gjorde var att stå i cockpit. Du måste lägga händerna på spaken och flyga den där rackaren innan du kan kalla det en dejt."

Tomek såg förbluffat på henne. Oavsett omskrivningarna tyckte han ändå att det här var en dejt, även om hon inte gjorde det.

"Förlåt att vi fortsätter att ses så här," sa hon, just som han stoppade in ägg och bacon i munnen.

"Ses hur då?"

"På jobbet... med jobbsaker. Du vet, när du kom in på mitt kontor häromdagen; förra gången vi gjorde det här, och nu gör vi det igen."

"Det är lugnt," sa han. "Jag har inget emot det. Ärligt. Det ger mig åtminstone en ursäkt att träffa dig. Och jag känner mig inte lika skyldig när jag vet att det sker under jobbets täckmantel."

Abigail petade eftertänksamt i maten. "Du säger bara det du tror att jag vill höra."

Tomek viftade med kniven framför henne. "Nä-ä. Det du vill höra är att det här *är* en dejt."

"Jag tror att det är *du* som vill höra det," svarade hon.

"Vad då?"

"Att det här är en dejt!"

"Woho!" jublade Tomek, medan matbitar flög ur munnen. "Fångad. Du erkände. Det. Här. Är. En. Dejt. Och en bra sådan dessutom. Så förstör den inte."

Med en djup suck himlade Abigail med ögonen och vände uppmärksamheten mot sin mat. Nästan fyrtio minuter hade gått och fortfarande syntes hon inte till. Vid minut fyrtioett gav Abigail upp.

"Eftersom det här är en dejt förklädd till jobb," började hon, "så har jag inte alltför dåligt samvete för att fråga hur utredningen går."

Tomek log snett. "Du vet att jag inte kan berätta allt."

"Kanske gör du det någon dag."

"Tyvärr inte den här gången," förklarade han och fortsatte sedan med att berätta den ganska harmlösa och oansenliga historien om Albert Patterson, metallsökarentusiasten som hade hittat Herbert Tuckers vigselring på stranden.

"Stackaren," sa hon. "Låter som att han hade hunnit fästa sig vid den."

"Jag vet. Jag kände mig usel som tog den ifrån honom. Jag fick intrycket att han inte hade särskilt mycket, och att det var hans sista ägodel. Han var väldigt glömsk också... lite rörig."

"Men åh."

Ett ögonblicks tystnad lade sig över bordet medan de stoppade i sig en tugga till.

"Och du då? Vad är nytt i Southend och trakten runt omkring?"

"Har du inte hört?"

Tomek såg bistert på henne. "Om jag hade det, skulle jag inte fråga..."

"Hur som helst. Det är kaos just nu. John har gett mig grönt ljus att köra på med storyn jag har jobbat med. Han har också gett några av de andra tjejerna grönt ljus att köra artiklar om Brendan Door, borgmästaren, Southend FC:s ordförande, Anthony Arnold – allihop. Varenda en. Vi har till och med fått tillgång till Southend Seven."

Tomek tog en stund för att smälta informationen. Huset höll på att rasa och John Mullen såg till att han var den enda som stod utanför och tittade på. Men varför? Vad hade han att vinna nu när Herbert Tucker var död? Försökte han bara sänka alla andras rykten så att han själv badade i ära? Eller hoppades han att allmänheten skulle bli så sönderslagen av alla hemska nyheter om några av stadens mest framträdande personer att när en artikel väl kom om honom skulle de vara avtrubbade, effekten förminskad? Tomek visste inte. Men en del av honom tyckte att det var oroande. Samtidigt kunde en annan del knappt vänta på att få se vilka historier som skulle komma ut.

"Du vet att jag inte kan berätta allt," sa hon och blinkade.

"Kanske gör du det en vacker dag," sa han.

"Kanske," svarade hon. "Beror på hur väl du behandlar mig."

Precis när Tomek skulle trycka in den sista biten mat i munnen började telefonen vibrera på bordet. Okänt nummer.

Han drog fingret längst ned på skärmen och höll den mot örat samtidigt som han tryckte in maten i truten.

"DS Bowen," sa han nästan ohörbart.

"DS Bowen?" upprepade en mansröst. "Jag heter PS Knight. Jag har fått i uppdrag att meddela dig att Richard Stafford precis har setts i Victoria Shopping Centre. En av våra konstaplar väntar utanför Peacocks på dig nu."

KAPITEL
FYRTIOÅTTA

Tomek visste inte vad som var mest förbryllande: varför en rik och förmögen drogbaron handlade på ett ställe som Peacocks, eller varför han över huvud taget hade dykt upp ur tomma intet. Sedan teamet hade förhört de övriga sex medlemmarna av Southend Seven, hade flera försök gjorts att hitta den efterlyste knarksmugglaren, men underrättelser från narkotikaroteln i Colchester hade indikerat att han flugit till Spanien och, eftersom det inte fanns någon arresteringsorder, hade det inte funnits någon möjlighet att plocka in honom så fort han landade.

Tomek anlände till Victoria Shopping Centre tjugo minuter efter samtalet. Komplexet låg längst upp på huvudgatan, mindre än hundra meter från stationen Southend Victoria. Det började byggas och stod klart i slutet av sextiotalet och hade sedan dess varit ett stående inslag i Southendområdet. Hundratusentals besökare klev genom dess dörrar varje år, och Tomek häpnade över att tänka att Richard Stafford var en av dem.

Vid ingången till centret väntade en ung polis, klädd i oklanderlig uniform, stående med armarna vid sidorna som om han hade varit med i kungens garde eller gjort en vända i armén.

Tomek gick fram till mannen och presenterade sig.

"PC Ryan Blackpool," svarade konstapeln med ett fast handslag.

"Har du fortfarande ögonen på honom?"

Blackpool nickade med huvudet mot Boots apotek till vänster.

Passande.

"Han har varit där inne i ungefär tio minuter. Först var han på Peacocks i runt tjugo, sen gick han in på Deichmann, och nu är han här."

"Är han ensam?"

Blackpool nickade. "Så långt jag kan se, ja."

"Utmärkt. Låt mig ta det här. Om han ser dig i uniform kan han få panik."

Ännu en nick. Den här gången tog konstapeln av sig sin polismössa och höll den under armen.

Tomek lämnade mannen och gick mot butiken. Många eftermiddagar hade han tillbringat där med Kasia, bläddrandes bland hyllorna, på jakt efter det senaste inom smink och hårprodukter. Så pass ofta att han numera kände gångarna som sin egen ficka. Han visste var sminkhyllorna med varumärken fanns, var bindorna låg, var hårfärgen stod och viktigast av allt, var preparaten mot ledvärk var gömda.

När han släntrade in genom butikens entré och passerade sminkdiskarna, undrade han hur många gånger Herbert Tucker hade gått genom de där dörrarna. Om han hade kommit in och köpt läppstiftet Strawberry Surprise som han bett sina sexuella erövringar att bära. Och om han hade köpt något annat för det ändamålet när han varit där inne.

Innan han hann tänka vidare på det fick Tomek syn på Richard Stafford nere vid tandkrämshyllan. Det var uppenbart att han var malplacerad, han stack ut som en finne i ansiktet på en tonåring, med sin lantliga stil, gummistövlarna och kepsen.

Mannen böjde sig ner efter en förpackning Sensodyne-tandkräm när Tomek stoppade honom.

"Herr Stafford?"

Richard kastade en blick upp mot Tomek, med förakt i blicken.

"Kan hända. Beror på vem som frågar."

"Kriminalinspektör Tomek Bowen." Tomek log självgott och räckte ut en hand för att hjälpa Richard upp.

Mannen ignorerade den och reste sig, med tandkrämspaketet i handen.

"Jag har hört att nio av tio tandläkare rekommenderar den här," sa han. "Måste vara bra i så fall."

Richard var inte imponerad. "Vad vill du?"

"Jag skulle vilja ställa några frågor, om det går bra?"

Vid det här laget hade en liten klunga människor bildats i andra änden av gången; Tomek hade inte gjort något försök att sänka rösten och var alltså mer än nöjd med att ha publik.

"Det här om häromdan?"

"Japp. Du är svår att få tag i."

"Jag föredrar det så."

"Tja, du vet vad man säger. Ett privatjet om dagen håller kriminalinspektörerna borta. Ska vi?"

De gick därifrån i godan ro, ut genom butikens front, tätt intill varandra som om de vore goda vänner på en vardaglig shoppingrunda, som gjorde av med pengar de inte hade på saker de inte behövde. Väntande på dem, lutad mot en vägg med ena handen i fickan, stod PC Blackpool.

"Sluta se ut som om du är med i en Tarantino-film och följ med oss", sa Tomek när de passerade honom.

Konstapeln följde snabbt efter. Utanför, längst upp på huvudgatan, svängde de vänster och gick mot Pizza Hut på hörnet. Där hade Tomek parkerat bakom Blackpools märkta polisbil. När de kom fram till polisbilen öppnade Tomek bakdörren och nickade åt Richard att kliva in.

"Allvarligt?" frågade mannen.

"Det är bara ett snack. Någonstans lite mindre pinsamt än ett apotek."

Motvilligt, och med attityden hos en trotsig tonåring, sänkte Richard Stafford huvudet och klev in i baksätet. När Tomek hade stängt dörren bakom honom och börjat gå runt bilens bakände, ropade en röst bakom dem.

"Blackpool, var har du varit, mannen?"

Ryan, förbryllad och på helspänn, vände sig tvärt om och fick syn på en man som promenerade mot honom. Mannens skick förbryllade Tomek. Håret var rufsigt, skägget ovårdat och ansiktet smutsigt. I armarna bar han en grön och grå sovsäck, och över axeln en stor ryggsäck i samma färger. Allt på hans utsida antydde att han var hemlös, inklusive de saknade tänderna, men det var klädseln som förvirrade Tomek. Han var klädd i en nästan oklanderligt pressad grå kostym. Dyr, måttsydd.

"Tjena, Rick?" sa Ryan. "Har inte sett dig på ett tag. Var har du hållit hus?"

"Äh, du vet. Lite här och där. Ute och ränner."

"Snygg är du dock, måste jag säga. Var fick du tag på den?" Ryan lät blicken löpa upp och ner över mannen och pekade på skorna. "Har aldrig sett dig i något så här rent förut."

"Nån snubbe bara kom och lämnade den till mig härom natten, liksom?"

"Va?"

Tomek vände sig om och började gå runt bilens bakdel igen.

"Ja, det var sjukt, men jag tänkte ju inte säga nej. Den här snubben kom fram till mig mitt i natten. Väckte mig och allt, och frågade om jag ville byta mina kläder mot hans polares kostym."

Tomeks hand var på bildörrshandtaget när han stannade. "Vad sa du just?"

Rick stelnade, kroppen spänd. "Inget. Jag sa ingenting."

"Lugnt, Rick", sköt Ryan in. "Han är med mig. Du blir inte gripen."

"Åh. Okej. I så fall, vad vill du veta?"

Tomek frustade. "Vad sa du nyss om att någon gav dig den där kostymen?"

"Nån kille väckte mig bara mitt i natten, viftade med den här kostymen i ansiktet på mig och frågade om jag ville byta den mot mina kläder."

"Frågade du varför?"

"Han sa att det var ett skämt. Han skulle driva med en kompis."

"Såg du hans ansikte?" frågade Tomek.

"Inte direkt, kompis. Det var mörkt. Jag var trött. Och jag frös röven av mig så jag var mest intresserad av att bli varm."

Fan.

"Fick du något mer? Några pengar?"

"Varför vill du veta det för?" frågade Rick, och spände sig.

"Nyfiken." Tomek gjorde en paus medan hjärnan bearbetade informationen. Sedan tittade han genom bakre passagerarfönstret och pekade. "Liknar killen i den här bilen honom?"

Ricks ansikte förvreds när han lutade sig åt sidan för att få en bättre blick på Richard Stafford som satt i bilen.

Ett ögonblick senare rätade han på sig som en svans på en hund och sa: "Nä, sorry, kompis. Inte han. Hade definitivt inte såna kläder."

Fan också.

"Minns du vad han hade på sig?"

Rick petade sig i näsan medan han tänkte hårt. "Tror han hade kostym eller nåt. Eller så var det träningsställ. En hoodie, kanske. Kan inte minnas, om jag ska vara hundra procent ärlig. Det var mörkt, som jag sa. Och jag satt ihopkrupen på min lilla plats medan jag bytte om och så där."

Tomek nickade att han förstod. "Är det något annat du minns? Något han kan ha sagt? Något han kan ha gjort? Vilket håll han gick åt?"

"Han var med en kvinna, men jag såg henne inte. Hon var runt hörnet nånstans. Allt hon gjorde var att ropa "Kom nu" och sen sprang han efter henne."

Jävlar i helvete.

Mördarna hade varit där. Och de hade haft ett vittne. Kanske hade de inte trott att Rick någonsin skulle gå till polisen, eller att han någonsin skulle springa på dem på gatan.

"Har du en mobil eller nåt?" frågade Tomek. "Så att vi kan kontakta dig om vi behöver."

"Ser det ut som att jag går runt med mobil, eller?"

"Nej. Du har rätt. Förlåt."

Jävla idiot.

"Hur är det med kläderna? Skulle vi kunna ta dem från dig? Vi behöver undersöka dem efter spår."

"Inte en chans. Ni får inte de här. Vad fan ska jag annars ha på mig? Det är allt jag har."

"Vi kan hitta något åt dig i förrådet."

"Nä, skit i det. Ni kan köpa nåt åt mig i stället."

Tomek funderade en stund. Sen fick han en idé. Han öppnade bildörren och pekade på föremålet i Richards hand.

"Kan jag få den?"

"Min tandkräm? Absolut jävla inte."

"Kom igen. Den här killen behöver den mer än du. Och du kan säkert köpa en ny."

Motvilligt, som om Tomek nyss bett honom skriva bort sina livsbesparingar, räckte Richard Stafford över tandkrämstuben till honom. Äckel, tänkte Tomek när han kastade förpackningen till Rick.

"Se det här som en handpenning", sa han och vände sig sedan till Ryan. "Kan jag lämna det här till dig att fixa?"

Ryan nickade som bekräftelse.

Tomek vände sig mot Rick. "För Herbert Tuckers familjs räkning, tack för din hjälp."

Ett ögonblick senare hoppade han in i baksätet. Dörren slog igen och omslöt dem i en bubbla av tystnad.

"Fick du de svar du behövde av honom?" frågade Richard Stafford.

"Tyvärr inte, så det betyder att jag fortfarande har några att ställa till dig."

"Spara andan, kompis", svarade Richard och pillade på sin keps. "Jag har inte haft något att göra med Herberts mord. Det sa jag ju till er häromdagen."

"Varför stack du då?"

"Det gjorde jag inte."

"Att flyga till ett annat land tyder på motsatsen."

"Jag har affärsintressen där som krävde min omedelbara uppmärksamhet."

Tomek grymtade och vände blicken mot vindrutan.

"Jag hade inte dig som en som handlar på Peacocks", sa han.

"Jag gillar deras underkläder."

"Men du köpte inga?"

Tomek kände lukten av skitsnack.

"De hade inte min storlek."

"Vilka storlekar kör de där inne? Uns eller gram?" frågade Tomek och tog en chansning.

"Är det det du har kommit för att fråga mig om, detektiv? Eller gäller det min käre gamle väns död?"

"Inget av det. Det handlar om hemligheten du tänker ta med dig i graven."

Richard vred långsamt huvudet mot sidofönstret och såg förbipasserande ströva förbi fordonet, deras röster och steg dämpade.

"Jag är rädd att jag inte vet vad du pratar om, detektiv. Jag har inga hemligheter."

"Det är lika stor lögn som det där med nio av tio tandläkare, och det vet du."

"Min tandläkare skulle inte hålla med." Ett snett leende spred sig över Richards ansikte.

"Så du vet inget om Herberts död?"

"Tyvärr inte, detektiv. Det var många som inte tyckte om min vän, däribland några av mina andra vänner, som du säkert känner till. De hade alla skäl att skada honom, men inte att döda honom. De är lika skyldiga som alla andra till en hel del."

KAPITEL
FYRTIONIO

Tomek tillbringade de närmaste timmarna med att försöka bearbeta Richard Staffords ord.

De hade alla skäl att såra honom, men aldrig att döda honom.

De är alla lika skyldiga som alla andra till en massa saker.

Hemligheten som Richard Stafford skulle ta med sig i graven, given till honom i gåtform. Det var bara synd att varken han eller resten av teamet kunde tyda innebörden. Något med hans ordval och hur han hade sagt det antydde att det fanns något mer med Herbert Tucker som han och teamet borde ha känt till men inte gjorde. Att det pågick något annat bakom kulisserna.

"Vilka andra stenar finns kvar att vända på?" frågade Nick.

I rummet med dem satt Sean och Victoria, de fyra mest erfarna i teamet. Nick hade kallat till krismöte strax efter att en artikel i *Southend Echo* hade hängt ut Nick för hans professionella koppling till Brendan Door. Artikeln hade ifrågasatt chefinspektörens integritet och lämplighet för jobbet. Något han var fast besluten att tvätta bort med ett snabbt och effektivt gripande för Herberts mord.

"Inget jag kommer på, chefen," svarade Sean.

"Vad skönt att du är här, sergeant, med din fantastiska insikt," fräste Nick. "För helvete."

Sean sänkte huvudet och höll tyst de följande minuterna.

Sedan började Nick vandra runt i rummet, mumlande Richard Staffords ord för sig själv.

"De är alla lika skyldiga som de andra... Vad menar han med det? Kan de allihop ha varit inblandade? Kan de ha planerat det här tillsammans? Alla nio?"

"Nio, chefen?" frågade Tomek.

Nick stannade tvärt och började räkna på fingrarna. "Alina, Terrence, John, Brendan, Nora, Gregory, Anthony, James och Richard Stafford."

"Räknar vi Nora som misstänkt?" frågade Tomek.

"Tills vi får tillbaka hennes och Alinas DNA-prover, absolut. Det finns en kvinna inblandad någonstans, och det är en av dem."

"Så det är antingen Brendan som medhjälpare eller Terrence."

"Vilken av kvinnorna ville hellre ha honom död?" frågade Victoria.

"Hon som var så ekonomiskt beroende av honom och skulle få den inkomstströmmen avskuren, eller kvinnan han hade varit otrogen mot så många gånger och hotat att skilja sig från?"

"Det är en och samma kvinna," svarade Tomek och korsade armarna över bröstet. "De har samma motiv. Båda var beroende av honom för pengar och de senaste månaderna hade han hotat att strypa den inkomsten. Det handlar om männen."

Victoria himlade med ögonen och lutade sig tillbaka i stolen.

"Vad tänker du, Tomek? Fortsätt," insisterade Nick.

"Terrence var den stigande stjärnan, tvåa i hierarkin, på väg mot politisk storhet tills Herbert introducerade honom till droger och sparkade ut honom ur teamet. Medan Brendan var ekonomiskt beroende av honom – underbordspengarna som höll drogerna strömmande in i staden. Men jag tror att Herbert var mer beroende av Brendan i just det avseendet. Så om jag måste välja, får Terrence ett litet övertag för mig."

"Och du är säker på att Richard Stafford inte passar in i bilden alls?"

Tomek skakade på huvudet. "Först trodde jag att han kunde ha haft med det att göra. Med tanke på vad han är efterlyst för skulle det vara rimligt att han hade de kriminella kontakterna för att ordna något sånt här, men efter det Rick sa tror jag inte det."

"Tycker du verkligen att vi kan tro på vittnesmålet från en hemlös?" började Victoria. "Hur vet vi att han inte är en av Richards missbrukare? Hur vet vi att han inte bara täcker upp för honom?"

"För att en av våra egna har gått i god för Rick. Han är ingen missbrukare. Han tar inte droger. Han har bara haft en jäkla otur, vad jag har hört."

"Det ursäktar honom ändå inte—"

"Prova du att leva på gatan," avbröt Tomek. "Så får du se hur snabbt du tar chansen till nya kläder."

"Nu räcker det!" röt Nick, hans röst ekade ut i korridoren. "Nu räcker det, båda två. Vi har fortfarande ett mord att lösa." Han suckade djupt. "Hur är det med ringen? Har vi fått något på den än?"

Sean skakade på huvudet. "Inget, chefen. Inget DNA, ingenting. Den är så rengjord att grabbarna nästan tog den för helt ny."

"Fan. Hur är det med—?"

Innan Nick hann avsluta flög dörren upp och in rusade Oscar, andandes häftigt medan han klamrade sig fast vid dörrhandtaget för att inte farten skulle bära in honom i rummet.

"Förlåt att jag stör, chefen," sa han, flämtande, "men det här är viktigt."

En suck till. Lättare den här gången, fylld av en känsla av optimism. "Vad är det?"

"IT-forensik. De har precis skickat rapporten för Herbert Tuckers telefon och bärbara dator." Oscar svängde med en bunt papper i luften.

"Och? Vad hittade de?"

Oscar stängde dörren bakom sig och skyndade in till rummets mitt. Ögonen lyste av upphetsning och rörelserna var febriga.

"De hittade dussintals sms och mejl som bevisar att Herbert Tucker och hans lilla skara politiker och inflytelserika personer i Southend Seven drev en sexhandelsliga."

Tystnad.

Ingen sa något medan de bearbetade informationen.

Sean var först att tala. "Vem var inblandad?"

"Allihop. PFCC, borgmästaren, James Colehill, John Mullen, Terrence Toffolo, allihop. De tog in tjejer från Östeuropa, bäddade in dem – bokstavligen – på den där klubben och tvingade dem sedan att göra vad Southend Seven ville."

Tomeks hjärna kändes som om den gick i tusen knyck.

De misstänktas namn dök upp i huvudet på honom i rasande fart, och försvann nästan lika fort.

Sedan Noras ord: *Han hade en grej för östeuropéer. Det dök alltid upp något utländskt namn på hans telefon.*

Allt började falla på plats. Alina Zandecka hade ljugit. Hon hade förts in i landet av människohandlarna och hållits kvar i systemet tills hon blev gravid. Därifrån hade det vänt och hennes makt inom gruppen hade ökat. Hon hade en hållhake på Herbert, och den hade hon kunnat utnyttja i fyra år, samtidigt som hon hade ansvarat för att ta in andra kvinnor från utlandet. Tomek ville inte tänka på hur många liv hon hade förändrat, allt för ett månadsarvode.

"Det är därför John Mullen kastar alla under bussen," sa Nick mjukt, som om han förklarade det för sig själv. "Det är därför han släpper all den här informationen om de andra. Han visste att det bara var en tidsfråga innan det här kom ut, så han försökte avleda så mycket som möjligt."

"Hur är det med Richard Stafford?" frågade Tomek, som långsamt började hämta sig. "Du nämnde inte hans namn."

"Det beror på att han inte verkar förekomma i några av mejlen eller korrespondensen."

Tomeks blick gled bort från Oscars och landade på bordet mitt i rummet. "Han stod bara för att förse deras fester med droger; resten skötte införseln av tjejerna."

"Faktiskt föll just det ansvaret till stor del på Keith Ferguson."

"Snubben som tog livet av sig?"

"Ja."

"Herregud."

Det förklarade hans självmord.

Keith Ferguson hade inte varit orolig för vad som skulle kunna komma fram om hans drog- och prostitutionsvanor. Han hade varit mer orolig för att polisen skulle avslöja hans inblandning i människohandel med kvinnor över kontinenten för sexuella ändamål.

Och sedan tvärstannade tankarna, avbrutna av en försiktig hostning.

Alla fyra männen vände sig mot Victoria.

"Jag vill inte leka djävulens advokat," sa hon mjukt, "men inget av det här förklarar vem som dödade Herbert Tucker."

KAPITEL
FEMTIO

Victoria hade haft rätt. Ingen av anklagelserna om sexhandel hade något att göra med mordet på Herbert Tucker. Men det hindrade dem inte från att gå efter de ansvariga.

Under de följande dagarna grep Tomek och teamet alla som kunde kopplas till mejlen och sms:en och gick noggrant igenom bevisen som de digitala forensikerna hade samlat in: mejl från Herbert och John Mullen med instruktioner till Keith Ferguson och Terrence Toffolo om när de skulle flyga till Rumänien och Litauen, vart de skulle ta sig, vilka de skulle tala med och när de skulle ta dem tillbaka. Teamet hade till och med kontrollerat männens flyghistorik hos flera flygbolag och kunnat styrka deras rörelser. Dessutom hade Rachel och Anna skickats ut för att leta efter flera av de kvinnor de misstänkte hade utsatts för människohandel. Som tur var hade de hittat dem. Och ännu bättre, kvinnorna hade mer än gärna velat prata. Fullständiga vittnesmål som i princip slog in de sista spikarna i kistorna för flera medlemmar av Southend Seven.

Med två undantag: Richard Stafford och Anthony Arnold, CPS:s åklagare.

Båda männen hade hållits utanför mejlen, och inget tydde på att någon av dem varit inblandad i brotten. Det ansåg Tomek inte vara en slump, med tanke på att den som hade störst juridisk kunskap av dem alla hade lyckats undvika åtal både för egen del och för den han hade de mest relevanta affärsrelationerna med. Inte heller, till Tomeks förvåning, hade någon av de andra medlemmarna i Southend Seven tjallat på någon av dem. Men eftersom det inte fanns några bevis mot dem kunde Tomek varken gripa eller åtala dem för något. Det enda ess Tomek hade i rockärmen var dock underrättelsen han hade skickat till Essex-polisen i Colchester, där han redogjorde för sin misstanke att Richard Stafford drev huvuddelen av sin narkotikaverksamhet inifrån klädbutiken Peacocks i Victoria Shopping Centre. Tomek misstänkte att Richard Stafford gick in, skötte kontakterna med personalen som alla stod på hans lönelista, och därifrån skeppade ut tonvis med droger som hamnade på gatorna. Det var bara en magkänsla, men en magkänsla likafullt. Och genom åren hade hans intuition svikit honom bara vid ett fåtal tillfällen. Nu var det upp till narkotikagruppen att hitta länken och lägga pusslet.

I slutet av veckan hade teamet framgångsrikt väckt åtal mot Terrence Toffolo, John Mullen, Brendan Door, James Colehill och Gregory Chaplin för en lång rad brott.

Den sista på deras lista var Alina Zandecka.

Baserat på informationen som den digitala forensikgruppen hade satt ihop och de vittnesmål som Martin och Oscar hade lyckats samla in, hade Alina Zandecka spelat en avgörande rol i handeln med de intet ont anande kvinnorna. Hon hade uppträtt som deras vän, låtsats ordna boende åt dem och hjälpa dem att rota sig under förevändning att de erbjöds ett bra liv. Hon hade groomat dem och gjort dem redo för det arbete de förväntades utföra, allt för sitt månadsarvode på fem tusen pund.

De hade mängder av bevis mot henne för brottet. Det enda de inte hade mot henne var bevis som tydde på att hon hade dödat Herbert Tucker.

I den gångna timmen hade Tomek suttit mitt emot henne och hennes advokat och försökt knäcka henne. Men hon pratade inte. De enda orden som kom ur hennes mun var "inga kommentarer". Hon var omöjlig att läsa, och oavsett vilka taktiker han prövade gav hon sig inte.

Problemet var att det fanns väldigt lite som tydde på att det var hon som hade gjort det.

Det enda de hade på henne var motiv.

Och förstås DNA-resultaten från läppstiftet, som de fortfarande väntade på.

Några timmar senare återvände Tomek till kontoret, nedslagen. Han hittade Nick och resten av teamet i stabsrummet.

"Och?" frågade Nick, med hoppet tydligt i rösten.

Tomek skakade på huvudet åt kommissarien.

"Inget," sa han. "Jag försökte, men det enda hon gav var "inga kommentarer"."

"Fan!"

Med ett ursinnigt kast skickade Nick en kulspetspenna tvärs över rummet. De som låg i dess bana tvingades ducka och kasta sig undan om de inte ville bli träffade.

"Vi är så jävla nära, jag känner det."

"Det är inte hela världen," sa Sean. "Vi har ju fortfarande DNA-resultaten att—"

Och då knackade det på dörren. Svagt, nästan ohörbart.

Liam Porter, brottsplatschef, stack in huvudet genom springan. "Jag stör väl inte?"

"Jo," väste Nick. "Vad vill du?"

Porter höjde en lila mapp i händerna, tog sedan ett trevande steg in genom dörren och över tröskeln till den isiga stämningen. Han gick vant fram till Nick längst fram i rummet och räckte kommissarien mappen.

"Jag har inte tid att läsa det här," sa Nick.

"Vill du ha sammanfattningen i stället?"

"Ja. Fram med den. *Snälla.*" Betoningen Nick lade på det sista ordet var lika tydlig som otåligheten i hans ansikte.

Innan han vände sig till rummet harklade Liam sig. "Det är era DNA-resultat. Munprovet ni skickade över."

"*Prov?*" upprepade Tomek och tog omedvetet ett steg framåt.

"Ja," svarade Liam, förlägen. "Vi skickade bara ett prov för analys."

"Nej, nej, nej. Det skulle ha varit två."

Tomek kastade en blick mot Rachel och Anna, som om han väntade sig att de skulle höra hans innersta tankar.

"Jag skickade iväg mitt prov, jag svär," svarade Rachel först.

"Samma här," fyllde Anna i. "Så fort jag kom tillbaka."

"Så hur i helvete har bara ett prov skickats iväg?" vrålade Tomek. Sedan slog svaret honom som en örfil, och han höjde blicken tills den mötte Nicks.

"Brendan ..." sa de båda unisont.

"Chey, jag vill att du kollar servern," började Nick. "Jag vill att du tar reda på vem som gick in i filerna och vem som tog ut bevisföremålen från det att de lades in tills de skickades iväg."

Chey nickade, reste sig ur stolen och skyndade ut ur rummet.

Alla blickar föll på mappen i Nicks hand.

Försiktigt höll kommissarien upp den framför sig och öppnade den ...

Tomek höll andan medan han väntade på svaret som de alla hade väntat på.

"Det inskickade DNA-provet tillhörde en fröken Alina Zandecka," sa han, "och det har kommit tillbaka negativt. Hennes DNA matchar inte någon av profilerna som hittades på Herbert Tuckers hand."

▭

Det lämnade en person kvar.

Nora Tucker. Herberts bedrägliga och otrogna fru, hon som hade hållit sig under radarn under stora delar av utredningen.

En snabb koll i systemet bekräftade Tomeks och Nicks misstankar om att Brendan Door hade varit inne på Noras DNA-prov och tagit bort det ur bevisningen. De två hade arbetat tillsammans, men medan de hade Brendan sittande i häkte saknade de fortfarande den sista pusselbiten.

Det enda problem som återstod nu var att hitta henne.

Precis när Tomek lämnade stationen för att åka till familjen Tucker blev han upphunnen på parkeringen av Abigail. Hon bar en tjock vinterkappa och kinderna var blossande.

"Det är inte läge nu, Abi," sa han.

"Det är någon du måste träffa."

"Är Kvinna X här?"

"Nej. Men hennes föräldrar är här. Och de har något de måste berätta för dig."

Tomek tittade på klockan innan han gick med på mötet. Familjen på tre – mamma, pappa och en syster – väntade på honom på Morgana's. Resan blev kort, lyckligtvis, eftersom trafiken hade lättat under sportlovet och för att undkomma det regn som nu vräkte ner.

När de kom in fick Tomek syn på familjen direkt. De såg mest malplacerade ut, som om de kände sig obekväma där, illa till mods av smutsen och fettet och besvärade av människorna runt dem. Människor som, i deras värld, tillhörde samhällsskikt några snäpp under dem.

"Tomek, det här är Stephanie, Alan och deras dotter, Felicity. De har något de tycker att du bör få veta om Herbert Tucker."

KAPITEL
FEMTIOETT

Tomek slirade in och stannade när däcken tappade greppet på den hala stenläggningen. Han stängde av motorn och rullade ur bilen, och sprang sedan mot Nora Tuckers ytterdörr. Regnet dånade mot betongen och piskade honom från alla håll. Ovanför tuktade vinden träden till underkastelse och tvingade dem att darra och svaja under trycket. När han nådde fram till ytterdörren dunkade han på den med knytnäven.

Efter tredje smällen stannade han.

Dörren hade lämnats olåst och svängde nu sakta in i huset. Tvekande, försiktigt klev Tomek in och stängde dörren bakom sig.

Tystnad. Den välbyggda och dyra dörren stängde ute ljudet av regnet och vinden perfekt.

Han väntade, höll andan, lyssnade.

Ingenting. Inget tecken på rörelse. Inget tecken på liv.

"Hallå?" ropade han, men fick inget svar.

Ännu försiktigare nu, med kroppen på helspänn för minsta ljud, rörde sig Tomek längre in i huset och började med vardagsrummet. Rummet var tomt, nästan perfekt städat, och såg ut som om det inte hade rörts på veckor. Detsamma gällde resten av bottenvåningen. Det intressanta fanns dock en trappa upp. Tomek hade aldrig vågat sig så långt tidigare.

Övervåningen bestod av fem sovrum, ett arbetsrum, två badrum och ett badrum en suite i huvudsovrummet.

Uppe vid trappans krön stannade han och lyssnade, medan han kramade trappräcket med båda händerna. Huset var stilla, tyst. Hans första stopp var Nora och Herberts sovrum. En stor kingsize-säng upptog större delen av utrymmet och omgavs av en tjock, skiffergrå heltäckningsmatta. Rosa fluffiga prydnadskuddar låg prydligt framför huvudkuddarna, och en tunn vinröd pläd var vikt över sängfoten. Fönstren vette mot trädgården nedanför. Tomek hasade sig mot dem och stirrade ut över utsikten. Där nere bubblade poolen när tusentals regndroppar slog ner i den, och möblerna – stolar, ett bord och en grill – hade fallit offer för vinden.

Tomek vände tvärt för att gå vidare mot de andra rummen, men i samma stund fångade han i ögonvrån en gestalt.

"Fan!" skrek han och hoppade till.

Sedan insåg han att det var hans spegelbild i en enorm spegel från golv till tak som han inte hade sett när han kom in.

"Jävla dumma sak", sa han och förbannade det livlösa föremålet som inte kunde försvara sig.

Mitt emot sängens fotände stod ett sminkbord, fullt av rad på rad av små svarta stift i varierande tjocklek som stack upp ur en serie plexiglasbehållare. Tomek hade aldrig sett så mycket smink i hela sitt liv, inte ens i stormarknaderna. Det fanns fyra plexiglashållare totalt. En för eyeliner. En för mascara. En för borstar. Och en annan som höll det han hade lärt sig kallades foundation. Eller något. Han visste inte vad det var; allt han visste var att det var en viktig del av spacklandet.

Tomek gick närmare bordet och började leta igenom innehållet. Han hittade ingenting i någon av lådorna, men när han ramlade över en dold låda längst ner, hittade han genast det han letade efter.

Läppstiftet.

Strawberry Surprise, i all sin prakt.

Tomek sträckte sig efter det och höll det nästan lika varsamt som Albert Patterson hade hållit vigselringen han hittat vid strandpromenaden. Det var mindre, mer barnsligt än han hade väntat sig. Innan frestelsen att stryka lite över läpparna och smaka själv hann ta honom, grep han hårt om läppstiftet och slog igen lådan. När han var på väg ut ur rummet stannade han vid ett sängbord. Intuitionens små glödlampor gnistrade, och något i hjärnan sa åt honom att granska det.

Långsamt, som om det kunde utlösa någon slags explosion, öppnade han den enda lådan i sängbordet. Där, överst, vikt i fyra, låg en fotokopia av den oanständiga bilden på Herbert Tucker i herrklubben. Tomek tog upp den och vek ut den tills mannen stirrade tillbaka på honom, med munnen täckt av rött läppstift, ansikte och hud nedkletade av smuts och lera. Tomek mådde illa när han såg den. Av mannen som hade lovat så mycket till dem han hånade. Av mannen som personifierade allt som var fel med politiken.

Han vände bort blicken medan han stoppade ner den i fickan, gick ut ur rummet och in i nästa. Resten av huset var som huvudsovrummet: fullständigt rent och fullständigt tomt. Antingen hade städaren gjort ett enastående jobb, eller så hade något annat hänt.

Tomek stack handen i fickan och ringde Anna.

Kriminalassistenten svarade på andra signalen.

"Allt okej, chefen?"

"Hon är inte här", sa han och stirrade på en metallskulptur av ett rådjur i övre hallen som såg lika malplacerad ut som Tomek kände sig. "Vet du var hon kan vara? Sa hon något till dig om att ta med flickorna någonstans?"

"Jag tror att hon kan ha sagt något om att hon och flickorna skulle åka bort när Eleanor var ledig från skolan."

"Vet du vart?"

Tomek kunde nästan höra hur hon skakade på huvudet. "Jag tänkte inte på att fråga..."

Men det var okej.

För Tomek hade en idé.

Ännu en glödlampa blinkade ursinnigt i hans huvud.

KAPITEL
FEMTIOTVÅ

A v alla ställen där Herbert Tucker kunde köpa ett hus i Essex åt en av sina döttrar, skulle den jäveln förstås köpa ett i Danbury, fyrtio minuters bilfärd bort. Vädret och trafiken gjorde den fem minuter längre. Huset som Herbert hade köpt i Whitneys namn var inget hus alls. Snarare var det, tillsammans med den femton-acre stora tomten som följde med, en herrgård. Lite mindre än familjens hem, men ändå mer än vad en tjugofemåring som fortfarande bodde hemma behövde. Tomek hade kunnat döda för att ha råd med ett sådant ställe åt sig själv, för att inte tala om Kasia.

Han lät bilen rulla till ett mjukt stopp när han svängde av den trafikerade A-vägen och in på uppfarten. Framsidans gräsmatta var nästan lika perfekt manikyrerad som vid familjehemmet, och Tomek undrade om de hade ett separat företag eller en trädgårdsmästare som klippte den åt dem varje vecka.

Efter att bilen hade stannat drog han åt handbromsen och kikade genom vindrutan. Där, på uppfarten, stod Nora Tuckers Range Rover och blockerade den andra infarten.

Det noterade Tomek, sedan tog han upp mobilen och höll den mot örat. Telefonen ringde och ringde. Tills Anna svarade.

"Jag tror att jag har hittat dem."

"Var?"

"Whitneys hus. Danbury."

"Herregud. Okej. Jag kommer och möter dig där nu."

Tomek lade på och stoppade mobilen i fickan. Han hade inga planer på att vänta. Det fanns en mördare att fånga, och tiden var avgörande.

Han lossade säkerhetsbältet, öppnade bildörren och gled ut ur fordonet ut i regnet. När han tog sig mot ytterdörren började kroppen spänna sig. Axlar, armar, rygg. Till och med arslet drog ihop sig lite.

Han knackade på dörren. Ingenting. Tystnad, förutom ljudet av regn som studsade mot bilen bakom honom.

Ännu en knackning. Fortfarande inget.

Bredvid dörren fanns en liten fönsterruta. Tomek kupade händerna kring ansiktet och kikade in. Husets interiör var nästan lika överdådig som den vanliga bostaden, med en pampig entréhall, nästan viktoriansk.

Men det var inte det han var intresserad av. Det var huvudet han sett sticka fram bakom en vägg på andra sidan glaset som fångade blicken.

Han böjde sig ned, öppnade brevinkastet och började ropa in genom det. "Jag vet att ni är där inne. Är det okej om jag kommer in? Jag har några fler frågor jag behöver ställa om din relation med Brendan."

Precis när han skulle fortsätta skyndade sig en gestalt mot dörren och slet upp den. Det metalliska brevinkastet rycktes ur hans hand och var nära att skära honom.

Där stod Whitney Tucker, Herberts äldsta dotter, och numera stolt ägare till en fastighet som var minst fem gånger dyrare än vad Tomek hade råd med.

"Vad gör du här?"

"Jag ville prata med din mamma."

"Varför skulle hon vara här?"

Tomek pekade på bilen. "Det var en rätt tydlig ledtråd."

"Hon är inte här," sa hon, med panik i rösten. "Det är min pojkvän och jag. Vi... vi har åkt hit över lovet."

"Jag vet det, Whitney. Om du inte har något emot det vill jag gärna komma in."

Hon hade inget att säga till om. Tomek trängde sig in och klev in i huset. När han väl passerat tröskeln visste han att han var säker.

Eller åtminstone så säker som man kan vara i sällskap av en mördare.

"Var är hon?" frågade Tomek och stängde dörren bakom sig. "Jag är orolig för hennes säkerhet."

Han låste dörren med regeln. Ljudet ekade genom huset.

"Varför skulle hon vara i någon fara?" frågade Whitney och drog sig långsamt längre och längre in i huset.

"Du vet varför, Whitney."

"Jag har ingen aning om vad du pratar om."

Men Tomek lyssnade inte. Han ignorerade henne, stormade förbi och började rusa in i rummen, på jakt efter Nora. Men hon fanns ingenstans där nere. Och när han tog sig uppför spiraltrappan sprang Whitney efter och drog i hans arm.

"Du kan inte gå upp dit!"

Liksom i familjens bostad låg det fem sovrum och tre badrum på övervåningen, med undantag för ett arbetsrum. Men lyckligtvis behövde han inte leta särskilt långt för att hitta det han sökte.

Brottsplatsen var i huvudsovrummet.

Eleanor, Whitneys syster, den unga kvinnan han bara hade träffat två gånger. Och Charlie, Whitneys pojkvän, mannen han bara haft nöjet att träffa en gång. Båda stod de över Nora Tuckers livlösa kropp, bunden och fastspänd i sängens hörn. Tomek klev långsamt in i rummet och blottade brottsplatsen allt mer för varje tveksamt steg.

Det första han lade märke till var lukten och de röda märkena runt hennes mun. Förenligt med ammoniakförgiftning.

"Jag tror att ni alla är gripna", sa Tomek.

"Det tror jag inte", svarade Whitney bakom honom, och blockerade trappan.

"Vadå, ska ni döda mig också, liksom era föräldrar?"

"Hur visste du att det var vi?"

Tomek vred nacken från vänster till höger för att se dem alla, men det gjorde ont. "Min nacke kommer att ge upp snart, kan vi bara flytta oss så att jag tittar på er tre samtidigt?"

Tomek hade ställts mot många mördare i sina dagar. Seriemördare, onda hjärnor, vidriga jävlar. Men de här tre var inget sådant. De var ungar. Harmlösa idioter som hade dödat sina föräldrar och som inte hade någon avsikt att skada honom. Kanske dumdristigt kände han sig förvånansvärt trygg.

Med det sagt visste han också hur det var att pressa in en vild hund i ett hörn.

"Vi stannar precis här, tack så mycket", svarade Whitney.

Tomek suckade och sänkte blicken mot golvet. "Okej, men om jag får nackspärr skyller jag på er."

I bakhuvudet tickade den mentala klockan ned till dess att Anna och resten av teamet skulle komma. Han uppskattade att han nu hade trettiofem minuter kvar. Trettiofem minuter att få dem att prata, att distrahera dem tills kavalleriet anlände.

"Vems idé var det?" frågade Tomek medan han stack handen i fickan och tog upp mobilen.

"Hej, hej, hej!" skrek Charlie åt honom. "Vad fan håller du på med? Du ringer inte polisen!"

"Jag vet att jag inte gör det", sa Tomek, medan han låste upp enheten och med ena ögat hittade inspelningsappen. "Det är för att jag är polisen."

"Håll käften för fan och ge mig telefonen!" skrek Charlie, med skälvande röst.

Tomek tryckte på inspelningsknappen och skymde skärmen med handflatan. "Var det så du pratade med Rick den där natten när ni mördade Herbert?"

"Rick? Rick? Vem fan är Rick?"

Tomek släppte diskret ned telefonen i fickan och hoppades att de var så distraherade att de inte lade märke till vad han gjorde.

"Rick är den hemlöse killen som du bytte kläder med."

"Hur skulle jag kunna veta vad fan han hette?"

"Det skulle du inte. Jag undrade bara om det var så du pratade med honom. Behandlade du honom som skit också?"

Charlies ansikte förvreds i en rynka. "Vad fan pratar du om, kompis? Du måste hålla käften och—"

"Jag har några frågor jag måste ställa först."

"Jaså? Som vadå?" sa Whitney och tog kommandot i samtalet.

"Som huruvida din mamma verkligen är död eller inte."

Whitney fnös. "Ja, hon är död. Det syns bara inte under allt plastskit hon har i bröstet."

Tomeks blick flög ofrivilligt mot Noras bröst, sedan sa han: "Jag måste kontrollera det själv. Jag kan inte lämna det här stället med vetskapen om att hon kanske lever."

Så fort Tomek började kavla upp ärmarna protesterade Charlie och gjorde en ansats mot honom, men han höll tillbaka den unge mannen med en höjd hand och en sträng blick. Utan att bry sig om de tysta invändningarna sköt Tomek sig närmare sängkanten och sträckte sig efter Noras hals, lade två fingrar mot hennes hud. Han väntade, räknade. Ingenting. Det fanns ingen puls, och kroppen hade börjat bli kall.

Nora Tucker var död.

När han drog sig bort och sänkte ärmen föll blicken på Eleanor.

"Förlåt ..." sa han mjukt till henne. Hon var i Kasias ålder, och synen av henne knöt sig i magen på honom.

Den unga tjejen stod med armarna korsade, hårt om sig själv. "Vad är du ... Vad är du ledsen för?" frågade hon.

"Jag är ledsen för det som hände dig. Jag är ledsen för vad din pappa gjorde mot dig och din vän. Han skulle aldrig ha kunnat komma undan så länge som han gjorde."

"Jag ..." Eleanors röst sprack medan blicken flackade gång på gång mot Whitney. "Jag vet inte vad ... Jag vet inte vad du pratar om."

"Det är okej", sa Tomek. "Ni behöver inte gömma er för det längre. Jag vet sanningen. Jag vet att han förgrep sig på er båda."

"Hur?" väste Whitney. "Hur kan du möjligtvis veta det? De enda som visste var Charlie och—"

"Och er mamma ..." Tomek gjorde en paus och tog ett steg tillbaka så att vinkeln mellan de tre inte slet lika mycket på nacken. "Hon visste om det när det hände dig, Whitney, eller hur?"

Whitneys blick vek undan.

"Hon visste om kvällen då hon gick ut med sina kompisar. Under ovädret. Övernattningen med Stacey. Natten du tillbringade i hans säng. Handen han tvingade er båda att kyssa. Hon visste allt och hon gjorde ingenting."

En tunn tårlinje började bildas i underkanten av Whitneys ögon, och hon snörvlade bort tårarna som stod i kö för att bryta igenom.

"Hon brydde sig aldrig om mig. Hon brydde sig aldrig om Eleanor. Hon brydde sig aldrig om oss. Ingen av dem gjorde det. Det var alltid vi mot de två. Nora var aldrig hemma, aldrig där för att ta hand om oss, så det var jag som fick göra det. Hon var alltid upptagen med sina tjejkvällar, sin sociala kalender och hur hon såg ut. Hon kunde inte ha brytt sig mindre om oss om hon så försökt. Och när hon fick reda på vad han hade gjort mot Stacey och mig satte hon oss ner och sa att vi inte fick säga något. Att vi inte fick berätta för någon hur han hade tvingat oss att suga av honom för att lugna ner oss. Vi var båda livrädda för ovädret och åskan. Vi gick in i hans

rum för att få tröst. Och vi gick därifrån ännu räddare än när vi gick in.
Länge var jag rädd för åskan, men inte längre."

Tomek pressade ihop läpparna och sänkte tonen. "Jag förstår", sa han
mjukt. "Och när han gjorde samma sak mot Eleanor och hennes vän
bestämde ni att nu fick det vara nog."

Och då kom tårarna. Tunga, brutala. De forsade nedför hennes ansikte.
Mellan snörvlingarna och händerna som torkade bort dem sa hon: "Jag
försökte skydda henne så länge, men han hittade ett sätt. Han hittade ett
sätt då, och han hittade ett sätt nu."

"Hur vet du vad som hände mig och Felicity?" frågade Eleanor och
överrumplade Tomek.

"Hennes föräldrar", förklarade Tomek. "Jag satt med dem för inte så
länge sedan. De hörde av sig för att berätta vad som hade hänt Felicity. Det
var modigt, det din vän gjorde."

"Var Stacey där? Stacey borde ha varit där", frågade Whitney, hoppfull.

Tomek tvekade medan han förberedde sig. "Hon var inte där, nej", sa
han. "Hon ville det, tro mig. Häromveckan pratade hon med någon jag
känner, en journalist. Hon trädde fram och berättade att din pappa hade
våldtagit henne, men varje gång vi försökte ordna ett möte dök hon inte
upp. I morse fick jag veta att hennes föräldrar hade hittat henne död i
sovrummet kvällen innan. Hon hade tagit en överdos paracetamol. Jag
antar att hon inte orkade mer."

När Whitney hörde att hennes vän, den som hon delade traumat med,
hade tagit sitt liv, var hennes omedelbara reaktion att sjunka ihop på golvet,
med ryggen mot räcket och knäna upp mot bröstet. Sedan gick hon inte att
trösta, snyftande i händerna. Charlie och Eleanor skyndade genast fram till
henne.

Tomek kände en klump växa i halsen när han såg de tre omfamna
varandra, hopkurade som ett idrottslag redo för avspark.

Det som hade hänt de där flickorna var bortom allt acceptabelt,
ofattbart. Att deras tillit och tro på världen hade förstörts av deras egen far.
Tanken gjorde honom illamående. Han öppnade munnen för att tala så
fort bilder av Kasia dök upp i huvudet.

"Jag beklagar sorgen", sa han. "Och jag är ledsen för det som hände er.
Verkligen. Men jag måste gripa er. Ni har dödat två människor."

"Men de förtjänade det!" skrek Whitney.

"Jag vet. Jag vet. Men ni bröt mot lagen. Ni tog två liv."

"Snälla ..."

Det ville Tomek också. Innerst inne. Om han hade kunnat öppna dörren och släppa ut dem hade han gjort det. Men det kunde han inte. Det var hans plikt att gripa dem, att ta dem från gatorna. Tillsammans hade de tre dödat två personer.

"Den natten då er pappa dog", började Tomek igen. "Vad hände? Hur tog ni er därifrån?"

"Vi ..." började Whitney, men tystnade, och stängde munnen sakta.

"Jag bad Whit komma hem till mig tidigare på dagen", sa Charlie, med en röst som lät djupare än Tomek mindes. "Vi bestämde att den kvällen skulle bli det. Vi vet inte varför. Vi bara valde den. Så vi väntade utanför hans jobb i timmar, satt, pratade, peppade oss själva."

"Men uppenbarligen var han för upptagen med att knulla den där horan uppe på sitt kontor!" skrek Whitney hysteriskt.

"När han väl var klar hade vi börjat somna. Så fort jag såg honom klev jag ur bilen och skallade honom. Jag svär att bulan på huvudet inte har gått ner än."

Det hade inte Tomek lagt märke till första gången han träffade mannen, men så hade han heller inte letat efter den.

"Vi kom åt honom medan han var i telefon", fortsatte Charlie. "Han var precis på väg att säga Whits namn när vi fick in honom i bilen."

Hej, vad – vad gör du här?

Hela tiden hade Tomek tagit Whit för what.

Hej, Whit – vad gör du här?

Och sedan blev han attackerad.

"Jag fick in honom i bilen med ammoniaken, sen tog vi honom till stranden. Ammoniaken gjorde resten."

"Vems idé?" frågade han. "Var fick ni tag på det?"

"Jag är egenföretagare som trädgårdsmästare", förklarade Charlie, "men jag jobbar med en polare på en del större jobb."

Tomek drog efter andan. "Det kan jag fan inte tro. Aaron Howell-Jones?"

"Hur ... hur känner du honom?"

"Det är inte viktigt. Vad hade han för inblandning i det här?"

"Ingen alls. Ärligt. Han hade inget med det här att göra. Jag lovar."

Tomek visste inte hur mycket han ville ta det för gott.

"Och sen ..." Han lyfte blicken mot sovrummet. "Vad hände här?"

Tomek snörpte till på näsan och försökte dölja äcklet i ansiktet.

"Hon fick vad hon förtjänade", mumlade Eleanor.

Hennes ton var monoton, torr, kall. Det lät som om en bit av hennes själ gått förlorad.

"Var det du som dödade henne, Eleanor?"

"Ja—"

"Nej!" avbröt Whitney. "Det var jag. Jag gjorde det. Jag sa ju att Eleanor inte hade något med det här att göra."

Tomek tvivlade. "Vad hände?"

"Inget. Vi tog bara hit henne, och ..."

"Återskapade bilden igen."

Whitneys ögon vidgades. "Hur vet du om fotografiet?"

"Jag hittade originalet", svarade Tomek. "Jag utgår från att det var din idé att få det att se ut som om någon din pappa legat med förr hade gjort det?"

"Efter det han gjorde mot mig insåg jag att han hade fått min mamma att kyssa hans hand också. Och sen fick jag veta att han hade tvingat den där slynan han fick ungen med att göra det med, så jag visste att det skulle funka. Dessutom var det ett sista fuck you till den där fittan som aldrig älskade något mer än han älskade sig själv."

"Barnet är inte hans, förresten", sa Tomek.

"Va?"

"Det var någon annans."

"Ändå. Hon var fortfarande en jävla hora, som alla de där som gick dit till den—"

Innan Whitney hann avsluta avbröts samtalet av ljudet av däck som tjöt mot asfalten. På en gång kastade sig de tre mördarna i rörelse. De var för många. Charlie reagerade snabbast och var redan på språng nedför trappan innan Tomek hann uppfatta vad som hände. Under tiden hukade Whitney och Eleanor tillsammans uppe vid trappan och höll om varandra som om det vore för sista gången.

Tomek satte efter Charlie. Den unge mannen var mycket mer vältränad och stark än han, och när Tomek nådde foten av trappan hade Charlie redan öppnat ytterdörren och spurtade över asfalten.

När Tomek nådde dörren fick han syn på två märkta polisbilar och ett civilt fordon parkerade vid infarten på högra sidan. Tack vare hans bil som stod mitt på uppfarten fanns det knappt någon plats för dem bakom, och ett av fordonen stod och stack ut i den trafikerade A-vägen.

Samtidigt hade Charlie dragit åt vänster och sprang mot friheten – rakt mot Range Rovern och det stora fältet på andra sidan vägen.

"Stoppa honom!" ropade en av de uniformerade poliserna när de kastade sig ur den närmaste bilen.

Men det var lönlöst.

Jakten var över så fort den hade börjat.

Precis när Tomek var på väg att följa polisens exempel rusade Charlie ut på vägen och missade att se, eller höra, Teslan som kom farande mot honom i omkring 80 kilometer i timmen. Resultatet blev att kroppen slog i motorhuven, rullade över vindrutan och föll ihop på marken. Han låg slapp, helt stilla, nästan livlös på asfalten.

Men Tomek kunde inte ägna det någon uppmärksamhet. Det fanns fortfarande två mördare i huset.

Omedelbart vände han ryggen åt olyckan och sköt uppför trappan igen.

Som tur var fann han systrarna där han lämnat dem, ihoprullade, fastlåsta i varandras armar. Storasyrran som skyddade lillasystern en sista gång.

"Snälla ..." sa Whitney mellan hyperventilerade andetag och såg upp på honom. "Snälla, gör inte det här."

KAPITEL
FEMTIOTRE

A lbert Patterson bodde på Sandy Bay Caravan Park på Canvey Island. Området rymde över fyrahundra villavagnar och såldes uteslutande till personer över femtio och pensionärer. Det låg alldeles intill kusten, skyddat från de stigande vattennivåerna endast av en betongvall, och om ingen av de boende var modig nog att ge sig ut i Themsens mynning, fanns alltid möjligheten till ett snabbt dopp i poolen vid områdets infart.

Tomek hade aldrig varit där förut; han hade bara läst om det på nätet eller snappat upp samtal, och hans första intryck var att det var lika förvirrande som ett sudoku. Det var rader efter rader av hem, vart och ett som sträckte sig så långt ögat nådde. Bortom myllret av vita villavagnar reste sig de tunga cisternerna vid Oikos lagringsanläggning för vätskor, som stack upp över horisonten som plupparna på en Legobit. Anläggningen hade funnits där sedan 1930-talet och blivit en av de mest tekniskt avancerade lagringsanläggningarna i Europa vilket, tyvärr för invånarna på Canvey, betydde att den där fula fläcken i vyerna inte skulle försvinna i brådrasket. När Tomek parkerade lite klumpigt utanför Albert Pattersons hem blev han förvånad över att det var gravtyst. Han hade väntat sig att anläggningen skulle stöna och mullra, som ett skrämmande, olycksbådande monster i skuggorna, men det var ingenting. Bara ljudet av vinden som piskade mellan villavagnarna.

Albert Pattersons var i underkant, i alla bemärkelser. Den var minst, om så bara med några centimeter. Den var mest nedgången och smutsig och var i skriande behov av en upprustning. Och den låg också lägst över marken, med flera stöttor som smulade sönder under hemmets tyngd. En metallstrandstol, rostig och bruten i gångjärnen, hade liksom smält fast i den upphöjda plattformen och såg ut att ha stått där sedan parkens begynnelse. Det lilla metallbordet som hörde till var dock i ännu sämre skick, med ett ben borta och glasplattan spräckt och krossad på flera ställen.

Stackars jävel, tänkte Tomek när han klev upp på trappsteget och knackade på fasadpanelen.

Några ögonblick senare dök en gestalt upp och hasade mot honom. Den här morgonen var Albert klädd i ett par smutsiga jeans, en tjock svart tröja och ett par yllevantar. Vintern led mot sitt slut, men det var fortfarande kyligt i luften, och Tomek kunde bara föreställa sig hur kallt det måste vara inne i villavagnen.

Det fick han veta en stund senare när Albert gjorde en gest åt honom att kliva in. På något sätt, om det nu var möjligt, kändes det kallare inne än ute, och Tomeks andedräkt lade sig som dimma framför ansiktet och hans fingertoppar blev genast domnade.

"Fint... ett fint litet ställe du har här," sa Tomek artigt.

"Nej, det är det inte," muttrade Albert medan han hasade bort mot soffan. "Det är ett skithål, men jag sitter fast här resten av livet." Han föll ner i soffan, kroppen sjönk ner i dynan utan motstånd där han suttit på samma plats i åratal. "Vill du sätta dig?"

Tomek letade efter en plats att sitta på som inte var täckt av gamla magasin och tidningar och tjocka lager damm. "Det är lugnt, tack. Jag blir inte långvarig."

"Klandrar dig inte."

Mannen framför honom var helt annorlunda än mannen han hade sett i förhörsrummet. Han var bruten, skörare, ansiktet var modstullet, nästan deprimerat.

"Fick ni veta vem som gjorde det till slut?" frågade Albert och överrumplade Tomek.

"Det gjorde vi, ja."

"Hjälpte vigselringen något?"

Tomek stack ner handen i rockfickan och lät den metalliska ringen löpa mellan fingrarna.

"Det gjorde den faktiskt," ljög Tomek. "Vi kunde hitta lite DNA på den som hjälpte till att bevisa att mördaren var där när mordet begicks."

Ett rus av glädje flackade över Alberts ansikte för ett ögonblick, innan det snabbt falnade. "Det var skönt att höra. Fast då måste jag ju inte ha rengjort den särskilt väl."

"Det är det med DNA, det hittar alltid ett sätt att hänga kvar. Vad våra forensiker kan göra med det numera är skrämmande."

"Påminn mig då om att aldrig mörda någon."

Tomek log snett. "Jag ska göra mitt bästa."

En stunds pinsam tystnad lade sig mellan dem. Tomek skiftade tyngd från ena foten till den andra medan han tog in bristen på hemtrevnad och personliga saker i villavagnen. Mannen ägde inte mycket, och det lilla han hade var existensens minsta möjliga, nog för att ta sig igenom en dag i taget.

"Jag antar att du vill behålla min skatt då, som skitiga pirater."

Tomek skrattade till och kramade vigselringen i näven. "Faktiskt..." började han och drog fram handen. "Det är därför jag är här." Han öppnade handen och visade vigselringen i handflatan. "Jag fick tillstånd att lämna tillbaka den till—"

Men Tomek hann inte avsluta meningen. Vid åsynen av den hoppade Albert upp ur stolen som om han fått en raket i arslet och skyndade fram till Tomek. Den gamle mannen ryckte åt sig den och kupade händerna om den som om det vore hans dyrgrip.

"Du har gett tillbaka den!" pep han.

"Då är jag väl motsatsen till en pirat?"

"Du är den bästa piraten."

Innan Tomek hann svara kastade sig mannen om honom och slöt armarna kring honom. Lukten av kroppslukt, piss och fukt slog emot näsan, men han brydde sig inte. När Tomek lade armarna om mannen kände han den tunna, undernärda kroppen. Under den tjocka tröjan skakade Albert. Om det var av upphetsning eller kyla kunde Tomek inte avgöra. Men han hoppades på det första. Att han hade gett mannen något att glädja sig åt, något att leva för.

"Tack så mycket," sa Albert när han drog sig loss. "Du anar inte vad det här betyder för mig."

Tomek lutade huvudet åt sidan. "Det är inget problem alls."

Albert lade sedan ringen i en liten träask på en hylla ovanför tv:n. När han vände sig tillbaka mot Tomek var hans ögon vilda av upprymdhet. "Vill du se min metallsökare?"

"Öh..."

"Snälla. Jag låter dig inte gå förrän du har sett min stolthet och glädje."

Tomek tittade på klockan. De borde vara här nu.

"Okej då," sa han. "Jag ser ingen anledning att låta bli."

Precis när Albert skyndade mot andra änden av villavagnen svängde en bil in utanför. Ljudet av bildörrar som slog igen och stegen som följde var lika tydliga som om Tomek stått utanför och tagit emot dem. En stund senare knackade besökarna på fönstret.

"Vem är det?" frågade Albert, plötsligt på sin vakt och beskyddande. Innan han öppnade dörren tog han ner träasken från hyllan och gömde den i ett av köksskåpen ovanför diskhon.

Sedan gick han fram till dörren.

På andra sidan stod en man och en kvinna, prydligt klädda under sina regnrockar, som log vänligt upp mot honom.

"God morgon, Mr Patterson," sa kvinnan.

"Vad är det här? Vilka är ni?"

"Jag ringde dem," sa Tomek. "Hon är läkare. Hon har kommit för att prata med dig om att få lite hjälp, och kanske möjligheten att flytta in på ett boende."

"Ett *hem?*" Vrede spelade över Alberts ansikte.

"Ja. Någonstans lite varmare, med bättre förhållanden."

"Men... men hur ska jag betala för det?"

"Jag har pratat med mannen där." Tomek pekade på gestalten bakom läkaren. "Och på grund av den hjälp du gav i mordutredningen har han gått med på att låta dig bo där utan kostnad."

Alberts huvud rörde sig från sida till sida. Det var mycket att ta in på en gång, så de lät honom få lite tid att smälta det.

"Men hur blir det med mitt metallsökande? Hur ska jag kunna göra det om jag bor på ett boende?"

"Det blir inget problem, Mr Patterson," ropade mannen där bakom. "Ni kan bo hos oss och ändå ägna er åt så mycket metallsökning ni vill."

KAPITEL
FEMTIOFYRA

Tomek hade sovit väldigt lite på hotellet natten innan. Han vred sig, vände sig, svettades, såg den unge mannens ansikte, nu trettio år äldre, projicerat på taket.

Spelade upp händelserna om och om igen i sitt huvud tills det nästan hade blivit en mardröm. I själva verket var det en mardröm. För i dag var dagen.

I dag var dagen då han för första gången på trettio år skulle se sin brors mördares ansikte.

Tomek hade ägnat de senaste dagarna åt att mentalt förbereda sig för det här ögonblicket, men inget hjälpte. Ingenting kunde tysta skriken i hans huvud eller smärtan som virvlade runt i magen.

Han stängde toalettdörren bakom sig och gick bort till handfatet. Hans tredje nervösa nummer två på nästan tre timmar. Han tvättade händerna med tvål och gick sedan tillbaka till väntrummet. Han hade varit på fängelser förut, flera gånger till och med, men det här var annorlunda – helt och hållet annorlunda.

Tidigare hade det varit besök i tjänsten, där för att diskutera korruption, självmord och andra intagna som hade koppling till mordutredningar. Nu, däremot, var det personligt.

I väntrummet på HMP Wakefield hittade han en plats och lät blicken svepa över myllret av ansikten där inne. Äldre föräldrar, fruar, flickvänner, bröder, systrar, alla på väg att besöka monstren innanför dessa murar. Dem de fortsatte att älska trots allt de hade gjort.

Tomek undrade om Nathan fick några besökare, om hans familj fortfarande älskade honom, brydde sig om honom. Han hoppades att de inte gjorde det. Han hoppades att mannen ruttnade ensam bakom galler.

Men innan han hann tänka mer på det dök en anställd från kriminalvården upp och började räkna upp instruktioner, talade till dem som om de vore barn. När de hade blivit påminda om reglerna släpptes de in i salen.

Tomek höll sig kvar längst bak och lät alla andra gå före. Inte av ridderlighet eller hjärtats godhet, utan för att han fick panik, låren skakade, andningen hakade upp sig.

Och då insåg han att det inte fanns någon poäng med att gå sist. Att de ändå skulle behöva sitta och vänta tills de intagna kom. Att han ändå skulle sitta där i några minuter, skaka benet upp och ner, pilla nervöst på naglarna.

Han hittade ett bord längst bak i rummet och drog ut stolen. När han sänkte sig ner kände han hur kroppen var svag, i desperat behov av någon mat eller socker, några elektrolyter för att ersätta vätskorna som hade runnit ur honom tre gånger redan.

En minut gick utan någonting, av utbytta pinsamma blickar med de andra besökarna, av att inte kunna dölja skammen i blicken.

En minut blev två.

Två blev tre.

Tomek förmådde inte titta på dörren som Nathan skulle komma igenom. Han förmådde inte se mannen kliva in i rummet.

Sedan hörde han rop och slagsmål bryta ut på andra sidan dörren. Oroligheterna förlängde väntan.

Tre minuter blev fyra.

Fyra blev fem.

Då, när sekundvisaren tickade förbi tolvan, öppnades dörren och gruppen av män marscherade in. De flesta visste vart de skulle, gick direkt till sina besökare, medan andra hängde längst bak, antingen för rädda för att prata med sina nära eller villiga att dra ut på det så mycket som möjligt.

Och då såg Tomek honom.

Nathan Burrows.

Sist att komma in.

Klev in som om han ägde stället.

Tomek kände igen honom på en gång. Dragen hos femtonåringen han hade sett den där natten fanns kvar, bara lätt åldrade under de trettio år som gått. Det enda som visade att han hade blivit vuxen var det kraftiga skägget på hakan. I övrigt hade han fortfarande ansiktet Tomek såg i sina mardrömmar. Han hade fortfarande samma kroppsbyggnad som gestalten han såg i sina mardrömmar. Han var fortfarande samma tonåring som hade dödat Tomeks bror. Trettio år äldre.

När alla andra intagna hade hittat sina besökare och slagit sig ner mittemot, mötte Nathan Tomeks blick. De där mörka, borrande ögonen, fyllda av illvilja och ondska, vek inte undan när han strosade fram mot honom.

Gick fortfarande som om han ägde stället.

Gick fortfarande som om han var den mäktigaste mannen i rummet.

Sedan drog han ut stolen från bordet och satte sig, därefter drog han kaxigt in sig ända intill bordet och la båda händerna på bordsskivan. Tomek hade inte sett mannen blinka en enda gång.

När ett snett leende smög sig fram i mannens ansikte, sa han, "Hej, Tomek. Jag undrade om vi skulle ses igen."

SLUTET

Men inte riktigt. Historien fortsätter i *Dödens Smak*:

En blåsig och bitande kall morgon besöker Morgana Usyk, ägare till ett av DS Tomek Bowens favoritställen, Morgana's Café, Mulberry Harbour, drygt en och en halv kilometer ute till havs.

En kort stund senare hittas hennes kropp i det grunda vattnet, flytande intill hamnen.

Tidiga rapporter och ögonvittnen uppger att de såg mördaren fly från platsen. Men när stormen Alisha drar in och sköljer bort alla bevis, står Bowen och teamet handfallna.

Nu stiger vattnet.

Och Morganas blir inte den enda kroppen de kommer att hitta i vattnet.

Ta reda på vad som händer i *Dödens Smak* redan nu!

ÄVEN AV JACK PROBYN

Mordmysterieserien om DS Tomek Bowen:

Bok 1: Dödens Rättvisa

Southend-on-Sea, Essex: DS Tomek Bowen — driven, envis och hemsökt av sin brors död — kallas till en av de mest chockerande brottsplatser han någonsin har sett. En man har ritualmördats och dumpats på en kolonilott nära den lokala flygplatsen. De tidiga utredningarna tyder på att det var en man med ett förflutet. Ett förflutet som skaffade honom många fiender.

Bok 2: Dödens Grepp

Annabelle Lake trodde att hon kände igen Ford Fiestan som väntade utanför hennes skola, och föraren i den. Hon hade fel. Hennes kropp hittas en tid senare, hängande från en gunga på en lokal lekplats på Canvey Island.

Bok 3: Dödens Beröring

När dimman lättar en decembermorgon i Essex, upptäcks kroppen av en tonårsflicka liggande med ansiktet nedåt på ett fält. Följaktligen hamnar ärendet snabbt på DS Tomek Bowens bord som, medan han försöker jonglera sin nyfunna tillvaro som ensamstående förälder till en trettonårig dotter, måste kartlägga den dödliga händelsekedjan och föra sanningen i dagen.

Bok 4: Dödens Kyss

De mörkaste hemligheterna förblir sällan hemliga länge...

När kroppen av en hemlös man upptäcks på strandpromenaden i Southend, inkilad mellan strandhytterna i Thorpe Bay, är det ingen i Essex som höjer på ögonbrynen.

Men när obduktionen visar att det rör sig om den lokale parlamentsledamoten Herbert Tucker, börjar staden vakna.

Bok 5: Dödens Smak

Vissa hemligheter går aldrig att skölja bort...

På en blåsig och bitande kall morgon besöker Morgana Usyk, ägare till Morgana's

Café, Mulberry Harbour drygt en och en halv kilometer ut till havs. En kort stund senare hittas hennes kropp i det grunda vattnet, flytande intill hamnen.

Bok 6: Dödens Ängel

När flygvärdinnan Angelica Whitaker anmäls saknad efter en utekväll på en av de populäraste nattklubbarna i Southend, hamnar fallet på kriminalinspektör Tomek Bowens bord – för första gången i hans karriär. Så snart utredningen drar igång riktas misstankarna mot mannen hon dansade med på klubben, men när hennes kropp senare hittas i en kyrka, arrangerad som en ängel, börjar samma fingrar peka mot en beräknande, kontrollerad och sadistisk mördare.

OM FÖRFATTAREN

Jack Probyn är en brittisk kriminalförfattare och har skrivit kriminalthrillerserien om Jake Tanner, som utspelar sig i London.

Han bor numera i Surrey med sin partner och sin katt, och arbetar på en ny mordgåteserie som utspelar sig i hans hemtrakter i Essex.

Vill du inte skriva upp dig på ännu ett nyhetsbrev? Då kan du hålla dig uppdaterad om Jacks nya släpp genom att följa något av kontona nedan. Du får ett meddelande när jag släpper en ny bok, utan krånglet med att behöva prenumerera på mitt nyhetsbrev.

BookBub författarsida "Följ":
    1. Precis som för Amazon ovan, klicka på länken här: https://www.bookbub.com/authors/jack-probyn
    2. Bredvid min profilbild finns en knapp med texten "Följ"
    3. Klicka på den, så meddelar BookBub dig när jag har en ny utgåva.

Vill du ha ännu mer aktuell information om nya släpp, min skrivprocess och allt däremellan, är min Facebook-sida bästa stället för att hålla dig uppdaterad. Där växer det fram en liten gemenskap. Varför inte bli en del av den?